Je te veux !

-1-

... loin de moi

JORDANE CASSIDY

Je te veux ! 1 - ... loin de moi
par Jordane Cassidy

Suivi éditorial par Hayden Faley

Ceci est une œuvre de fiction. Les personnages, lieux et évènements décrits dans ce récit proviennent de l'imagination de l'auteur ou sont utilisés fictivement. Toute ressemblance avec des personnes, des lieux ou des évènements existants ou ayant existé est entièrement fortuite.

Avertissement sur le contenu : cette œuvre dépeint des scènes d'intimité et un langage adulte. Elle vise donc un public averti et ne convient pas aux mineurs. La maison d'édition décline toute responsabilité pour le cas où vos fichiers seraient lus par un public trop jeune.

ISBN-13 : 978-2-39006-033-8
Ce titre est également disponible au format numérique

Dépôt légal : avril 2015
Seconde édition

Édité en Belgique

info@reines-beaux.com

L'auteure reconnaît que les marques déposées et autres œuvres mentionnées dans la présente œuvre de fiction appartiennent à leurs propriétaires respectifs, entre autres :

The Pussycat Dolls, *Don't Cha*, Anthony Ray / Thomas Callaway /Trevor Smith, (4:32) Album : *PCD*, A&M Interscope 0007286, 2005 (Traduction pour l'usage du présent ouvrage : Terry Milien)

Jordane Cassidy

Je te veux !

-1-

...loin de moi

Collection Rose
2015-001

www.reines-beaux.com

À mon mari, que j'épuise certainement avec mes lubies créatives mais dont sa patience est aussi un magnifique soutien pour que celles-ci prennent un bel essor.

À tous les fans de contes de fées, de romance et.... parce que les connards le valent bien !

- 1 -

Jouissif !

— Allez, courage ! Tu en as déjà fait la moitié ! Tu seras bientôt à la maison ! Pense à l'argent que tu vas gagner ! Pense à l'argent...

Kaya murmurait ces phrases face à son reflet dans le miroir comme si elle se lançait un charme afin de se redonner du courage, se motiver pour ne flancher à aucun moment. C'était juste un mauvais moment à passer. Elle devait seulement se contenter de sourire, faire bonne figure et répondre aux besoins de chacune des personnes présentes, même les demandes les plus loufoques. C'était son job pour la soirée. Avoir été embauchée fut déjà difficile ; c'était grâce à une relation d'un ancien boulot qu'elle avait eu le tuyau qu'on recherchait des serveuses. Elle avait foncé, tête baissée, prête à tout pour obtenir ce fichu petit badge, garant d'un salaire à huit cents euros la soirée.

Elle avait tout fait pour être retenue, presque supplié son employeuse qu'elle était de celles qui ne lâchaient rien et qui pouvaient porter cinq plats en même temps tout en dansant sur un pied ! Sa future patronne qui lui faisait plus penser à une nanny anglaise stricte et austère qu'à une chef des services de la section traiteur, avait affiché un léger sourire à la mention de cette anecdote dont elle eut la délicatesse de ne pas demander confirmation.

Un tel salaire pour quelques heures de supplice était plus qu'honorable aux yeux de Kaya qui savait déjà où irait cet argent, une fois encaissé. Son gardien d'immeuble ne pouvait plus attendre et son agacement se transformait de plus en plus en irritabilité à chaque fois qu'elle le croisait. Elle affichait alors un regard navré, indiquant qu'elle ne pouvait toujours pas payer ses trois mois de retard. Mais comment pouvait-elle faire autrement ? C'était bien assez difficile comme ça et l'éviter était bien plus facile à faire que d'affronter sa colère et ses menaces d'expulsion sous-jacentes.

Elle fronça les sourcils une dernière fois devant la glace pour trouver dans la prunelle de ses yeux vert et marron la détermination nécessaire pour attaquer cette seconde partie de soirée.

— Allez, tu es la meilleure !

La porte des toilettes s'ouvrit avec fracas et une serveuse entra en trombe.

— Kaya, active ! Il ne faut pas deux heures pour faire une pause pipi ! Mary Poppins va nous faire une syncope si elle ne te voit pas rappliquer dare-dare ! Y'a un max de taff là ! Bouge !

Kaya sourit à Emma. Elles étaient les compagnes d'infortune de cette soirée, toutes deux prêtes à tout pour ce fichu chèque de huit cents euros. Emma avait même eu un sens du sacrifice plus poussé que Kaya car elle avait dû retirer ses piercings à la lèvre inférieure et à l'arcade sourcilière droite, tenue correcte exigée. Devoir porter une jupe noire cintrée et un chemisier blanc, assortis d'un petit tablier de même couleur et d'escarpins noirs relevait du défi pour Emma plus habituée aux pantalons baggy, baskets et tee-shirt large. Malgré tout, comme Kaya, Emma n'avait pas le choix. Il lui fallait aussi cet argent. Question de vie ou de mort, lui avait-elle dit quand elles s'étaient rencontrées dans la salle d'attente, lors de la journée d'entretien d'embauche.

Kaya se sécha les mains, se regarda une dernière fois dans la glace, se tira la langue comme pour se convaincre qu'elle n'avait pas besoin de mantras ridicules pour survivre finalement. Au diable la détermination et vive la spontanéité du moment ! Advienne que pourra ! Carpe diem et tutti quanti ! Et elle suivit Emma dans la grande salle de réception.

Kaya leva les yeux. Un lustre gigantesque ornait le plafond de la salle de réception, symbole du faste de cette soirée. Les gens vêtus d'un smoking ou d'une robe venant du dernier styliste à la mode discutaient de manière affectée, une coupe de champagne à la main. L'allure hautaine de ces invités était à la hauteur de leur compte en banque et ne laissait à Kaya aucune erreur possible. Tout devait être parfait, avait dit Nanny Poppins. Le moindre désordre et c'était bye-bye les huit cents euros. Jusqu'à présent, tout se passait comme sur des roulettes. Les invités souriaient et Mme Spencer, mécène de la bourgeoisie parisienne, s'assurait de la bonne marche de son gala de charité. Tout le gratin parisien était là. Elle n'avait oublié personne. Chacun des invités avait une raison d'être présent à sa sauterie : montrer qu'elle avait son carnet de connaissances bien rempli, indiquant ainsi qu'elle était au centre de tout ce qui pouvait se passer dans le « beau Paris ». C'était tellement superficiel pour Kaya de voir tout ce beau monde se lancer des sourires hypocrites alors que par-derrière c'était grimaces et murmures dépréciatifs.

Être serveuse avait ses avantages. On savait tout de tout le monde en passant entre les gens avec des coupes de champagne. Elle pourrait devenir rédactrice en chef d'un journal à potins en une soirée ! Untel avait trompé sa femme avec la fille d'untel, mais qu'il ne fallait surtout pas le répéter car cela pourrait faire chuter les cours de la Bourse. Bien sûr, tout le monde serait au courant de l'incartade avant la fin de la soirée... dans le plus grand secret évidemment ! Plus loin se trouvait Mme Machinchose qui critiquait la « populace » comme elle aimait nommer ceux qui n'étaient pas de son rang social avec Mme Trucmuche. Et enfin dans un côté de la salle, le coin typiquement masculin où ces messieurs aux noms de famille si prestigieux s'époumonaient à démontrer qui était le meilleur dans chaque chose, tels des paons paradant dans leurs plus beaux atours. C'était toujours la même rengaine. Tout cela était tellement déplorable aux yeux de Kaya que finalement, elle préférait encore son statut de serveuse plutôt que de faire partie de la liste d'invités de Mme Spencer.

Elle inspira un bon coup et pénétra dans la jungle mondaine, un plateau de flûtes de champagne à la main. Emma avait pris les petits fours, moins dangereux pour elle et ses talons.

— Tu sais ce que j'aime, dans ce genre de soirée ? lui demanda Emma furtivement. C'est que cela me rappelle que l'argent c'est bien, mais trop c'est barbant !

Kaya rigola un peu, acquiesçant d'un signe de tête. Il était certain que l'argent était monté à la tête de certains. L'argent... toujours l'argent. Elle-même n'avait que ce mot en tête. Alors que les trois quarts des personnes présentes ici se demandaient comment ils allaient le dépenser, elle se demandait si un jour elle serait capable de le garder sur un compte en banque. Son rapport avec l'argent était à l'opposé de celui de tout ce beau monde. Tout ce qu'elle voyait, c'était que le mot « argent » était un mot qu'il fallait associer au mot « survie ». Elle se battait pour celle-ci avec tant de peine que cela en était devenu un crédo de vie. Chaque fin de journée se résumait à combien elle avait gagné et ce qu'elle pourrait payer avec. Bien évidemment, ce n'était pas pour du shopping, un loisir ou un plaisir culinaire. Tout ce qu'elle gagnait c'était pour des besoins primaires : son loyer, ses factures, bref les dépenses courantes. Aussi huit cents euros à la fin de cette réception représentaient le Saint Graal !

— Kaya ! Emma ! Allez assurer le service du côté de la scène ! ordonna Mary Poppins avec malheureusement un air bien plus pète-sec que ne l'était la véritable Mary Poppins.

Kaya et Emma se regardèrent un instant, d'un air complice et entendu sur le phénomène Nanny et se dirigèrent finalement vers la scène où un orchestre jouait un morceau jazzy. Emma passa devant, pour ouvrir le passage à Kaya et à ses flûtes pouvant chanceler à tout moment. C'est à ce moment-là qu'elle entendit au loin un « mademoiselle » qui la fit se retourner précipitamment, comme si cet appel était synonyme d'une urgence à ne manquer sous aucun prétexte. Et là, ce fut le drame...

Comme dans un film au ralenti, le plateau rencontra le smoking d'un homme de grande stature et les flûtes chancelèrent plus qu'à l'accoutumée. Avec une peur dans son regard se traduisant par un « Oh non ! Pas ça ! », Kaya vit s'étaler le champagne sur l'homme et les flûtes finir leurs cascades au sol dans un fracas. Un silence s'installa autour et elle sentit des regards méprisants qui l'accablaient.

— Et merde..., dit-elle dans un murmure, son assurance lui faisant défaut.

— C'est tout à fait le mot ! Tsssss ! dit alors une voix grave et avec une pointe d'agacement.

Elle regarda dans un premier temps les chaussures qui se tenaient devant elle. Des mocassins en cuir de grande qualité, certainement très coûteux, tachetés de morceaux de verre et de perles de champagne. Puis elle remonta ses yeux vers le costume gris foncé, taillé au millimètre près. Costume qui sans aucun doute coûtait bien plus que ses huit cents euros tant convoités et qui traduisait à lui seul la droiture, l'inflexibilité et la froideur de l'homme qui le portait. Elle s'arrêta sur le torse taché allègrement de champagne. Les choses n'avaient pas été faites à moitié. Le costume, la chemise, le nœud papillon ; tout y était passé ! L'homme agitait ses mains de chaque côté pour éloigner les restes de liquide bien loin de son costume.

— Ce n'est pas vrai ! Mais quelle cruche ! Comment peut-on être serveuse alors qu'on est si maladroite ! siffla-t-il, sensiblement énervé.

Kaya regarda à peine son visage et sortit avec empressement son chiffon, puis tamponna son costume mouillé afin de tenter de limiter la casse.

— Stop ! C'est bon ! la repoussa l'homme avec véhémence. Vous en avez déjà fait assez !

Kaya baissa la tête, au point de ne regarder que ses chaussures noires à talons.

— Je suis sincèrement désolée..., lui dit-elle penaude.

— Bien évidemment ! Vous ne pouvez faire que ça, vous excuser ! C'est facile une fois que le mal est fait ! continua-t-il sur le même ton.

Emma arriva vers Kaya pour la soutenir, mais elle n'osa pas intervenir tant l'homme la foudroyait du regard et l'avertissait qu'il valait mieux rester à sa place. Kaya, paniquée par la froideur de son interlocuteur, tenta de s'activer à réparer son erreur et se baissa pour ramasser les morceaux de flûtes brisées. Elle tenta toutefois de garder le cap des excuses et déclara de manière contrite, allant presque à la prosternation :

— Pardon ! Je sais bien qu'il est trop tard, mais je... je vous rembourserai le pressing s'il le faut !

L'homme tapa du pied et grimaça, peu convaincu :

— Idiote ! Savez-vous que tout ce qui touche à la valeur de ce costume est loin d'être à la portée de votre porte-monnaie ? ! Une serveuse ! Vous êtes une serveuse ! Qui plus est une serveuse ridiculement empotée et dénuée d'intelligence visiblement !

Kaya lâcha les morceaux de verre qu'elle tenait délicatement dans sa main pour ne pas se couper et leva la tête, sentant l'humiliation déjà présente se transformer en lynchage pur et simple. Elle écarquilla les yeux un instant, surprise de voir le visage d'un homme si… jeune. Enfin jeune ne signifiait pas post-pubère, mais à côté de tous ces magnats de la luxe avec leur ventre bedonnant ou leur moustache représentant la maturité et l'expérience, elle s'étonna de voir un trentenaire, plutôt beau gosse. Il avait les cheveux châtains, 1 m 90 sans nul doute, tant elle s'efforçait de lever la tête pour accrocher son regard qui montrait deux prunelles d'un marron très foncé, presque noir. Il détonnait du reste de l'assemblée. Elle n'aurait su dire pourquoi, mais il dégageait un certain charisme et aussi une autorité naturelle vous rappelant à quelle place devait se trouver chaque chose. Et il ne se priva pas de lui rappeler où était la sienne. Il croisa les bras, crispés par la colère devant son manque de réponse.

— C'est bien ce que je pensais. En plus d'être une empotée, vous n'avez aucune solution réaliste pour résoudre ce problème… Et il a fallu que ça tombe sur moi ! soupira-t-il avec dédain.

Kaya se releva, sentant son accident malheureux se transformer en tragédie devant les propos disproportionnés de l'homme face à elle. Elle ne devait pas se laisser dévorer par le monstre telle Andromède sur son rocher.

— Je viens de vous dire que je rembourserai le pressing et je le ferai, qu'importe le prix, qu'importe le temps que cela me prendra ! Je le ferai !

— Le temps que cela vous prendra ? Parce que vous comptez que cela dure indéfiniment ? Vous plaisantez, j'espère ? Vous ne pensez quand même pas que je vais apprécier de devoir vous revoir pour que vous me versiez ce que je suppose des mensualités de remboursement ? D'ailleurs, vous insinuez dans « remboursement » que c'est à moi d'avancer l'argent ? Quel culot ! C'est un comble !

Kaya serra les poings. Cet homme commençait à l'agacer

fortement à rejeter toutes ses tentatives d'excuse.

— Je suis certaine que nous pouvons trouver une solution et je m'y engage ! N'ayez crai...

— Kayaaa ! Que s'est-il passé ? ! hurla alors Mary Poppins. Mon Dieu ! Qu'as-tu fait ?

La chef des services se rua sur l'homme au costume taché et se confondit en excuses.

— Monsieur, veuillez pardonner ma serveuse qui a manqué visiblement de tact et d'attention. Nous allons vous trouver des rechanges, le temps de nous occuper de votre costume.

— À la bonne heure ! dit-il avec un certain soulagement. Enfin quelqu'un qui me propose une solution plus censée que de rester toute la soirée dans cet état. Franchement, je ne comprends pas comment vous avez pu embaucher une telle catastrophe.

Kaya serra les dents. Après cruche, maladroite, idiote, empotée, dénuée d'intelligence, la voilà maintenant dotée d'un nouvel appellatif : catastrophe. Cet homme ne faisait pas dans la dentelle, c'était un bulldozer d'impolitesse. Certes, elle était serveuse, certes elle avait royalement merdé, mais méritait-elle tant de termes dépréciatifs ?

— Soyez assuré, Monsieur, qu'elle sera réprimandée en conséquence. Nous n'allons pas fermer les yeux sur cet incident, c'est évident.

Kaya écarquilla à nouveau les yeux. Non ! L'humiliation était une chose qu'elle pouvait accepter. Après tout, ces gens ne représentaient rien à ses yeux ; elle savait qu'elle ne les reverrait pas. Mais la menace que sous-entendait Mary Poppins était bien plus inquiétante. Quelle mesure comptait-elle prendre contre elle ? Tout sauf la réduction de son salaire. Tout, mais pas ça !

— Parfait ! J'entends bien..., répondit celui qu'elle considérait maintenant comme le pire malotru qu'elle ait rencontré. J'espère que vous prendrez des mesures drastiques comme son renvoi immédiat. Cette personne n'a rien à faire ici. Elle en a déjà assez fait !

Kaya eut l'impression que le sol allait s'effondrer sous ses pieds. Son renvoi ? Comment osait-il ? !

— Bien évidemment, vous prélèverez la note de nettoyage du costume sur son salaire, finit-il avec un sourire aussi machiavélique que satisfait.

Et voilà, ce qu'elle craignait arriva. Ses huit cents euros venaient de partir en fumée. Et cet homme était celui qui avait allumé le briquet juste en dessous pour qu'ils prennent feu. S'il s'était tu, avait accepté son dédommagement et n'en avait pas rajouté, elle aurait pu rattraper le coup en privé avec Mary Poppins. Mais là, en cet instant, c'était fini. Il n'y avait plus rien à faire.

— Vous avez entendu, Mademoiselle Lévy. C'est fini pour vous ce soir.

Mary Poppins avait sonné le glas de cette soirée. Sa voix neutre, mais sèche avait claqué l'air comme un constat immuable. Tout ce temps passé ici, tout cela pour quoi ? Pour qu'on la foute à la porte, qu'on l'éjecte comme une malpropre ! Elle serra les poings, la colère l'envahissant. Tout cela c'était à cause de lui. Son regard se braqua sur celui-ci, qui continuait d'afficher son air hautain et heureux de son effet et son pouvoir.

Comment osait-il être heureux du malheur des autres ?

— Ça vous fait plaisir, je parie ? dit-elle avec dégoût. Vous jubilez ?

L'homme haussa un sourcil, attendant de voir où elle voulait en venir. Il regarda un instant son badge avec attention où était écrit : » Kaya Lévy, à votre service ! »

— C'est plaisant, j'avoue... Mademoiselle Kaya Lévy ! lui avoua-t-il avec un brin de défi dans les yeux.

— Kaya, je vous ai ordonné de partir ! insista Mary Poppins. Rentrez chez vous ! Vous en avez assez fait !

— Vous trouvez cela plaisant ? Vraiment ? continua Kaya, ne

voulant pas se laisser décontenancer par la chef des services. Parfait ! dit-elle alors avec un petit sourire.

Elle se dirigea alors vers une table garnie de mets divers et attrapa à la hâte une carafe d'eau et un verre. Elle revint vers eux, tout en se servant un verre cette fois-ci avec une lenteur volontaire. Elle en but une gorgée sous le regard intrigué de l'assemblée.

— Vous permettez ? ! Je me désaltère. J'en avais envie... de toute façon, même si vous ne me permettez pas, qu'importe ! Je suis virée, je ne peux pas être renvoyée à nouveau, non ? !

Mary Poppins et l'homme — qu'elle considérait à présent comme son pire ennemi — la regardèrent faire sans un mot, cherchant à comprendre la mise en scène.

— Vous disiez donc que c'est plaisant que je me fasse virer à cause de vous ?

— Laissez-moi rectifier, Mademoiselle ! « Grâce » à moi est mieux ! dit-il avec assurance et sachant très bien qu'il enfonçait le couteau dans la plaie.

Il se tourna alors vers l'assemblée et leur adressa un « Ne me remerciez pas de vous avoir sauvé la vie, c'est normal ! ».

Des personnes se mirent à rire, glousser et murmurer de manière amusée. Kaya plissa les yeux, voyant que rien ne l'arrêterait dans son lynchage en bonne et due forme. Elle s'approcha vers lui et une fois face à lui, elle lui murmura près de son oreille :

— Laissez-moi rendre cela jouissif !

Elle avança la carafe d'eau au-dessus de la tête de l'homme, alors surpris de ce qu'il venait d'entendre, et lentement en versa son contenu. Il se raidit et écarquilla les yeux, sentant l'eau se répandre dans tous les pans de son costume. Des glaçons dévalèrent son corps tandis qu'un « ooohhh » général se faisait entendre autour. Un sourire satisfait se dessina sur le visage de Kaya tandis que le regard de l'homme passait de l'incrédulité la plus totale à un sentiment d'humiliation des plus profonds. Elle posa la carafe d'eau et le verre dans les mains de Mary Poppins, la bouche grande ouverte. Il la fixa sans dire un mot, mais afficha un regard irrité, mélangé à une pointe de curiosité et de défi. Puis Kaya se frotta les mains, le sourire satisfait et le regard soulagé, et tourna les talons vers la sortie, laissant tout ce petit monde dans leur superficialité. Elle leur fit un signe de main et se tourna une dernière fois vers son pire ennemi en répétant cette fois plus fort :

— Jouissif !

- 2 -

Exaltant

— Qu'en penses-tu, Ethan ?

Ethan leva les yeux d'un air absent. Il avait son menton appuyé contre la paume de sa main, son coude contre la table et dessinait des arabesques sur un coin d'une feuille du dossier « Magnificence ».

La voix qui venait de lui poser cette simple question était celle de Brigitte, la chargée de communication d'Abberline Cosmetics. La réunion portait sur la campagne d'information de la nouvelle gamme de cosmétiques « Magnificence » qu'ils s'apprêtaient à lancer en grande pompe dans les boutiques et les médias. Brigitte venait de faire son exposé et attendait les avis, et notamment celui du grand chef, c'est-à-dire lui. Le problème était qu'il n'avait rien écouté. Ce n'était pas dans ses habitudes d'être tant distrait lors de ses réunions. C'était même plutôt le contraire. Il était très tatillon et stoppait ses interlocuteurs au moindre détail qui le gênait. Or aujourd'hui, il n'avait fait aucune remarque depuis le début de la séance.

Il y avait toute son équipe pour ce débriefing. Il l'exigeait. Une clarté dans les actions menées au sein de l'entreprise permettait d'appréhender les problèmes à venir. Sa secrétaire, Abbigail, notait tout. C'était une personne proche de la cinquantaine, toujours tirée à quatre épingles, très consciencieuse. Il n'aurait aucune difficulté à lire son rapport plus tard, mais il tenta une réponse par une autre question, histoire de reprendre le fil de la conversation.

— Sam, Oliver ? Vous en pensez quoi ?

Oliver leva un sourcil de surprise. En tant que comptable, il avait déjà donné son aval pour lancer la campagne. Après tout, c'était lui qui débloquait le budget donc son avis n'était plus tellement nécessaire. Quant à Sam, il ne sut ajouter autre chose, ayant déjà traité les questions de droit avec Brigitte.

— On attend juste ton feu vert, déclara toutefois Sam.

Ethan se redressa sur son dossier et soupira. Il inspecta l'écran où était dessiné un schéma de la campagne « Magnificence » et fit un tour de salle du regard. Il connaissait suffisamment bien son équipe pour savoir que le projet communication avait été travaillé en profondeur. Quand des millions d'euros sont en jeu, personne ne se réjouit si le projet se casse la figure. Dans un bateau, il n'y a pas que le capitaine qui sombre, l'équipage aussi. L'erreur était une option qu'il ne pouvait se permettre. C'était une des raisons pour lesquelles il s'était entouré des meilleurs, mais aussi qu'il s'était adressé à des personnes de confiance comme Oliver et Sam, ses meilleurs amis. Ils l'avaient suivi sans hésitation quand il leur avait fait part de son projet de monter une boite de cosmétiques lorsqu'ils étaient à l'université. Chacun avait un rôle bien défini : Oliver l'expert-comptable s'occupait des finances d'Abberline Cosmetics et Samuel, l'avocat, était le spécialiste en droit des affaires. Et c'est ainsi que la petite entreprise était devenue l'un des plus grands groupes de cosmétiques, accompagnant les plus grands mannequins et magazines et faisant la part belle aux médias.

Ethan fit la moue, fâché de ne pouvoir se raccrocher aux propos de ses acolytes le laissant dans son ignorance, et se décida :

— Je ne sais pas, je vais y songer à tête reposée et vous tiens au courant...

Chaque membre de la fine équipe eut la même réaction : l'étonnement. Reporter les choses à plus tard n'était pas du tout le style d'Ethan. Tout devait être prêt dans les temps, avait-il dit la semaine précédente. Le retard n'était pas de mise, dans aucune circonstance. Pas même quand il y avait autant d'argent en jeu. Cette réunion devait être la dernière pierre à ajouter à l'édifice. La décision devait être tranchée aujourd'hui. La remettre à plus tard était presque inenvisageable, et encore moins dans la bouche du patron. Et pourtant...

— J'ai besoin de revoir tout cela, dit-il en essayant de donner le change.

Les regards se croisèrent dans la salle de réunion. Ethan était bizarre.

— OK, dit Oliver dans un soupir. C'est toi le boss !

— Encore heureux que je sois le boss ! fit Ethan un peu agacé. Oui, vous le saurez quand je serai OK ! Ça pose un problème ? !

— Oui, tu es le boss ! dit Brigitte pour apaiser la discussion. Un peu de recul ne fait pas de mal pour voir les erreurs. La réunion est donc terminée ?

Ethan marmonna un « oui » et fit un signe impatient de la main, les incitant à partir. Brigitte, Sam et Oliver prirent leurs dossiers et quittèrent la salle sans un mot de plus.

— Avez-vous besoin d'autres choses, Monsieur ? se hâta de demander Abbigail avant de retourner à son bureau taper son rapport.

— Non merci..., répondit sèchement Ethan.

Abbigail baissa la tête pour le saluer et tourna les talons vers la porte.

Ethan tourna son siège vers la grande baie vitrée donnant sur

Paris. Il savait que le dossier communication de « Magnificence » était parfaitement bouclé, mais contrôler chaque élément lui était aussi indispensable que respirer. Il devait tout savoir pour ne rien laisser le surprendre ou contrecarrer ses prévisions. Il y jettera donc un coup d'œil, même si tout est bon. Question de principe. À condition qu'il arrive à se concentrer sur ce qu'il doit faire...

Depuis une bonne semaine, rien n'allait et son humeur était aussi changeante que la météo. Il le sentait. Il savait qu'il avait la réputation d'un homme peu facile à vivre et ses collègues composaient avec ses sautes d'humeur et ses remarques tranchantes. Ils étaient en quelque sorte habitués. Mais cette fois-ci, Ethan sentait que son humeur oscillait comme en équilibre sur un fil. Rien n'allait comme il voulait.

Cela avait commencé par Alexia, avec qui il sortait parfois, pour passer le temps. Alexia était un mannequin qu'il avait rencontré lors d'un de ces défilés de mode pour laquelle Abberline Cosmetics avait participé en tant que sponsor. Une grande blonde aux jambes interminables, la ligne svelte et une hygiène de vie impeccable, que les couturiers s'arrachaient pour la voir défiler dans leur dernière collection. La mettre dans son lit fut chose aisée. Aucune femme ne s'était jamais aventurée à lui refuser la moindre faveur. Il avait tout pour satisfaire les femmes : le physique, la notoriété, l'argent. Aussi fut-elle comblée comme elle le souhaitait.

Elle l'était visiblement un peu trop à son goût. Ethan grinça des dents en y repensant. Elle savait pourtant qu'il refusait tout type d'engagement. Il l'avait prévenue qu'il ne tomberait jamais amoureux, que c'était juste un accord entre adultes consentants — comme on dit – et qu'elle ne devait espérer rien d'autre de lui. Ils flirtent, ils jouent un peu un soir par semaine et c'est tout. Chacun sa vie. Oui, mais voilà qu'il y a une semaine, Mademoiselle avait osé annoncer dans les journaux que son idylle avec le beau et riche Ethan Abberline était tellement au beau fixe qu'elle espérait que cela dure pour toujours. Tout cela en quinze jours de « connaissances approfondies » ? Autant leur dire qu'elle attendait la bague au doigt ! Les tabloïds en avaient fait tout un scoop qui fut largement déformé, amplifié et le voilà, depuis une semaine fiancé, avec un mariage prévu dans quelques mois.

Sam avait pris les choses en mains pour stopper l'hémorragie en poursuivant la presse incriminée, mais attendre que tout cela retombe l'agaçait encore plus. Et c'était sans compter sur Amanda, la fille du grand procureur Alec Prichard avec qui il « s'amusait » également ! Voir son futur mariage avec un mannequin réputé, étalé dans les médias, avait mis la pauvre femme dans une colère noire. Elle le harcelait sur son téléphone afin d'avoir une explication sur ce qu'il se passait. Il avait jusque-là tenté d'éviter de la rappeler. Rendre des comptes l'énervait d'une part — il ne voyait pas l'intérêt de justifier ce qu'elle qualifiait d'infidélité —, et elle le gonflait purement et simplement d'autre part. Au départ, passer une nuit avec elle lui paraissait alléchant. Il l'avait rencontrée par l'intermédiaire de Sam, qui travaillait de temps en temps avec son père au tribunal. Hélas ! La femme délicieuse et cultivée s'était transformée en femme vénale et particulièrement collante.

Ses déboires ne s'arrêtèrent pas là puisqu'il y eut aussi l'accrochage avec la serveuse lors du gala de Mme Spencer. Ce fut la goutte d'eau. Déjà qu'il ne voulait pas y aller. C'était Brigitte, aidée de Sam, qui avait insisté pour qu'il se montre. Prétextant qu'il ne fallait pas laisser sa vie privée prendre le dessus sur le lancement de « Magnificence » et qu'il devait faire l'éloge de son futur produit, tel l'homme d'affaires intransigeant et indifférent aux cancans en tout genre. Mais une fois là-bas, il ne put placer un mot concernant son projet, tous voulant savoir s'ils étaient invités au mariage. Cela avait fini d'achever sa bonne volonté. Aussi, quand cette serveuse l'avait bousculé et rendu son costume pitoyable, la colère l'avait submergé. Sans doute avait-il été un peu loin en la faisant virer, mais au vu de ce qui s'était passé à la suite de cela, il ne regrettait rien. Jamais aucune personne n'avait agi ainsi avec lui sans s'en mordre les doigts. Elle l'avait vraiment pris au dépourvu. Tous se confondirent en excuses, mais l'affront lui avait été intolérable et il avait quitté la réception sans dire un mot.

Les femmes avaient donc juré sa perte, elles en seront d'autant plus servies ! Les sentiments mièvres n'avaient jamais été sa tasse de thé et elles allaient l'apprendre à leurs dépens.

Ethan se leva et attrapa son téléphone portable sur la table. Il chercha le numéro de téléphone d'Amanda et l'appela.

— Allô ? entendit-il en réponse. Mon Dieu, Ethan, je suis si heureuse que tu m'appelles !

— On peut se voir à midi, lui déclara-t-il sans ménagement.

— Ouiiiiii ! hurla-t-elle presque.

— Parfait. Le Delicatessen. Midi.

Il raccrocha sans attendre la réponse. Il sentait le mal de crâne poindre déjà à l'idée de devoir subir ses jérémiades, mais il fallait qu'il retrouve un semblant de tranquillité. Retrouver le contrôle de sa vie.

Kaya nettoyait les assiettes sans grande conviction. Voilà une semaine que huit cents euros lui étaient passés sous le nez et la situation était vraiment critique. On allait lui couper l'électricité d'ici un jour ou deux, pour cause d'impayés. Mais comment pouvait-elle faire ? Les factures et les dettes s'accumulaient sur son réfrigérateur. Elle devait faire des choix et le loyer était sa priorité. Qu'importe si elle devait se doucher à l'eau froide ou vivre à la lueur des bougies, elle devait conserver un toit où dormir. Se retrouver à la rue n'était pas une option et elle avait fait la promesse à Adam de garder la tête haute quoiqu'il arrive. La fin de ce mois de novembre annonçait le froid et vivre dans cet appartement sans chauffage allait être difficile, mais elle devait garder le moral. Pour Adam.

Adam... L'année dernière, ils étaient ensemble à regarder comment s'annonçait l'hiver sur leur banc, dans le parc. Que dirait-il aujourd'hui ? Kaya prit une grande respiration pour s'encourager dans sa tâche. Elle accéléra le rythme, les assiettes et les couverts s'empilaient sans attendre son accord. À midi et demi, le Delicatessen affichait souvent complet. Elle y travaillait depuis trois mois, pendant la journée, ce qui lui permettait de faire un second boulot le soir lorsque les horaires coïncidaient, comme le gala de Mme Spencer. Elle ne put réprimer une grimace en songeant au sale type à cause de qui elle avait travaillé pour rien.

— Connard ! murmura-t-elle encore pleine d'amertume.

Heureusement qu'elle n'était pas prête à le recroiser, tous deux vivants dans des mondes diamétralement opposés.

— Kaya ! Lâche tes assiettes et viens aider Élisabeth en salle ! cria Tony le patron, visiblement surbooké.

— Oui, chef ! lui répondit-elle avec le sourire.

Tony lui répondit d'un petit sourire. Il savait que Kaya était une personne qui ne rechignait pas à la tâche. En cela, il la trouvait admirable.

Elle quitta ses assiettes après s'être séché les mains et prit un carnet de notes, un chiffon et se rendit dans la salle. Il y avait beaucoup de monde, mais l'ambiance y était conviviale. C'était une des raisons pour lesquelles elle aimait travailler ici. Le café brasserie ne payait pas de mine au vu de sa devanture, mais il y avait un côté cosy et familier à l'intérieur qui mettait tout le monde à l'aise. C'était sans doute la fierté du patron et cela payait au regard des bénéfices. Tout le monde souriait et semblait ravi de manger ici.

— Élisabeth, je suis là ! Tony m'a dit que tu avais besoin d'un coup de main ? En quoi puis-je t'aider ?

— Ah ! Te voilà ! Oui ! Le second service commence, il faut libérer des tables pour accueillir les nouveaux clients. Tu peux me nettoyer les tables et les apprêter ?

— No problemo !

Kaya lui fit un clin d'œil et commença par la première table qui se trouvait devant elle. Élisabeth répondit par un sourire soulagé avant de prendre une nouvelle commande. En général à deux, elles géraient efficacement la salle. Elles s'entendaient plutôt bien. Une fois les fonctions définies, chacune mettait du cœur à l'ouvrage et arrivait à un résultat assez probant. Kaya fit un tour de salle du regard pour trouver la prochaine table désertée par des clients repus. Elle en trouva une non loin d'une fenêtre. Chaque table était encerclée par une sorte de box fait de palissades de bois peints avec des motifs à fleurs donnant un côté bucolique et frais. Les clients appréciaient la lumière qui se dégageait des grandes baies vitrées et cette intimité qui leur assurait un pur moment de détente. Elle rassembla sur son plateau ce qui se trouvait sur la table et entreprit le nettoyage lorsqu'elle entendit une voix sanglotante à côté.

— Je t'en prie, tu ne peux pas me quitter comme ça ! Je suis désolée d'avoir mal pris cette histoire. J'aurais dû te faire confiance ! Pardon...

— Amanda, je t'avais dit que je n'aimais pas qu'on m'appelle à tout bout de champ ! Les filles collantes comme toi ne m'intéressent pas !

— Mais c'était plus fort que moi ! Quand je t'ai vu avec elle, j'ai flanché, je l'admets ! Mais ça ne se reproduira plus, je te le jure !

Kaya eut pitié pour la pauvre demoiselle qui visiblement était en pleine dispute avec son petit ami. Elle osa jeter un œil à la table d'à côté. L'homme était de dos donc elle ne pouvait voir à quoi il ressemblait, mais elle fut peinée par ce qu'elle vit sur le visage de la jeune femme. Elle semblait être une fille de bonne famille. Pourtant, elle paraissait soudainement dévastée.

— Je te promets que je resterai sage jusqu'à ce que tu m'appelles ! Tu pourras faire tout ce que tu veux de moi ! Tout ! Je serai contente de te combler comme tu le souhaites, tu entends ? Tu peux même me demander ce que je te refusais avant..., finit-elle par dire d'une voix presque étouffée par la peur et l'émotion.

L'homme en face d'elle émit un petit rire qui n'avait rien d'indulgent. C'était même de la moquerie, ce qui déplut à Kaya malgré elle. Cela ne la regardait pas, mais la solidarité féminine était plus forte. Comment ce type pouvait-il rire alors qu'elle tentait de se faire pardonner en répondant aux demandes qu'il lui avait faites ? Non ! Elle ne devait pas continuer à écouter ! Il y avait du boulot et cela restait leur problème.

Occupe-toi de tes fesses, Kaya ! Il faut que tu bosses !

Elle attrapa le plateau et s'apprêta à se diriger vers la cuisine quand elle entendit l'homme lui dire :

— Tu es donc prête à te faire sodomiser pour te faire pardonner ?

Kaya faillit faire tomber son plateau, prise de surprise par les propos sans tact du petit ami.

— Tu es prête à te mettre à genoux et que je te prenne sans vergogne juste pour que je te garde ?

Kaya resta figée, debout avec son plateau. Quelle froideur ! Quel homme peut parler comme ça à la femme qu'il est censé aimer ?

— Oui..., fit la jeune femme presque de façon inaudible. Je ferai tout pour que tu restes près de moi. Je suis désolée...

Kaya se retourna vers la jeune femme qui avait pris une position recroquevillée à présent, comme si le poids du monde pesait sur ses épaules alors que c'était seulement son amour propre qu'elle peinait à garder.

— Ridicule ! répliqua sèchement l'homme, toujours avec son petit rire désagréable. Comment peux-tu te rabaisser de la sorte ? Tu es vraiment inintéressante !

Kaya revint vers la table nettoyée et posa le plateau dessus, prête à dire le fond de sa pensée à cette jeune demoiselle, quand celle-ci se jeta par-dessus la table, attrapant les mains de son petit ami et lui criant :

— Pitié ! Je t'en prie ! Je ferai n'importe quoi pour toi ! Je...

t'aime...

Kaya eut un pincement au cœur. Elle ne savait si elle devait être émue par ce débordement d'amour ou en colère par le fait qu'elle se rabaisse ainsi pour cet homme qui visiblement n'en tenait pas compte.

— Nous y voilà ! Voilà pourquoi il est temps d'en finir !

L'homme jeta sa serviette sur la table et se leva.

— Je t'avais dit de ne pas tomber amoureuse de moi, Amanda ! On était d'accord ! Tu es pitoyable ! Regarde-toi ! L'amour fait vraiment faire des choses débiles. Aucune fierté, encore moins d'amour propre. Et c'est à cela que tu voudrais que je m'accroche ? Je ne t'aime pas et ne t'aimerai jamais. Tu es juste bonne pour passer du bon temps et encore ! Voilà ta leçon pour aujourd'hui : la gentillesse mène à la douleur. Et l'amour n'apporte que la souffrance. La prochaine fois, reste à ta place avec tes sentiments mielleux !

L'homme se détourna d'elle et prit la direction de la sortie quand un claquement retentit dans la salle. Les bruits de couverts et les conversations s'arrêtèrent nets, chaque client se tournant vers la source de ce qui ressemblait à une gifle. Kaya se tenait devant l'homme, la main encore en l'air et le regard empli de mépris. Quant à celui-ci, il n'avait pas bougé d'un poil pendant plusieurs secondes, la tête penchée sur le côté. La jeune femme meurtrie par celui qu'elle aimait porta les mains à sa bouche, sans voix devant la scène. L'homme avança la main vers sa joue à présent rouge et vérifia s'il ne saignait pas. Il se mit à sourire avant de poser son regard vers son agresseur. Kaya écarquilla les yeux quand elle réalisa qui était cet homme.

Merde ! Pas lui !

Ethan n'en revenait pas ! On venait de le gifler ! Mais le pire dans tout ça était que c'était encore cette femme, *la* serveuse ! Celle du gala de Mme Spencer. Celle qui avait déversé une carafe d'eau glacée sur sa tête. Les chances pour la revoir étaient infimes et pourtant, elle se trouvait devant lui et l'avait encore une fois humilié en public en le giflant cette fois-ci. C'était quoi son problème ? Était-ce une façon de se faire remarquer par lui ? De le draguer ? Original, mais pas très malin, car cela aiguisait davantage son antipathie pour elle au lieu de lui inspirer un quelconque désir. Cette fois, la guerre était déclarée.

— Voyez-vous qui voilà !? lui dit-il avec animosité.

Kaya déglutit. C'était Lui, celui qui l'avait fait virer une semaine plus tôt. Elle aurait dû se douter de qui il s'agirait. Il n'y avait pas plus rustre et arrogant.

— Comment osez-vous lui parler comme ça ! Cette femme n'a pas mérité cela ! Elle vous a ouvert son cœur et a laissé sa fierté de côté pour vous prouver combien elle tient à vous, et vous ? Vous l'avez mis plus bas que terre ! Quel homme êtes-vous ? Ça porte de beaux vêtements, mais c'est l'homme le plus méprisable qui soit !

— Ce sera tout ? lui fit-il avec un sourire narquois.

Kaya se sentit offusquée. Tout lui semblait indifférent, rien ne l'affectait. S'il n'y avait rien à faire pour lui, elle pouvait encore aider la demoiselle. Elle contourna son ennemi et attrapa les mains de la jeune femme, encore plus surprise.

— Par pitié, oubliez ce type ! Vous valez mille fois mieux que lui. Il ne vous mérite pas. Ne vous laissez pas aveugler par sa gueule d'ange. C'est un démon, je vous assure. Il n'a pas de cœur. Il ne mérite pas qu'on s'intéresse à lui, même pas à une infime partie.

Ethan tiqua à sa dernière phrase. Comment osait-elle dire qu'il n'était pas intéressant ? Pas de cœur, cela lui était égal, car c'était le cas, mais inintéressant ?

— Merci Mademoiselle, mais j'aime cet homme. Je sais que cela peut choquer, mais si vous saviez comme je suis heureuse avec lui.

Kaya eut un geste de recul et jeta un œil tors vers ce qui ressemblait à présent plus à son ex. Être heureuse avec un type pareil lui était tout bonnement impensable.

—Je veux rester avec lui et je me battrais..., lui déclara-t-elle avec des yeux mouillés par ses larmes, mais un franc sourire.

— Ne te fatigue pas ! C'est peine perdue ! lui lança-t-il encore plus froidement.

Kaya le fusilla du regard. Elle estima qu'une gifle n'avait pas suffi ; une seconde ne serait pas inutile pour lui enseigner certaines règles de respect envers les femmes. Il eut un mouvement de recul, sentant une aura noire émaner de la serveuse.

— Kaya ! Ça suffit !

La voix de Tony avait étouffé les intentions de Kaya dans l'œuf. Elle se tourna vers son patron, la mine navrée.

— Chef, cet homme est un type odieux ! Il n'a eu que ce qu'il méritait ! lui dit-elle en montrant le coupable du doigt.

— Il peut être ce qu'il veut, il n'en est pas moins ton client ! trancha Tony. Excusez-nous, Monsieur ! Laissez-nous vous offrir votre repas ainsi qu'à la demoiselle.

Ethan eut un sourire satisfait. Encore une fois, sa position l'avantageait par rapport à elle. Et il comptait bien se venger en appuyant un peu plus sur cet avantage. Tout n'était que stratégie pour abattre l'ennemi. Il n'était pas un requin en affaire pour rien !

— Non ça ira, je paierai. Par contre, je demande réparation en vous demandant de la virer sur-le-champ ! Je ne tolèrerai pas qu'elle reste impunie. Il semblerait qu'elle soit assez têtue et qu'elle ne comprenne pas où est sa place.

Kaya grommela devant le sous-entendu de la dernière fois. Tout était en train de se répéter. L'altercation, les injures. Il recommençait. Il était en train de la faire virer une seconde fois. Tony sembla gêné par la demande. Se débarrasser de Kaya l'embêtait. Elle faisait du bon boulot, malgré cet accrochage. Cela n'empêcha pas Ethan de continuer pour arriver à son but.

— Ce serait embêtant que le Délicatessen souffre d'une mauvaise réputation à cause du manque de respect de ses employés...

Tony hocha la tête affirmativement en réponse. Kaya en resta bouche bée. Il avait encore réussi. Elle regarda l'homme en train de mettre les mains dans les poches de son costume, sensiblement satisfait de la tournure des évènements.

— Kaya, je suis désolé..., déclara Tony d'une voix neutre. Le restaurant est plus important qu'une employée. Prends ton sac et pars. Je t'enverrai ton salaire.

Son cœur rata un battement. Perdre cet emploi la condamnait à la rue.

— S'il vous plaît, chef ! J'ai besoin de cet emploi ! lui dit-elle en se jetant à son bras, paniquée. Gardez-moi rien qu'à la plonge s'il le faut, comme ça je ne verrai pas les clients ! Je ferai tout ce qu'il faut !

Ethan gloussa, épaté par ce qu'il voyait.

— Si ce n'est pas pathétique ! Elle fait la leçon à Amanda et la voilà en train de supplier un homme !

Kaya inspira un bon coup et ferma les yeux.

Ne le tue pas ! Ne le tue pas !

Quoiqu'à y réfléchir, en prison elle serait certainement mieux lotie qu'à la rue. Non ! Elle ne devait pas se rabaisser à cela. Elle fit un signe de résignation de la tête à Tony, passa et sourit une dernière fois à Amanda pour qui elle s'était battue, en vain. Lorsqu'elle arriva à hauteur de ce qu'elle dénommait maintenant son pire cauchemar, il se pencha vers elle et elle l'entendit lui murmurer :

— Ce n'était pas jouissif, car je ne vois pas comment atteindre le septième ciel avec une personne de votre genre, mais je dois avouer que tout cela est... hum... Exaltant ! Oui, c'est ça ! Exaltant !

Il décrocha un sourire ravi et soupira d'aise. Kaya serra les poings. Elle leva vers lui son regard le plus méprisable et expira un bon coup avant de sourire et de lui infliger un terrible coup de pied dans le tibia. La surprise n'eut d'égale que sa douleur. Il attrapa sa jambe de ses mains dans un juron tandis qu'Amanda se précipitait vers lui, inquiète. Kaya tourna les talons sans un mot vers le vestiaire et quitta le restaurant.

— Je suis vraiment navré, Monsieur ! s'enquit Tony. Ça va ?

Dites-moi ce que vous désirez, et je vous le prépare ! Un thé, un café.

—Je veux son adresse ! ordonna Ethan, en proie à un terrible sentiment de rage.

- 3 -

INTRIGANTE

Voilà deux jours qu'Ethan scrutait ce bout de papier contenant l'adresse de Miss Casse-pied. Deux jours qu'il cherchait un moyen de se venger une bonne fois pour toutes. Même s'il avait réussi à la faire virer et la mettre dans une position inconfortable, cela n'avait pas empêché la demoiselle d'avoir le dernier mot à deux reprises. Et cela, c'était inacceptable. C'était bien la première fois qu'il avait autant de mal à faire plier une femme devant sa volonté. Il pouvait reconnaître qu'elle était bornée, mais cela n'effaçait pas la sensation d'inconfort qui l'envahissait. Il n'arrivait pas à la contrôler, la maîtriser. C'était un électron libre qu'il ne pouvait contenir et qui affectait son champ d'action. À chaque fois qu'il pensait la contrôler, elle lui échappait suffisamment pour que ça le mette dans une rage folle. Comment pouvait-elle le provoquer ainsi, lui à qui rien n'était refusé, à qui l'on obéissait sans discuter ? Non, il devait la maîtriser totalement et définitivement. Elle devait plier, le supplier, montrer combien elle regrettait. Il fallait qu'elle voie l'homme qu'il était réellement et même aller jusqu'à s'en émouvoir dans le meilleur des cas. Comment avait-elle pu dire ou même seulement penser qu'il était inintéressant !? Il en serra les poings de colère. Cette serveuse suivrait le même pas : elle lui obéirait d'une façon ou d'une autre.

Il avait en tête chaque détail de son corps. Même si la première fois, elle lui avait paru quelconque dans son tailleur strict noir, il ne pouvait nier que le jeans moulant qu'elle portait la seconde fois lui faisait de belles fesses. Son petit tee-shirt à l'effigie du restaurant laissait suggérer une poitrine pas trop petite, ni siliconée, ce qui était bien rare auprès des femmes qu'il fréquentait d'ordinaire. Mais ce qui l'attirait plus que tout le reste était sa queue de cheval. Il s'imaginait déjà glisser ses doigts dans ses cheveux châtains pour mieux l'agripper afin de la mettre à genoux. Il sourit à cette idée puis se rabroua en secouant la tête.

Idiot ! Tu ne vas quand même pas tomber dans le panneau ! On a dit vengeance ! Il faut la ridiculiser... comme elle n'a pas hésité à le faire sur toi !

Ethan s'étira dans son fauteuil en cuir. Il fallait qu'il sache comment l'amener vers lui. Un bip retentit de son téléphone. Il jeta un œil dessus et appuya sur la touche.

— Oui, Abbigail.

— Monsieur Abberline, j'ai confirmé votre présence au cocktail de Agnès B.

— Très bien. Merci.

Ethan souffla. Il détestait toutes ses facéties de jet-setters. Il avait la réputation d'en être un, mais s'il pouvait s'en passer, il le ferait. Il n'avait malheureusement pas le choix. Brigitte disait qu'il fallait entretenir son image de golden boy prêt à être séduit pour inciter encore plus de demoiselles à utiliser ses cosmétiques. Belle foutaise même si cela lui permettait de tomber une femme quand cela lui chantait. Brigitte l'avait encore une fois encouragé à faire acte de présence à ce cocktail pour contrer les propos des journaux people et Alexia. L'idée était qu'il se présente avec une autre femme pour nier ses fiançailles en bloc. Ce n'était pas bête même si cela relevait d'un jeu infantile entre lui et les paparazzis. Mais devoir encore se farcir l'obligation de distribuer des sourires avec une des femmes de son carnet d'adresses ne l'enchantait guère. Il avait son compte de filles godiches pour le moment.

Son regard erra encore vers le morceau de papier griffonné.

— ... carnet d'adresses... ? se laissa-t-il dire songeur.

Ethan se releva soudainement de son siège et attrapa le papier du bout des doigts et le leva vers le ciel, content. Il donna une pichenette dedans.

— Mais oui ! C'est ça ! On va égayer un peu tout ça !

Kaya n'en pouvait plus. Il était dix-neuf heures et elle avait faim. Mais plus que tout, elle voulait rentrer se pelotonner sous une tonne de pulls et couvertures. Le froid s'était enfin installé en cette fin de novembre. Elle était gelée et regrettait ne pas être plus couverte. Elle avait cherché un boulot toute la journée et avait finalement trouvé un job le soir dans un club. Elle devait servir les clients. C'était cool. Ce qui l'était moins, c'était qu'elle devait le faire en tenue aguicheuse. En tenue coquine pour être précise. L'idée de servir des pervers et des vicieux pétés de thunes lui plaisait peu, mais le salaire en valait la peine. Elle trouverait bien le moyen de gérer ce genre d'individus.

Le Silky Club était réputé pour être le lieu de villégiature des hommes aisés qui voulaient s'offrir du bon temps. Des strip-teaseuses étaient là pour satisfaire leur perversité et des filles sexy pour les servir. Le gérant du club lui avait certifié qu'elle n'avait rien à craindre, elle n'aurait pas à aller sur scène. C'était l'affaire des professionnelles. Elle devait juste se contenter de répondre aux besoins des clients. Elle signa le contrat sans problèmes tant que cela restait décent. Il y avait aussi des femmes dites « de compagnie », un peu comme on peut en voir au Japon qui ont pour rôle de rameuter les clients vers le Silky ou encore de les pousser à la consommation. Il était clair que les pourboires pleuvaient pour ces femmes qui acceptaient de se laisser tripoter, mais pour Kaya, cette option était proscrite : Adam serait fou s'il savait et il lui restait encore sa dignité. Elle commencerait dans deux jours. Il ne restait plus qu'à « tenir » jusqu'à sa prochaine paie. Rien que l'idée de devoir éviter son bailleur la fatiguait, mais elle devait tenir bon.

Si seulement elle n'avait pas perdu ses huit cents euros, si seulement ce crétin arrogant n'était pas apparu devant elle avec son air condescendant. Elle regarda ses pieds tout en avançant vers son appartement. La demi-lune éclairait faiblement son chemin, mais elle savait qu'elle devait faire l'effort d'avancer. Elle devait tenir le coup, malgré le froid, la fatigue et la faim. Une fois à la maison, elle mangerait une pomme, se coucherait et tenterait de dormir. Elle avait faim, mais ne pouvait que suivre un régime draconien, répondant à son budget alimentation plus qu'à un surpoids. Elle n'avait guère le choix, vu que la nourriture diminuait comme peau de chagrin. Elle ne s'était pas pesée depuis longtemps, mais Adam serait sûrement en colère s'il la voyait, la peau sur les os. Elle regarda un instant sa bague à son annulaire gauche. Sa petite fleur violette ne payait pas de mine, mais elle lui était tellement précieuse. Adam lui avait acheté cette bague chez un maroquinier africain étalant ses objets contrefaits sur les trottoirs proches de la Tour Eiffel. C'était une bague en toc, sans pierre précieuse ni autre fantaisie bling-bling. Juste une fleur violette sur une armature en fer, comme on peut en offrir aux petites filles de six ans. Malgré cela, c'était le plus beau cadeau qu'on lui ait offert, et aussi la plus belle promesse qu'on lui ait juré de respecter. Kaya soupira de tristesse. Pourquoi la vie était-elle aussi difficile ?

Adam, je t'en prie, aide-moi...

Elle arriva au bout de la rue où se trouvait son appartement.

Plus que quelques mètres et cela irait mieux. Elle leva les yeux et vit une voiture de sport garée devant chez elle. Elle jeta un œil du côté du bâtiment où elle logeait, se demandant qui pouvait accueillir une personne avec une telle voiture chez lui. Ses voisins étaient comme elle ; ils vivaient chichement, tentant plus de survivre que de vivre. D'ailleurs, son quartier était un quartier assez pauvre. Le bâtiment où elle logeait avait des allures de motel américain à un étage, mais on pouvait accéder aux appartements du haut par un escalier en fer forgé juché au bout du bâtiment et qui débouchait sur un couloir extérieur permettant d'atteindre chacune des portes d'entrée des logements. L'état général de l'ensemble était assez déplorable. Les peintures des murs s'écaillaient, l'escalier n'était pas loin de se désolidariser du mur, car le béton s'effritait lui aussi. Les volets étaient vieux, usés par les intempéries. Le bâtiment était à l'image de ses occupants : triste, fatigué et sans espoir d'amélioration. C'était cependant le choix de la dernière chance, car le loyer n'était pas trop élevé, comparé aux autres logements du quartier, légèrement plus chers.

Kaya arriva à hauteur de la voiture, d'un gris métallisé. En s'approchant, elle pouvait voir ce qu'elle estimait être un grand coupé. Les ailes avant et arrière, larges et imposantes, accentuaient la musculature de la bête alors que les portières arboraient des bas de caisse profilés aussi anguleux qu'inédits. L'arrière présentait un léger spoiler au-dessus de quatre feux. En accord, on retrouvait quatre sorties d'échappement installées au centre. Même si elle devait admettre qu'elle n'y connaissait rien en matière de voiture de luxe, elle savait que le prix de cette voiture allait au-delà de son imagination.

Lorsqu'elle arriva bientôt à hauteur de la portière, elle vit celle-ci s'ouvrir et un homme en sortir. L'obscurité de la nuit ne lui permettait pas de distinguer qui c'était, pourtant elle eut un soubresaut quand elle dénota sa silhouette : le port altier, costume sombre... Une seule personne lui vint en tête.

Oh non, pas lui ! Pitié, faites que je me trompe !

Pourtant plus elle s'avançait et plus ce qu'elle craignait se confirmait.

Voilà plus d'une demi-heure qu'il attendait dans sa voiture et il commençait sincèrement à en avoir marre. Que de temps perdu à cause d'elle ! Décidément, cette femme repoussait constamment les limites de la décence. Il avait sonné chez elle, mais put constater son absence après avoir insisté lourdement sur la sonnette. Bizarrement, il ne pouvait imaginer faire dans la délicatesse avec cette femme. Elle semblait si entêtée, si méfiante, toujours en conflit avec lui, qu'il fallait toujours insister un peu plus avec elle et la sonnette en fit les frais au point qu'un voisin poussa son rideau pour jeter un œil dehors et voir qui s'acharnait à côté. Le moins que l'on puisse dire, c'était que cette femme avait la faculté de pousser sa patience à bout, même absente. Il était donc retourné dans la voiture pour l'attendre, afin d'éviter les regards suspicieux et mourir de froid.

Ethan avait eu le temps de nettoyer le tableau de bord de sa voiture avec un vieux chiffon trouvé dans sa portière avec une minutie insoupçonnée, passant dans les recoins les plus inaccessibles, usant d'ingéniosité pour déloger la moindre poussière. Il n'avait pas pour habitude de le faire, mais devant l'ennui, un voile de poussière qui vous fait de l'œil pouvait avoir raison du plus riche des golden boys. Une fois la plus petite saleté dégagée, il avait fait le tri dans sa boite à gant déjà peu encombrée, ce qui ne lui prit donc qu'une minute en fait. Il commençait déjà à s'agacer de se voir se focaliser sur de telles futilités. Il opta pour la musique et alluma son poste. Les enceintes s'en donnèrent à cœur joie en passant d'une chanson country, à une ballade romantique, un morceau rock et enfin une sonate. Il poussa un râle de mécontentement au bout de dix minutes, ne trouvant rien à son goût et finit alors par pousser le bouton off du poste radio avec force et colère. Il s'attrapa les cheveux pour évacuer son empressement. Pourquoi être si impatient ? Il n'y avait aucune raison. Serait-ce la peur, l'inquiétude de se trouver devant elle et se faire rabaisser une nouvelle fois ? Non, avoir peur d'une femme était impensable... Comment allait-elle réagir ? Comment allait-il, lui, réagir ? Plus le temps passait, plus il doutait que son idée soit judicieuse. Pourtant lorsque sa silhouette apparut enfin au bout de la rue, un sourire se dessina sur son visage et il fut excité. Excité de se confronter à elle, de voir ses réactions, de voir comment elle allait contrecarrer ses piques et ses objectifs. C'était la première fois qu'une femme lui faisait ressentir une telle excitation. Ce n'était pas du désir, mais bien cette vague de plaisir relative à la volonté de relever un défi aussi grand que surprenant, aussi intrigant que mystérieux.

Il l'avait reconnue immédiatement, malgré la pénombre. Comment pouvait-il en être aussi sûr, il ne le savait, mais les souvenirs de ses mensurations lui parlaient plus que son instinct. Plus il la voyait se rapprocher de sa voiture, plus son cœur battait fort et vite. L'adrénaline montait en lui et son regard se fit perçant, cherchant déjà à identifier les expressions du visage de son ennemie pour mieux prévoir l'attaque à venir. Il se décida à sortir enfin, pour ne pas rater le spectacle de sa surprise lorsqu'elle l'aurait reconnu. Il s'appuya finalement contre sa voiture, les bras croisés, le sourire satisfait.

Kaya s'arrêta devant lui un instant, réalisant qu'il était bien là. Lui. Monsieur Connard en personne, et devant chez elle ! Comment avait-il su où elle habitait ? Car il n'y avait pas de doute au fait que la voiture et son propriétaire venaient pour elle maintenant. Il lui souriait avec une satisfaction non dissimulée, ce qui déclencha déjà son envie de l'étrangler. La faire virer ne lui suffisait plus ? Il fallait qu'il la nargue à présent ? Jusque devant chez elle ? Elle déglutit en le dévisageant. Pas un mot ne sortit de sa bouche. Qu'attendait-il ? Elle tenta bien de lire dans son regard la raison de sa présence, mais bien vite, elle s'en abstint. Ce type était la peste et le choléra réunis ; elle devait l'éviter coûte que coûte. Elle inspira un bon coup et détourna son visage de lui, la tête haute, et reprit son chemin avec un pas plus pressé, comme un automate à qui on avait remonté la manivelle et dont le ressort se relâchait pour le faire fonctionner.

Ethan eut un moment d'absence, ne sachant ce qu'il lui prenait, et surtout comment réagir par rapport à sa fuite. Car là, elle fuyait manifestement l'affrontement. Devant son empressement, il la suivit dans son sillage avant de lui attraper le bras pour la stopper. On ne le snobait pas comme ça. Kaya poussa un cri de surprise et eut un mouvement de recul forcé par Ethan, avant qu'il ne la tourne vers elle.

— Non, mais ça va pas la tête ? ! Vous faites quoi là ? !

— Je n'ai pas pour habitude d'être ignoré ! lui dit-il sérieusement énervé.

Ses sourcils froncés n'annonçaient rien de bon, mais elle se devait de lui montrer qu'il ne l'impressionnait pas.

— Ooooh !

Kaya se redressa pour reprendre contenance et toussota.

— Bonjour Monseigneur. Veuillez m'excuser, Monseigneur ! fit-elle avec une petite courbette. Je ne vous avais pas vu ! Faut dire...

Elle le toisa de la tête aux pieds avec un sourire mesquin.

— ... vous m'êtes tellement insignifiant !

Ethan serra les dents. Kaya put s'en apercevoir, car sa mâchoire se contractait tant, que de petits soubresauts faisaient leur apparition. Son regard était glacial. Il avait les yeux plus noirs que l'ébène et le monde entier aurait pu prendre ses jambes à son cou pour fuir loin de ce fléau menaçant, mais elle, elle ne le pouvait. Il la tenait fermement. Elle tenta de s'en défaire, pensant que sa remarque le ferait fléchir et lui offrirait l'occasion de s'extirper, mais il n'en fut rien. Il la serrait même davantage au point qu'elle sentit maintenant la douleur s'insinuer en elle.

— Vous me faites mal ! lâcha-t-elle alors qu'un gémissement sortait involontairement de sa bouche.

Ethan relâcha la pression de ses doigts sur son manteau, sans pour autant la laisser libre, ni même quitter son visage du regard. Il sourit alors une nouvelle fois, comme si ce qu'il allait dire aller le remettre dans sa position de dominant.

— Si je vous fais mal, c'est que je ne suis pas si insignifiant que cela finalement. D'ailleurs...

Il relâcha son bras entièrement et Kaya s'empressa de le masser pour se soulager un peu.

— ... vous allez être obligée de me considérer maintenant. De gré ou de force !

Il posa les mains sur ses hanches que son costume droit masquait, pour imposer à Kaya l'évidence : c'était lui qui menait le jeu. Impression que celle-ci ne percevait toujours pas. Où voulait-il en venir ? Elle se contenta de glousser comme pour lui envoyer une nouvelle marque de désintérêt.

Ethan laissa retomber ses mains et sembla un instant perplexe, puis se rendit compte qu'elle le tournait en ridicule, ce qui ne l'enchantait guère. Il devait lui montrer ce qu'il attendait d'elle.

— Vous me devez réparation ! lui asséna-t-il de but en blanc, ce qui étouffa le gloussement de Kaya dans sa gorge.

— Comment ça ? lui répondit-elle surprise. Je crois que c'est vous qui me devez réparation !

La colère remplaça toute once de rédemption à son égard pouvant subsister dans une infime partie de son cerveau. C'était un vrai connard ! Elle s'approcha de lui et posa son index sur son torse et l'invectiva :

— Vous me faites virer à deux reprises, vous me foutez dans une merde immense et c'est vous qui demandez réparation ? VOUS ? répéta-t-elle en appuyant une seconde fois sur son torse.

Ethan recula et inspira difficilement, tout en regardant l'index qui se décida enfin à quitter son corps. Un soulagement imperceptible le saisit et il la regarda à nouveau, cette fois avec une détermination sans faille. Cet index posé sur lui était bien pire que la carafe d'eau, la gifle ou le coup de pied au tibia. Elle l'avait touché là où elle n'avait pas le droit.

— Oui, je demande réparation ! À cause de vous, j'ai dû demander une injonction au tribunal stipulant qu'Amanda reste à plus de 100 mètres de moi. Votre petite intervention m'a coûté très cher. Elle a été plus que collante et insistante, sans parler du nombre de fois qu'elle a ressassé qu'elle ne lâcherait rien avec moi, que votre intervention ne lui avait fait ni chaud, ni froid... comme si j'avais besoin qu'on me fasse repenser à vous ! murmura-t-il entre ses dents. Maintenant, toujours à cause de vous, je passe pour un procédurier que les femmes ne doivent surtout pas approcher sous peine d'être punies par la loi !

Kaya écarquilla les yeux. Elle n'aurait su dire si c'était par le côté consternant d'une Amanda vraiment aveuglée par le faste de Monsieur ou si c'était par l'envie de rire quant au fait qu'il était devenu *persona non grata* auprès des femmes, mais elle le dévisagea avec sympathie. Ethan se mordit la langue. Certes, il avait dû agir de la sorte pour Amanda, mais il était clair que séduire des femmes pour les mettre dans son lit ne serait pas un problème sur lequel la justice et les médias s'appesantiraient. L'argent attirait les femmes vénales et il pouvait en charmer autant qu'il le désirait. Mais s'il voulait que son plan marche, il devait employer les grands moyens.

— Vous m'en devez donc une ! conclut-il avec fermeté.

Kaya ouvrit la bouche, hébétée. Elle ne lui devait rien du tout ! Avait-il pensé à elle ? Il lui en devait plus qu'elle ! C'était un comble ! Comment osait-il se plaindre de ses pauvres histoires de cul alors qu'elle, elle devait penser à comment elle survivrait ce mois-ci ?

Crève, oui !

La rage prit place devant le peu de sympathie qu'elle venait d'avoir pour lui. C'était un égoïste arrogant qui n'avait aucune idée de ce qu'étaient de vrais problèmes.

— Comment osez-vous vous présenter à moi avec vos problèmes féminins insignifiants alors qu'à cause de vous, j'ai perdu deux jobs et que je ne sais pas comment je vais finir le mois ? Comment osez-vous vous plaindre de vos petits problèmes de riche égoïste et arrogant alors que je cours à droite et à gauche pour gagner ce que vous gagnez rien qu'en ouvrant votre sale petite gueule de connard ? ! Celle qui doit demander réparation, c'est bien plus moi que vous !

Ethan la jaugea un instant. Les pauvres avec leurs problèmes de pauvres. Toujours en train de se plaindre. Il ne comprenait pas cette habitude. Il avait toujours eu trop de fierté pour réclamer quoi que ce soit. Il soupira de résignation et lui dit :

— Très bien. Vous étiez payée combien pour votre soirée chez Mme Spencer ? Mille euros ?

Kaya ne sut où il voulait en venir. Pourquoi lui posait-il cette question ? Comme s'il voulait dédramatiser le fait que ce n'était pas beaucoup d'argent. Même si c'était moins, elle acquiesça devant son prix.

Le visage perplexe de Kaya incita Ethan à poursuivre.

— Pour réparation, je veux que vous m'accompagniez à un cocktail organisé par Agnès B. J'ai besoin d'une cavalière.

Kaya fut consternée une nouvelle fois. Ce type avait le chic pour la surprendre à chaque parole qu'il prononçait. Elle ? Avec lui ? Dans un cocktail ? Tous les deux alors qu'ils se détestaient ? C'était une blague ? Était-il devenu fou ? Et Agnès B. ? Agnès B., grande figure de la mode et du maquillage ? Et le rapport avec sa question précédente ? Elle avait dû mal comprendre.

— Agnès B. ? Qui c'est ? demanda-t-elle pour lever le doute.

Ce ne pouvait être celle à laquelle elle pensait.

— Vous êtes une femme et vous ne connaissez pas Agnès B. ? Vous n'avez jamais porté ses cosmétiques ?

Ethan se mit à rire, ce qui blessa Kaya. Bien sûr qu'elle la connaissait. Mais de là à la rencontrer pour de vrai ? Il avait donc une telle influence pour être invité à son cocktail ?

— Donc, on parle bien de cette Agnès B...

— Vous en connaissez d'autres ? Voici un papier avec mon numéro de téléphone. Je vous paierai mille euros si, à la fin de la soirée, j'estime que vous avez fait votre travail.

Kaya saisit le morceau de feuille qu'il lui tendait, abasourdie et incrédule. En fait, elle ne savait que trop penser. Il l'invitait donc à jouer la potiche à son bras contre rémunération. Reformulé ainsi, cela ne lui plaisait guère.

— Vous voulez donc me payer contre une prestation de service digne d'une call-girl ou d'une poule de luxe ?

Ethan haussa un sourcil. Vu comme cela, il se rendait compte que l'affaire était en train de lui échapper.

— Vous me considérez donc avec si peu de respect ? Je semble donc pour vous aussi désespérée ?

— Attendez ! Vous exagérez ! dit-il en secouant ses mains devant elle comme un essuie-glace. Je suis loin d'exiger de vous plus que votre présence !

— Oh ! Donc ma présence oui, mais je ne suis pas assez bien pour vous pour autre chose ?

Ethan ouvrit la bouche pour répondre et se justifier, mais il s'aperçut qu'elle prêchait le faux et son contraire. Elle voulait plus avec lui ou pas finalement ? L'idée de « plus avec elle » le déstabilisa. Il n'y avait pas songé. En fait si, mais ce n'était qu'un moment d'égarement quand il se rappelait son physique et se demandait comment était sa silhouette sous ses vêtements. Les divagations d'un homme pouvant aller très loin, cette idée se concrétisa en devinant ce qui se cachait sous son manteau. Le trouble s'empara de lui. Il devait se ressaisir et recadrer les choses. Comment pouvait-il dévier ainsi ? Mais il n'en eut pas le temps.

— Vous êtes l'homme le plus odieux qui soit ! J'espère qu'un jour une personne vous remettra à votre place, c'est-à-dire à genoux, suppliant de pardonner votre débilité profonde.

Elle s'approcha de lui et lui assena un coup de genou magistral dans les parties intimes. Ethan n'eut pas le temps d'ajouter quoi que ce soit. Il fut saisi d'une douleur qui court-circuita tous ses sens. Il ramena ses mains devant son sexe endolori et se laissa tomber à genoux, pour tenter de la calmer tandis que sa respiration se faisait saccadée, difficile. Kaya tourna les talons, son papier froissé dans son poing et lui dit :

— Ah bah voilà qui est fait, Monsieur Connard !

- 4 -

DÉROUTANT

Kaya se regarda dans le petit miroir accroché sur la porte de son vestiaire. Elle grimaça quand elle se découvrit, à travers les petits impacts de rouille incrustés dans le verre, témoins de sa vétusté. Le vendredi soir était une soirée à thème pour le Silky Club et ce soir, c'était tenue d'écolière.

Génial...

Jupe courte, plissée, noire avec un double liseré blanc en bas tout autour, petit chemisier blanc, chaussettes hautes noires arrivant sous ses genoux et petit foulard noir. Le tout porté par des talons de dix centimètres dont elle se serait bien passé, la voilà prête pour commencer son premier soir. Elle avait attaché ses cheveux châtains en une queue de cheval haute. Ils étaient trop longs et allaient la gêner dans son travail de serveuse s'ils étaient lâchés. Elle n'avait pas de quoi se payer le coiffeur, c'est pourquoi ils lui arrivaient à mi-dos maintenant et l'embarrassaient plus qu'autre chose. Elle venait de fignoler son maquillage. Elle n'avait pas d'argent, mais elle tenait à avoir l'air belle malgré tout quand elle sortait. Quand elle reboucha son tube de mascara, elle poussa un long soupir de désespoir. Elle n'en avait presque plus. Son crayon Kohl arrivait à dimension ridiculement petite. Quant à son ombre à paupières, elle devait racler les rebords de son écrin pour ramasser les quelques poussières brunes qui restaient. Que n'était-elle pas capable de faire pour gagner un peu d'argent ? Elle arrivait à un stade où bientôt elle devrait dire adieu à la coquetterie. Elle finissait de ranger son maquillage dans son sac à main quand elle s'aperçut que son mascara était un maquillage de la marque Agnès B. Elle sourit, puis se renfrogna. Elle claqua alors la porte d'un geste sec quand le simple logo Agnès B. rentra en résonance dans son cerveau avec une personne dont elle préfèrerait ignorer jusqu'à l'existence.

Crétin !

Elle suivit alors les autres filles vers la salle du Club où les hommes allaient bientôt arriver. Elle appréhendait la soirée. Avec cette tenue que le gérant avait distribuée, la soirée s'annonçait difficile. Certaines des filles étaient ravies de voir le déguisement de ce soir, d'autres étaient indifférentes, presque blasées. On aurait dit qu'elle était la seule que ce costume inquiétait. À voir les autres employées, le travail ne semblait pas les gêner dans leur pudeur ou leur dignité. Elle ramena dans sa gorge l'angoisse qui ne demandait qu'à sortir, ferma les yeux un instant et les rouvrit avec son nouvel objectif en tête : le pognon ! Elle s'en voulait de penser comme ça. On pourrait la qualifier de vénale à la voir ainsi prête à tout pour trois francs, six sous. Elle se trouvait ridicule et minable. Mais quel choix avait-elle ? Elle attrapa son plateau et décida de s'activer à faire ce à quoi on la payait.

Les deux premières heures furent cool. Les regards pervers des hommes friqués restaient au niveau de leurs yeux et cela relevait plus du jeu de séduction pour vendre des verres que de demandes malsaines. Les choses commencèrent à changer quand les strip-teaseuses arrivèrent sur scène pour faire leur show et chauffer la salle. Le patron du Silky avait été clair : plus les hommes ont chaud, plus ils consomment. « Chauffez-les ! » avait-il dit. De ce côté-là, Kaya se contenterait de répondre à leurs demandes d'alcooliques et ce serait tout. Porter déjà cette tenue suffisait à montrer ses efforts pour les satisfaire. Elle pouvait faire une plaisanterie coquine au passage, pour détendre l'atmosphère, mais elle s'en tiendrait là, elle refusait de donner plus de sa personne. Quand le spectacle commença, ces hommes si élégants et civilisés changèrent du tout au tout. On passa du sourire mielleux au sourire carnassier en un éclair. Des sifflements envahirent la salle qui était maintenant comble. Le vendredi soir était réputé et c'était devenu un rendez-vous incontournable pour certains. Quatre femmes commencèrent à danser sur la chanson des Pussycat Dolls, « Don't Cha » : une blonde, une rousse, une châtain et une brune. Quatre femmes aux formes voluptueuses pour satisfaire tous les goûts bougèrent leur bassin de manière synchrone lentement, tout en effleurant leur corps lascivement. Les hommes dans la salle perdirent toute retenue quand le refrain se fit entendre. Kaya leva les yeux au ciel. Forcément, les hommes ne pouvaient que retrouver leur bestialité lorsque les filles fredonnèrent le refrain en anglais :

« Don't cha wish your girlfriend was hot like me?
Don't cha wish your girlfriend was a freak like me?
Don't Cha? Don't Cha?
Don't cha wish your girlfriend was raw like me?
Don't cha wish your girlfriend was fun like me?
Don't Cha? Don't Cha? »

(*N'aimerais-tu pas que ta copine soit aussi chaude que moi ? N'aimerais-tu pas que ta copine soit aussi déjantée que moi ? N'aimerais-tu pas... N'aimerais-tu pas... N'aimerais-tu pas que ta copine soit aussi sauvage que moi ? N'aimerais-tu pas que ta copine soit aussi drôle que moi ? N'aimerais-tu pas... N'aimerais-tu pas... ?*)*

Elles étaient un appel à la débauche et remplissaient leur rôle de chauffeuses de salle avec leurs clins d'œil aguicheurs et leurs mouvements quasiment érotiques. Les demandes de boissons affluèrent en même temps que leurs portefeuilles se vidaient. Ils devenaient tous fous, hurlaient de vouloir l'une d'elles comme nouvelle petite amie. Cela en devenait presque risible tant cela en était pathétique de les voir s'émerveiller à chaque vêtement qu'elles s'amusaient à retirer avec un certain sadisme. Leur ébullition se traduisit bientôt au-delà de leurs mots et de leur impatience, et des mains commencèrent à se balader plus lestement sur les entraineuses et sur les serveuses. Kaya put sentir des effleurements au niveau de ses cuisses ou ses fesses quand elle passait entre les tables. Chaque caresse la faisait sursauter de surprise, suivi d'un dégoût qu'elle s'empressait de refouler pour pouvoir continuer.

Quand le premier strip-tease prit fin, une autre fille vint sur scène pour un show individuel sur Paula Cole et son « Feelin' Love ». Ce numéro contrastait avec le premier. Il était tout en douceur, sensualité, élégance et intimité. Après avoir mis l'ambiance avec une chanson rythmée, cette danse était plus calme et suggestive. Plus glamour aussi et les hommes en furent plus qu'enchantés. Certains s'étaient levés de leur canapé pour assister minutieusement à chaque détail. Kaya ne tenta pas de regarder davantage ce qui se passait. Elle devait se concentrer pour ne pas flancher devant les regards lubriques de ses clients qui devenaient de plus en plus entreprenants avec elle. Ne pas pouvoir toucher la fille sur scène les frustrait au point de les faire se rabattre sur ce qui était près d'eux. Et visiblement, une femme ne leur suffisait plus. Les « filles de compagnie » étaient de plus en plus insistantes à vendre une bouteille de champagne pour les éloigner de leurs mains et bouches aventureuses et ils se rabattaient du coup sur les serveuses qui passaient. La tension monta d'un cran pour Kaya qui tentait tant bien que mal de sourire quand le patron l'appela au bar.

— Kaya, j'ai eu une demande particulière d'un groupe de bureaucrates dans une des salles spéciales. Ils t'ont demandé comme serveuse attitrée.

Kaya fut surprise. Un client pouvait demander une serveuse attitrée ? Il n'en avait jamais été question lors de l'embauche... Elle se contenta de sourire, mais sa joie n'était pas là. Tout cela ne lui plaisait guère.

— Ils m'ont demandé, moi ? fit-elle sur le ton de la surprise. Je suis bien occupée en salle, une autre fille peut y aller à ma place, non ?

— Certainement pas ! lui dit-il sèchement. Ils ont payé une jolie liasse de billets pour toi. Tu vas donc être gentille avec eux et répondre à la moindre demande de leur part, n'est-ce pas ?

Le regard qu'il lui jeta lui fit froid dans le dos. Il n'y avait aucune équivoque possible et encore moins de protestations attendues. Quant à ses paroles pour le moins ambiguës, elles la tétanisèrent. Il ne lui demandait quand même pas de faire autre chose que de servir ? Le patron du Silky sortit la liasse de billets de sous le comptoir.

— Regarde ! lui dit-il pour l'encourager. Ils ont été très généreux. Imagine-toi ce que tu pourrais faire avec ce fric. Bien évidemment, je prendrai ma commission de 40 % dessus, mais le reste sera tout à toi alors ne les déçois pas. Ne me fais pas regretter de t'avoir embauchée... Si tu veux ton salaire de la soirée...

Kaya déglutit. La liasse devant ses yeux lui permettrait indubitablement de la sauver de l'expulsion par son propriétaire, mais à quel prix ? Prostitution masquée ?

— Que dois-je faire exactement ? demanda-t-elle d'une petite voix tout en lorgnant sur les billets avec envie.

— Rien de bien méchant. Ils n'ont pas demandé une des filles habituelles. Tu réponds à leur demande d'alcool, tu leur fais un petit show à ta sauce, histoire qu'ils soient tous contents et voilà..., lui répondit-il évasivement, tout en nettoyant un verre de façon nonchalante.

Cet homme devait avoir la trentaine bien tassée, mais il semblait maîtriser son commerce comme jamais ! Une expérience à faire donner des frissons. Heureusement que sa barbe masquait une partie de son visage, sinon elle se serait carrément liquéfiée en le regardant. Kaya avait des sueurs froides. Ce qu'elle ne voulait faire, il lui imposait de façon à ce qu'elle n'ait pas d'autre choix. Son salaire était encore en jeu.

— Ce sont de bons clients. Ils ont l'habitude des lieux et tu es nouvelle. Tu as juste à satisfaire leur curiosité.

Devant le silence de sa serveuse, le patron lui dit :

— Va prendre ta pause et réfléchis bien à ce que tu gagneras selon la qualité de ta prestation. Je te laisse un quart d'heure pour te rafraîchir et y retourner.

Kaya se détacha mécaniquement du comptoir, complètement abasourdie par ce qui se passait. Les cris continuaient de fuser dans la salle, mais elle avait l'impression d'être à des kilomètres. Elle se tourna machinalement vers les vestiaires, juste avant que son employeur n'ajoute :

— Et un conseil, n'essaie surtout pas de me faire faux-bond ! J'ai horreur de ça !

La sentence claqua sèchement dans la bouche de cet homme. Était-ce une menace ? Que pouvait-il faire si elle prenait la fuite ? Malheureusement, elle savait que dans le milieu de la nuit, tout était possible. Des contrats circulaient pour trouver certaines « têtes » très facilement... Elle n'avait pas besoin de ça dans sa vie. Il pouvait la poursuivre comme il voulait, il avait assez d'informations sur le contrat d'embauche pour savoir où la trouver. Elle gagna le vestiaire avec un sentiment de panique grandissant. Elle se laissa glisser contre son vestiaire et tenta de reprendre contenance. La vérité, c'est qu'elle avait envie de pleurer. Elle s'était toujours interdit de pleurer. Cela n'arrangeait rien et Adam n'aimait pas cela. Pourtant, ce soir, c'était la goutte d'eau en trop. Elle n'en pouvait plus. Dans moins de quinze foutues minutes, elle allait faire l'impensable, toujours pour survivre. Adam allait la mépriser. Elle tenta de réprimer un sanglot, mais les larmes commençaient déjà à couler le long de ses joues. Que pouvait-elle faire ? Elle était prise au piège. Adam ne viendrait pas la sortir de là. Qui pourrait la sortir de ce guêpier ? Elle n'avait pas d'amis. Du moins, ils étaient partis depuis longtemps, ne sachant comment se comporter devant celle qui portait le malheur sur son dos comme Sisyphe poussait son rocher sur sa montagne indéfiniment. Elle avait appris à s'en accommoder jusque-là. Mais aujourd'hui, elle devait admettre qu'elle se sentait seule. Vraiment très seule. Seule et perdue. Elle avait dû se contenter de se débrouiller jusque-là sans aucune aide extérieure, mais à cet instant présent, elle n'avait plus de force.

Une autre serveuse entra dans le vestiaire pour chercher quelque chose dans son casier. Kaya s'essuya d'un revers de manche les traces de ses larmes et se redressa. Elle ouvrit également son casier pour se refaire une beauté. Les larmes ne l'aideraient pas à avancer. Elle n'avait pas le choix, elle devait le faire. Elle ferait comme si Adam était là, à la place de ses gros dégoutants. Elle rentrerait ensuite chez elle après avoir récupéré son argent et posé sa démission. Il ne pourrait rien lui dire ; le job aurait été fait. Elle effacerait ensuite cette journée de sa tête. Tout irait bien.

La jeune femme regarda Kaya avec perplexité, comme si elle tentait de comprendre si elle allait bien ou pas. Montrer ses faiblesses n'était pas envisageable pour Kaya. Elle avait repoussé trop de personnes comme ça, ne supportant pas leur pitié. Elle lui adressa un sourire que sa collègue lui renvoya par politesse forcée, mais toujours peu convaincue. Quand elle regarda son visage dans le miroir, elle ne put que constater le mascara sur ses joues. Elle soupira et attrapa son maquillage dans son sac. Elle se saisit de son tube de mascara, son crayon khôl et un mouchoir. Elle s'essuya avec sa salive sur le mouchoir le noir sur ses joues, à l'abri du regard de sa collègue. Elle n'avait pas de démaquillant, elle ne voulait pas voir son regard affligé maintenant. Elle était déjà suffisamment déprimée comme ça. Elle repassa son bout de crayon sur ses yeux, puis s'attaqua à ses cils. Elle tourna le tube et vit à nouveau Agnès B. écrit sur le tube. Elle repensa alors à M. Connard. Finalement, qu'est-ce qui était mieux pour elle ? Cette soirée-ci, ou celle qu'il lui avait proposée ? Être la poupée d'un homme ou celle de plusieurs ? Elle grimaça. En fin de compte, il lui semblait tout à coup moins repoussant que tout ce qu'elle avait vu et s'attendait encore à voir ce soir. Elle couvrit d'une fine couche noire ses cils et se regarda une nouvelle fois.

Tu es contente de toi ?

Elle reboucha le tube de mascara et le reposa dans son sac.

En attendant, tu peux dire que tu lui as fait ravaler sa prestance et son arrogance de riche maniaque du contrôle.

Elle regarda fixement son sac à main. C'était certain qu'il n'avait pas dû la voir venir avec son coup de genou dans ses parties intimes, mais sa manie à vouloir dominer l'agaçait purement et simplement.

Comme s'il pouvait tout maîtriser parce qu'il le voulait tout simplement...

Elle referma la porte de son casier et lorgna sa copine de pause, en train de tapoter sur son téléphone portable. Elle réajusta son foulard noir et expira pour se reprendre. Elle regarda un instant son casier à nouveau. Comment se sortirait-il d'une telle situation, lui ? Lui qui maîtrisait tout, comment ferait-il ? Pourrait-il la sortir de là ? Elle pouffa tout d'un coup, devant l'absurdité de sa situation. Elle allait se jeter dans la fosse aux lions et voilà qu'elle pensait à lui ! La serveuse leva les yeux de son téléphone pour voir ce qui se passait, puis retourna dans son texto qu'elle tapait frénétiquement. Elle, au moins, avait quelqu'un vers qui se tourner. Et elle ? À cet instant, elle voulait qu'on la sauve. Lui seul pourrait éventuellement la sauver. Elle ne voyait que lui, pour la sortir de là. C'était le défi qu'elle pouvait lui proposer contre sa participation à son cocktail. Oui, lui seul avait sans doute cette capacité...

Kaya eut un sursaut d'espoir et rouvrit avec hâte son casier, ce qui interrompit sa voisine dans sa tâche. Elle la vit chercher frénétiquement quelque chose dans son sac à main et murmurer un « où est-ce que j'ai foutu ce foutu morceau de papier ! ». Elle eut un mouvement de recul lorsqu'elle la vit ressortir sa tête de son casier avec un bout de feuille froissée et un sourire de joie sur le visage. Kaya se tourna vers elle et vint la retrouver. La serveuse la regarda encore plus perplexe à présent.

— Excuse-moi, je n'ai pas de téléphone et j'ai un appel urgent à passer. Est-ce que cela te dérangerait de me prêter le tien ?

Kaya tenta le sourire le plus sympathique qu'elle put lui offrir, mais aussi le plus suppliant. Sa dignité était au point où si elle devait se rabaisser à quelque chose, il valait mieux que ce soit devant elle et son sauveur que devant ces pervers dans la salle d'à côté. La jeune femme la toisa un instant puis soupira.

— Je dois y retourner de toute façon... Que cela ne dure pas une heure ! Quand tu as fini, remets-le dans le casier. On ne vole pas ici de toute façon...

Elle lui tendit son téléphone avec un air las. Kaya la remercia, s'inclinant mille fois et lui disant que sa gratitude pouvait atteindre le ciel, tant elle lui sauvait la vie. Elle leva alors les yeux d'incrédulité et pouffa. Puis fit un geste de la main et sortit du vestiaire. Kaya voyait enfin une lumière au bout du tunnel. Elle tapa alors en tremblant le numéro inscrit sur le papier. Un bip, deux bips... cinq bips et elle tomba sur le répondeur. Elle pesta comme jamais contre lui.

Jamais là quand on a besoin de Monsieur !

Elle réessaya. C'était sa seule chance.

Ethan avait le nez dans les dossiers, jusqu'au cou. Il était minuit et demi et il bossait encore. Il avait finalement accepté la présentation communication de son équipe, mais cela engendrait une préparation dont il devait finaliser chaque point. Cette tâche lui incombait et ses péripéties avec sa serveuse l'avaient fait décrocher de son travail depuis quelques jours. Il ressassait, ruminait encore et encore, et ne suivait pas les évènements de son entreprise. Et le voilà, aujourd'hui à payer les pots cassés en pleine nuit chez lui. Son téléphone venait de sonner, mais il n'avait pas envie de décrocher. C'était un appel inconnu et il n'avait pas de temps à perdre. Cela devait être encore une amie d'une amie qui tentait sa chance. Ce n'était pas la première fois.

Il retira ses lunettes et se frotta l'arête du nez pour se soulager. C'était rare qu'il les mette, mais ce soir, il sentait ses yeux fatigués et il n'était pas prêt de les soulager. Il avait encore des signatures à mettre sur plusieurs dossiers. Il devait faire une pause, mais s'il la faisait, il ne dormirait pas de la nuit. Son téléphone sonna à nouveau. Il visa l'écran un instant. Qui pouvait l'appeler à une heure pareille, alors qu'il pourrait, comme le monde d'en bas, dormir profondément ? Qui se permettait d'insister ainsi ? Il soupira et se résolut à décrocher.

— Ouais, dit-il sans même marquer une formalité à cet appel intempestif.

Il était trop las pour dire son nom ou encore dire ne serait-ce qu'un allô.

— Enfin ! entendit-il presque crier à travers le combiné. Ça vous arrive de décrocher dès la première fois !

Ethan se redressa sur son siège, interloqué.

— C'est Kaya..., continua-t-elle plus confuse et d'un ton plus radouci.

Ethan écarquilla les yeux et regarda à nouveau le numéro affiché sur son écran. La surprise qu'il ressentit n'eut d'égal que sa joie d'entendre sa voix.

— Je... je voulais savoir si votre offre tenait toujours ?

Un silence s'installa. Il n'en croyait pas ses oreilles. Il avait presque renoncé, se demandant comment revenir vers elle après leur dernière entrevue et la voilà qui l'appelait. Quelle mouche l'avait piquée ? Elle était vraiment en manque d'argent au point de remettre sa fierté en jeu ? Il sourit à cette idée. Il la tenait enfin. Il s'éclaircit la voix et lui répondit :

— Oui, bien sûr... Je suis ravi de voir que vous...

— Écoutez, je n'ai pas beaucoup de temps, le coupa-t-elle. J'accepte que sous deux conditions.

— Ah oui ? Je dois donc subir vos conditions ? dit-il en riant. Si vous m'appelez voyons, c'est que vous devez être vraiment aux abois au point d'être prête à mettre de côté nos différends. Je ne pense pas que vous soyez en position pour demander quelque chose.

— Vous croyez ? Ce n'est pas vous qui avez besoin d'une cavalière ? ! Ce n'est pas vous qui avez fait l'offre ? ! C'est vous qui êtes le demandeur, pas moi !

Ethan se tut. Il n'était pas entièrement convaincu par cela, car au final, il pouvait se passer de sa présence, mais il concéda cependant ses propos, par curiosité.

— Je vous écoute...

— La première c'est que je veux sept cents euros dès le début de soirée et le reste à la fin.

— Non, hors de question ! Vous seriez capable de partir dès que vous les auriez dans les mains et me laisser en plan.

— Vous seriez capable de ne pas me payer une fois la soirée passée ! rétorqua-t-elle pour sa défense.

Ethan sourit. Elle négociait et il trouvait cela... drôle. S'attaquer à un requin tel que lui, elle ne manquait pas de toupet.

— Quatre cents, lui dit-il pour accepter le jeu.

Il put l'entendre hésiter puis elle déclara.

— Six cents, dernière offre !

Il voulait rire, mais se retint. Il avait l'impression de se battre pour un contrat juteux alors que tout cela ne lui apportait rien et il se fichait de mettre cent ou deux cents euros de plus. C'était juste une question de principe et la voir se démener ainsi à négocier quelques euros était tout simplement grotesque.

— Cinq cents, et c'est mon dernier mot.

— Vous vous fichez de moi ! ! Vous la voulez votre cavalière, oui ou non ? !

— Et vous, vous le voulez ce job à mille euros, oui ou non ?

Il pouvait l'entendre râler. Cela lui était égal cette discussion sur l'argent, mais l'entendre râler, la taquiner, valait tout l'or du monde.

— OK, dit-elle au bout de quelques secondes, j'accepte.

Il l'entendit soupirer.

— Ça fait moitié-moitié. Chacun y trouve son compte. C'est plutôt réglo, non ?

— Mmmh, répondit-elle avec un ton légèrement agacé.

— La seconde condition… ?

Il y eut un nouveau silence. Il pouvait l'entendre gesticuler, comme si elle subissait une sourde torture.

— Je passe la soirée avec vous si vous venez me sauver.

Cette fois-ci, il se mit à rigoler. Qu'est-ce qu'elle lui chantait ?

— Je vous interdis de rire, je suis loin de trouver cela marrant, croyez-moi !

— Excusez-moi, répondit-il en posant ses coudes sur le bureau. Racontez-moi vos malheurs qui justifient un… sauvetage.

Il se retint de rire à nouveau. Il ne se serait jamais attendu à ce style de conversation avec elle. Elle était vraiment imprévisible.

— Vous connaissez le Silky Club ?

Ethan posa une main sur son bureau. Oui, il connaissait le Silky Club. Il avait déjà eu l'occasion de signer de gros contrats là-bas. Les femmes ont le pouvoir de faire baisser la garde de n'importe quel homme, même de gros clients.

— Oui, je connais. C'est un club branché pour hommes assez fortunés…, dit-il sans rajouter le côté sulfureux.

Un nouveau silence apparut au bout du combiné. Il l'entendit gesticuler quand soudain, une voix d'homme menaçante trancha le silence :

— Kaya, la pause est finie. Au boulot ! Tu les as déjà assez fait attendre. Donne-leur ce qu'ils veulent.

Il entendit ensuite un claquement de porte. Puis plus rien.

— Kaya ? Est-ce que tout va bien ?

— S'il vous plaît, venez me chercher..., finit-il par entendre dans ce qu'il crut percevoir un sanglot, puis il entendit le bip du téléphone indiquant que son interlocuteur avait raccroché.

- 5 -

DÉCONCERTANT

— Voilà notre demoiselle ! s'écria un des hommes de grande taille dans la salle spéciale.

Kaya se contenta de sourire, se redonnant un visage serein malgré ses craintes sous-jacentes. Elle n'avait ni la force de leur répondre, ni de donner une excuse à son retard. Elle s'approcha d'eux et leur servit le champagne en essayant de garder son assurance et son professionnalisme.

— Tu es drôlement mignonne, tu sais..., déclara un autre avec une barbichette. Ce n'est pas bien de nous faire attendre, tu sais.

— Ne lui en veux pas ; l'attente paie toujours ! Regarde un peu ! rétorqua un troisième qui posa sa main sur sa cuisse tandis qu'elle se penchait pour remplir les coupes de champagne. Elle est là et elle est toute à nous...

Kaya retint son souffle quand elle sentit sur sa cuisse la main de cet homme bedonnant, d'une cinquantaine d'années, suant à grosses gouttes. Ils étaient cinq, allant de la trentaine à la cinquantaine, en costard et le regard vicieux. Tous affalés sur le divan ou les fauteuils noirs autour d'une petite table basse en verre, ils dominaient la salle comme si tout leur était dû. Celle-ci avait les murs recouverts d'une toile capitonnée rouge donnant une atmosphère intimiste, trop étouffante pour Kaya.

Comment allait-elle s'en sortir ? L'homme bedonnant commença à remonter sa main sous sa jupe. Elle le maudissait intérieurement et se dépêcha de remplir sa flûte pour aller de l'autre côté de la table et remplir les autres, afin d'échapper à ses avances trop marquées.

— Tu dois être fatiguée, déclara le quatrième aux cheveux blonds... Que dirais-tu de boire un peu de champagne avec nous ?

Kaya le sonda un instant. Il voulait l'enivrer pour adoucir sa tension ?

— Désolée, je ne bois pas pendant le service, rétorqua celle-ci avec un petit sourire.

— Allons, tu peux te faire plaisir. On ne dira rien au patron et les filles ici ont déjà bu avec nous. Détends-toi ! lui déclara-t-il tout en caressant lentement son bras du revers de son index.

— Je ne bois pas d'alcool. Désolée. Avez-vous faim ? Je peux voir ce que je peux vous ramener ?

Les cinq hommes la toisèrent avec envie. Ils ne semblaient nullement s'inquiéter de leur panse. Faire diversion semblait difficile.

— Non, ça ira. Ne perdons pas de temps. Commence l'effeuillage ! dit le cinquième de manière blasée, en s'essuyant les lunettes avec un pan de sa chemise.

— Oui, montre-nous quelle charmante petite écolière tu peux être, ricana l'homme bedonnant en révisant sa tenue de circonstance.

Kaya déglutit. Elle était coincée.

Allez, courage ma belle ! Tu peux tenir. S'ils restent à leur place, tout ira bien, non ?

Il fallait qu'elle soit plus maligne qu'eux. Son seul objectif : gagner du temps. Si M. Connard avait compris le message et la souhaitait comme cavalière, il devrait venir rapidement. Tout à coup, elle douta en y repensant. Elle n'avait aucune certitude qu'il viendrait. Elle n'avait pas eu une réponse affirmative de sa part et rien n'indiquait qu'il était libre ou dans les parages pour la sauver. Et c'était sans compter sur leur dernière rencontre qui avait été un fiasco. Même si sur l'instant, son geste vengeur à l'encontre de ses parties intimes lui avait fait un bien fou, maintenant elle commençait à le regretter. Il devait être bien fâché, même si lors de son appel, il semblait de bonne humeur. Après tout, elle l'avait frappé à trois reprises et venir la chercher pour satisfaire son besoin de cavalière lui paraissait encore plus grotesque que son invitation même à ce cocktail. Elle n'était pas irremplaçable, surtout pour un homme de sa trempe. Pourquoi se donnerait-il cette peine après ce qu'elle lui avait fait ? Il était l'homme le plus odieux qu'elle ait eu l'occasion de rencontrer, mais elle devait admettre que ce soir, les hommes en face d'elle lui paraissaient bien pires. M. Connard ne viendrait pas. Il n'avait plus aucune raison de venir à elle. Son enthousiasme au téléphone était finalement logique. Lui faire croire qu'il disait amen à toutes ses requêtes était sa réponse la plus cohérente pour se venger. Lui donner un espoir vain, la voir suppliante, soumise à son bon vouloir avait dû lui apporter une satisfaction bien plus grande que tout ce qu'il avait pu imaginer.

L'angoisse qu'elle avait essayé de contenir jusqu'à présent commença à se manifester. Elle était seule devant ses types et elle ne voyait plus aucune échappatoire.

— Dis-nous ton petit nom, demanda l'homme à la barbichette.

— Kaya, murmura-t-elle, inquiète.

— Détends-toi, ma belle ! lui répondit-il avec un sourire narquois. On ne va pas te manger !

Ses compagnons de beuverie se mirent à ricaner. Elle ne

supportait pas leurs regards entendus. Il était clair qu'ils salivaient d'avance, comme si elle était le dessert de loups affamés. Si seulement elle avait été un homme, les choses auraient été différentes... Ils ne materaient pas son corps ainsi.

— Kaya, c'est très mignon, dit l'homme aux lunettes de moins en moins patient. Maintenant, désape-toi !

— Ne soyons pas pressés ! Voyons... Faisons connaissance un petit peu avant..., n'est-ce pas ?

L'homme aux cheveux blonds le coupa, avant de s'apercevoir qu'il n'aurait pas dû. L'homme aux lunettes le toisa un instant le visage fermé et dur, puis fit un geste nonchalant de la main, lui concédant sa requête malgré un soupir agacé. Le blond dont Kaya remarqua une alliance à sa main gauche, attrapa alors le bras de Kaya avec force et l'obligea à s'asseoir sur ses genoux. La jeune femme poussa un petit cri de surprise et tenta de se débattre, mais il la tenait trop fort.

— Du calme, ma belle... Sois gentille, veux-tu !

— Lâchez-moi ! cria-t-elle tout en tentant de se relever.

— Tu devrais enlever ton petit foulard, tu n'as pas chaud ? dit-il en gloussant.

— Non, il est bien où il est ! répondit-elle tout en essayant d'empêcher son agresseur de le lui enlever, mais sans résultat.

L'homme aux cheveux blonds le lança à l'homme de grande taille qui l'attrapa d'une main et le déposa sous son nez, puis le renifla avec concupiscence. Kaya sentit son cœur s'affoler. Ce n'était pas bon tout ça.

— À moi ! cria l'homme au ventre bedonnant.

Il attrapa le bras de Kaya et la fit basculer sur lui. Elle atterrit sur son torse et put sentir sa transpiration nauséabonde. Son ancien propriétaire protesta de l'avoir perdue pour la forme, mais ricana en voyant l'agneau au milieu des loups qu'ils étaient. La voir peu rassurée les excitaient. Son nouvel assaillant lui releva le menton et déclara avec désir :

— Des lèvres vraiment appétissantes...

Il commença à lui caresser les lèvres de son pouce. Kaya tourna son visage rapidement, ne voulant lui donner cette opportunité de la toucher. Les lèvres du gros monsieur vinrent se poser sur sa joue, tandis qu'elle tremblait de dégoût, les yeux fermés.

— Ehhh ! Norman ! Ne joue pas sans nous ! lui dit l'homme de grande taille. Moi aussi je veux en profiter. Elle sent tellement bon. Rien que son foulard me fait bander ! Allez, laisse-la nous montrer son potentiel !

— Rahhh, tu fais chier, Fred ! Je n'ai même pas le temps de la tripoter un peu...

L'homme bedonnant grommela. Lâcher sa proie pour la partager ne lui plaisait guère. Il la repoussa pourtant, pour ne pas se fâcher avec les autres qui jouaient le jeu du partage. Kaya se redressa, et put retrouver son souffle qu'elle avait abandonné quelques secondes plus tôt contre ce sale type. Elle réajusta sa jupe et ses chaussettes et fut de nouveau debout devant eux. L'homme aux lunettes se leva et alla mettre une musique d'ambiance. Un morceau assez jazzy dont elle ignorait le titre.

— En piste ! déclara le grand blond. Jouons ! À chaque mauvaise réponse, tu retireras un vêtement.

Les autres acquiescèrent avec amusement. Kaya trouva le jeu intéressant dans le sens où elle avait peut-être des chances de les mettre à distance. Elle avait toujours eu une bonne culture générale et elle pouvait sans doute les bluffer. Il fallait absolument qu'elle les tienne éloignés d'elle le plus longtemps possible. Mais en serait-elle vraiment capable, au vu de leurs sourires carnassiers et entendus ?

— D'accord, dit-elle, mais toujours avec une once de méfiance.

— Parfait ! Si tu réponds mal, tu enlèveras ton chemisier en te déhanchant sur cette musique.

Kaya hocha de la tête affirmativement.

— Et si je gagne à chacune des réponses, je garde un vêtement durant toute la soirée ! Ça vous va ?

Elle était prête à tout pour les tenir loin d'elle. Elle ne danserait pas, n'enlèverait rien. Il le fallait ! C'était sa dignité qui était en jeu.

— OK, jouons ainsi ! Mais je rajoute une clause au jeu ! intervint l'homme aux lunettes, avec un regard machiavélique, qui n'annonçait rien de bon pour elle.

Tous le regardèrent avec impatience et curiosité.

— Si elle échoue, un de nous lui enlève le vêtement en question pendant qu'elle se déhanchera sous son regard.

— Très bonne idée ! déclara l'homme bedonnant en applaudissant. Je vous préviens, le soutien-gorge est pour moi !

— Tu ne perds pas le nord, Norman, gloussa l'homme à la barbichette.

— Quoi ? Je veux lui tripoter ses seins ! Vous savez l'effet que ça me fait ! Et ils ont l'air tout à fait charmants sous son chemisier en plus.

Ses collègues rigolèrent. Kaya se sentait mal à l'aise. Sa tension artérielle faisait le yo-yo et elle avait envie de rentrer chez elle. Tout cela lui glaçait le sang. Comment ces hommes pouvaient-ils être aussi peu respectueux et si malsains ? Elle n'était pour eux qu' un objet qu'ils se passaient de main en main, sans état d'âme.

— Parfait, déclara l'homme à la barbichette. Commençons ! Question numéro un : dis-moi quel est le prénom de mon ami, ici présent.

Il montra du doigt l'homme à lunettes qui se tenait debout prêt de la chaîne Hi-Fi, les bras croisés. Kaya paniqua. Elle avait noté Norman et Fred, le grand dadais, mais les autres...?

— Ce... ce n'est pas une question à laquelle je peux répondre ! Comment voulez-vous que je sache ? ! C'est de la triche ! Posez-moi plutôt des questions de musique, film, actualités... Tout ce que vous voulez, mais pas ce genre de questions où le résultat est connu d'avance !

— Tu protestes ? dit l'homme aux lunettes maintenant très agacé. Nous avons fait un deal, il me semble ? Nous avons payé cher ta prestation ! Tu ne veux plus jouer ? Tu ne veux pas répondre ?

Kaya déglutit et recula d'un pas que l'homme à lunettes s'empressa de réduire par deux pas en avant. Lorsque son dos s'appuya contre l'un des murs de la salle, elle sut qu'elle n'avait plus le choix. Il était à présent face à elle avec un sourire satisfait sur les lèvres.

— En fait, tu es une petite coquine qui n'attend que ça... que l'on vienne te cueillir, n'est-ce pas ? Tu ne tentes même pas une réponse !

Son index vint alors se poser à la base de son cou et entama une descente vers l'ouverture de son chemisier. Kaya pouvait sentir le souffle de son ennemi tant il s'était approché d'elle. Elle tourna la tête pour ne pas lui laisser ses lèvres au cas où l'idée lui traverserait l'esprit, comme à « Norman ». Plus son doigt descendait, plus la poitrine de Kaya se soulevait, mue par l'angoisse qui lui prenait son cœur en étau. Elle tenta alors un « Sébastien », mais les autres se mirent à ricaner, devant son erreur.

— Perduuuu ! lui dit-il en chantonnant. Dommage, tu n'avais droit qu'à un essai !

Il dégrafa un bouton, puis un second. Ses collègues l'encouragèrent à aller plus vite, frappant des mains sur la table et des pieds contre le sol, impatients d'en voir plus, ce que ce dernier ne prit pas en compte. Il prenait son plaisir plus égoïstement que les autres. Son soutien-gorge blanc était à présent visible. Tous les boutons de son chemisier étaient détachés.

— Regardez-moi cela, les gars ! N'est-ce pas magnifique ?

Tous acquiescèrent avec délectation.

— Je veux toucher ! dit alors l'homme bedonnant en se levant pour se diriger précipitamment vers eux.

— Attends ton tour, Norman ! claqua alors la voix de l'homme à lunettes.

Norman se stoppa net et avala sa salive, soudain moins sûr de lui. L'homme à lunettes tourna sa tête vers lui et son regard était sans appel. Kaya put voir que l'homme face à elle semblait avoir un ascendant sur les autres, comme si finalement il était le leader du groupe, qu'il avait la primauté des évènements et le choix des actions. Il avait plus tôt consenti à la demande d'un de ses collègues pour savoir son prénom. Elle ne fut pas étonnée qu'il soit le chef de la bande, car il avait eu des paroles bien plus incisives envers elle dès le début. Les autres étaient graveleux, libidineux, lui était plus calculateur, plus inquiétant, plus impérieux. Il avait un costume taillé sur mesure, les cheveux noirs peignés de près, pas une seule mèche qui rebiquait. Aucun détail n'échappait au soin rigoureux de son apparence qui se voulait stricte et autoritaire.

Norman retourna finalement se rasseoir, sans un mot de plus et mal à l'aise. Les autres collègues ne pipaient mot non plus, plongeant l'ambiance dans un silence austère. L'homme à lunettes se retourna à nouveau vers Kaya avec son regard dominateur. Un frisson glacial s'empara de la jeune femme.

— Désolé d'avoir été interrompu, ma chère Kaya. Ce petit désagrément ne sera bientôt qu'un mauvais souvenir ; je te réserve de magnifiques caresses, ne t'inquiète pas. Au fait, la réponse à la question était Alec. Enchanté, Kaya !

Alec posa alors sa main sur la taille dénudée de Kaya qui sursauta dans un petit soupir surpris. Le contact de sa main sur sa peau la révulsait au point qu'elle sentit la nausée lui nouer les tripes et remonter le long de sa gorge. Celui-ci affichait un air suffisant, les yeux brillants d'excitation à travers ses lunettes. Il lui attrapa le menton de son autre main pour ramener son visage face à lui. Kaya tenta de lutter avec force, mais la pression qu'il exerça sur sa taille au même moment fit tomber ses dernières résistances.

— Quelle vilaine manie de vouloir me résister..., dit-il d'une voix sourde. On ne me résiste pas, tu sais. Jamais.

Kaya le regarda droit dans les yeux, et à ses mots, eut soudain un flashback de sa rencontre avec M. Connard et ne put réprimer un petit rire, ce qui étonna alors Alec. Il avait, lui aussi, ce genre de propos à la fois autoritaire et évident. M. Connard n'avait pas ce regard vil, mais il n'en était pas moins un homme de domination et elle se rappela que devant lui, elle ne s'était pas dégonflée. Elle n'avait qu'à agir de même avec l'homme face à elle à présent. Cette image d'elle lui donnant un coup de genou dans ses parties intimes la regonfla à bloc. Elle ne s'était jamais démontée devant l'adversité.

— Vous ne me faites pas peur ! J'ai déjà rencontré quelqu'un qui croyait pouvoir obtenir ce qu'il voulait et il a vite regretté d'avoir cru que tout lui était dû. Je vous conseille de vous éloigner de moi.

Alec la scruta un instant, analysant ses yeux soudain plus confiants que jamais, puis il éclata de rire.

— Alors celle-là, on ne me l'avait pas encore faite ! Ah ah ah !

Alec recula d'un pas, comme pour se remettre de sa plaisanterie qui lui plia le ventre.

— Ahhhhh, fit-il dans un soupir désabusé.

L'éclat de rire fit place à un visage qui se ferma soudainement. Son regard amusé devint sombre, dur et d'un coup, Kaya sentit son visage partir sur le côté sans avoir la possibilité d'anticiper quoi que ce soit. Elle ne put qu'entendre un bruit claquant l'air. Une douleur cinglante lui brûla alors la joue. Un goût métallique lui emplit la bouche et ses yeux s'humidifièrent sans qu'elle ne puisse le contrôler vraiment. Il venait de la frapper.

— Tu oses me défier ? ! Tu oses me menacer ? ! Moi ! cria alors Alec. Sais-tu à qui tu parles ?

Il posa alors ses mains à plat contre le mur, de part et d'autre de la tête de Kaya, dans un geste brutal.

— Sais-tu que le jeu de la jeune pudique, fragile et innocente ne tient plus avec ta menace ? Cela ne m'amuse plus du tout. Idiote ! Pauvre conne ! Dire que l'on s'amusait bien jusque-là !Tu viens de tout gâcher avec ta stupidité !

Ses collègues ne bronchèrent pas. Aucun d'eux n'osa bouger pour ne pas amplifier sa colère et qu'il la reporte sur l'un d'eux. Kaya resta figée dans la position dans laquelle la gifle l'avait laissée, la bouche entrouverte par l'impact. Son regard fixait un point dans le vide, marquant à la fois sa surprise mais aussi sa terreur. Si elle bougeait, que ferait-il ? Si elle venait à nouveau à le regarder dans les yeux, qu'y verrait-elle ? Si elle venait à dire quelque chose, comment le prendrait-il ? Il n'y avait donc plus d'espoir ? Ou elle acceptait sans broncher, ou elle ressemblait à un punching-ball ?

— Maintenant, tu vas la fermer, tu entends, et tu vas être la plus sage possible... Est-ce clair ? Je ne paie pas pour que l'on m'échappe. Cependant, je dois dire que cette gifle m'a infiniment plu et que je suis à présent très excité de tout t'arracher et de m'emparer de tout ce que je vois devant moi.

Il glissa alors la main sous son soutien-gorge et pressa sa paume contre son sein. Les larmes de Kaya se mirent à couler sans qu'elle ne puisse laisser échapper le sanglot qui lui comprimait la gorge depuis la gifle. Elle n'arrivait pas à bouger pour se débattre, paralysée par la peur. À quoi bon ? De toute façon, si elle levait le petit doigt, il lui rappellerait où était sa place. Il gémit de plaisir, laissant les autres passifs face à ce spectacle. Sa colère venait de balayer leur jeu et la complicité qu'ils avaient quelques minutes plus tôt sur leur soirée.

— Humm, doux et ferme, comme je les aime...

Alec l'attrapa par la taille de son autre main et approcha alors ses lèvres, laissant libre court à son excitation sur la peau du cou de Kaya, qui se libéra enfin de sa détresse et commença à pleurer, impuissante. Il la touchait, il la salissait et elle ne pouvait que trembler sans pouvoir se défendre. Tout lui sembla flou, comme si elle se détachait de la réalité, comme si son esprit tentait de fuir le plus loin possible, loin de sa triste vie alors que son corps était pris au piège. Tout était fini. Elle voulait juste mourir. Alec éprouvait un vif plaisir de la situation : elle était maintenant à sa merci.

— Tu es à m...

La porte de la salle claqua soudainement dans un grand fracas, se détacha de ses gonds et tomba au sol. Les quatre hommes assis sursautèrent puis se tournèrent vers l'entrée de la salle, les yeux effarés par la déflagration. Alec leva un œil vers l'importun tout en restant scotché au cou de Kaya qui ne réalisait déjà plus ce qui se passait, dépassée et léthargique. La première chose qu'ils virent fut un pied en l'air. Celui-là même qui venait sans doute d'envoyer valser la porte. Un homme de grande stature dans un costume noir qui n'avait rien à envier à celui d'Alec, mais dont la cravate était relâchée, se tenait dans l'encadrement, l'air déterminé. Il détailla la salle du regard et quand ses yeux se posèrent sur Kaya, en pleurs et la main d'un homme sur son sein, son regard devint grave. Il fronça les sourcils et fonça sur Alec et la jeune femme. Alec releva la tête, interpellé par son attitude malveillante, mais il n'eut le temps de réagir que déjà il sentit deux mains le saisir par le col et le balancer sur la table basse où les flûtes et la bouteille de champagne valsèrent sous son poids.

— Kaya ? C'est fini, je suis là ! lui dit-il tout doucement à l'oreille, tandis qu'il la rattrapait, ses jambes ne la tenant plus.

Elle leva les yeux toujours humides vers lui, mais ne réalisa toujours pas que son calvaire était fini et ne lui donna aucun signe de soulagement, ni même un sourire. Elle pouvait rêver, croire que ses espoirs la conduisaient vers de terribles et si réelles hallucinations. Elle voulait juste se laisser dériver, aller vers un endroit où plus rien ne l'affecterait.

Les quatre hommes assis commencèrent à sortir de leur torpeur et Norman se leva tandis que les autres aidaient Alec à se relever. Ses lunettes étaient cassées.

— T'es qui, toi ? lui demanda Norman, tranchant. Tu n'as pas été invité alors dégage ! Elle est à nous !

Ethan poussa un soupir las, mais sourit à Kaya pour la rassurer, la voyant toujours choquée. Il la laissa glisser et s'asseoir dos contre le mur, puis se tourna vers les cinq hommes. Kaya leva les yeux mécaniquement vers son sauveur de dos, les jambes légèrement écartées, mais droites et ancrées au sol comme un colosse inébranlable.

— Désolé les gars, mais elle n'est plus à vous ! Je l'ai racheté le double au patron ! Elle est maintenant à moi !

Le sourire narquois d'Ethan et sa stature assurée jetèrent un froid dans la salle.

— Cela vous pose un problème ? continua-t-il amusé, presque par défi, ce qui fit grincer des dents les cinq hommes face à lui, prêts à en découdre.

Alec s'avança vers lui et lui siffla :

— Comment oses-tu ? Pour qui tu te prends ? Je l'ai payé cher et j'étais le premier !

Il fonça alors sur lui, poing levé vers Ethan. Ethan esquissa un sourire ravi, comme si c'était un jeu pour lui et qu'il n'attendait que cela : se battre. La pupille de ses yeux se rétrécit alors et une expression grave, menaçante, sauvage prit place sur son visage soudainement. Il contra du bras le poing d'Alec tout en s'écartant légèrement, le fit perdre un peu l'équilibre pour lui rendre un coup de poing dans le ventre qui fit reculer Alec, le souffle coupé par la puissance de l'impact. Ethan fit craquer les articulations de ses poings et celles de son cou, toujours avec ce sourire effrayant et sinistre, et le regard condescendant.

— Alors, c'est tout ce dont tu es capable ? déclara Ethan, dans un état d'excitation et de défi persistant. C'est plus facile de toucher une femme qu'un homme, n'est-ce pas ?

— Connard ! lui cria Alec en fonçant une seconde fois sur lui.

Ethan se lécha les lèvres avec détermination et plaisir, et plia les genoux pour donner l'impulsion nécessaire à un coup de pied retourné qui toucha en pleine tête Alec. Ce dernier chancela sous l'impact et tomba une seconde fois sur la table basse en verre qui, cette fois-ci, vola en éclats. Ses collègues ne purent en croire leurs yeux, mais bientôt une sourde vengeance vint se dessiner sur leurs visages. L'homme blond et celui à la barbichette foncèrent sur Ethan, qui se mit à rigoler, heureux de voir que la partie se corsait.

Kaya écarquilla les yeux. Un homme sur lui, c'était une chose, mais deux ? Il allait se faire rétamer ! Pourtant, Ethan attrapa le bras de l'un pour prendre appui sur lui tout en contrant sa défense, et donna un coup de pied dans le ventre de l'autre, puis fit tourner le premier sur lui-même avant de lui coller son poing en plein visage. L'homme à la barbichette tomba à genoux, se tenant le ventre, tandis que le blond s'essuya la bouche en sang.

— C'est tout ? répondit Ethan, visiblement agacé par la faiblesse de ses adversaires.

Il tourna son regard vers Norman et Fred, espérant les impliquer dans la bagarre, mais Norman se contenta de reculer, visiblement impuissant et apeuré par la noirceur présente dans le regard d'Ethan.

— Qui es-tu ? répéta Fred, sur la défensive et surtout curieux de connaître cet homme si sombre, si mystérieux.

Ethan se gratta l'orifice de son oreille avec son petit doigt de façon nonchalante.

— Qu'est-ce que ça peut te foutre ? lui rétorqua celui-ci le sourire mauvais. Viens plutôt te battre pour la récupérer. Vas-y ! Viens ! Je t'attends. Je croyais qu'elle était à vous ?

Ethan lui fit un signe de la main, joignant ses gestes à ses mots. Mais Fred hésita. Devant son indécision, Ethan s'énerva.

— De grandes gueules, mais après, il n'y a plus personne ! VIENS ! hurla-t-il, les yeux injectés de colère à présent.

Norman déglutit et regarda son collègue qui blêmissait à vue d'œil. Ne cherchant pas à attendre son tour, l'homme bedonnant courut vers la sortie, mais Ethan était bien moins pataud que lui et l'attrapa par le col.

— Où vas-tu, Gras-double ? répondit Ethan d'une voix caverneuse.

— Je n'ai rien fait ! Je n'ai rien fait ! déclara Norman inquiet, en se débattant pour lui échapper.

— Vraiment ? Pourtant, tu es là. Tu as vu le spectacle. Tu n'as rien empêché, n'est-ce pas ?

Norman grogna, comprenant qu'il ne pouvait plaider l'innocence devant cet homme.

— Ce n'est pas la réponse que j'attendais. Tant pis !

Ethan le dévisagea un instant et lui donna un coup de coude sur la joue qui propulsa Norman sur un des fauteuils. Norman posa ses mains sur son visage en hurlant de douleur. Des gémissements emplirent la salle, mais cela ne gêna nullement Ethan qui avait déjà les yeux rivés sur Fred, tel un fauve en quête d'une nouvelle proie.

Kaya se réveilla de son mutisme en découvrant le spectacle qui se déroulait sous ses yeux : Ethan maintenant de profil, face à son adversaire. Elle ne rêvait pas, c'était bien la réalité. Elle ne sut ce qui l'effrayait le plus : la peur de Fred, l'issue du combat ou les vagues sombres, inquiétantes et funèbres qui émanaient du corps tout entier d'Ethan. Elle voyait un autre homme devant elle. Ce n'était pas l'homme sûr de lui, ni l'homme dominateur qui voulait tout contrôler, ou encore l'homme arrogant. Bien sûr, tout était encore là, mais il y avait autre chose. Elle voyait un homme qui laissait entrevoir un côté plus ténébreux, inquiétant. Et ce sourire qui ne s'effaçait pas de son visage... La mort elle-même semblait s'inviter sur ce sourire. Ce sourire à la fois assouvi, mais oppressant, angoissant pour celui qu'il foudroyait de ses yeux noirs, ces deux pupilles qui ne reflètaient aucune pitié, aucune sensibilité, juste le vide. Où était l'homme classe, riche, bien élevé — encore qu'avec elle, ce dernier point semblait contestable —, qui répondait à l'affront à coup de pièges et autres diversions verbales pour affaiblir l'ennemi, qui tranchait par des paroles acerbes et agissait grâce au pouvoir de son argent ?

Elle découvrait devant elle un autre homme. Un côté bad boy bagarreur avec une soif de violence et de destruction qu'elle n'aurait pu soupçonner si elle ne le voyait pas de ses propres yeux maintenant. Un homme qui agissait plus avec sa force physique que sa force mentale. Un homme qui s'était débarrassé de toute once d'humanité pour satisfaire sa partie bestiale, sa partie sauvage.

Ethan fit un pas vers Fred qui recula contre le mur, tétanisé. Il savait que c'était son tour et que l'homme face à lui n'allait pas faire dans la dentelle. Ses collègues avaient tous été mis à terre et sa soif de violence n'avait pas failli une seconde. Il en redemandait encore.

— On peut sans doute discuter… ? tenta alors Fred pour calmer le jeu, ses mains en l'air en signe de reddition.

Ethan le fixa un instant, ses prunelles noires aussi insondables qu'imperméables à toutes demandes.

— Discuter ? Non, je n'ai pas envie de discuter avec un porc dans ton genre. J'ai plus envie de te frapper. C'est plus drôle.

Fred déglutit. « Drôle ». Il avait dit « drôle ». Il s'amusait vraiment.

— La question est surtout de savoir comment tu vas souffrir, finit-il par dire en serrant ses poings, alors que son corps se raidissait par la tension que son envie de violence exerçait.

— Je… Je te paierai tout ce que tu voudras ! rétorqua Fred, prêt à tout pour sauver sa peau, comme s'il s'agissait de sa dernière chance.

Ethan ricana. Il glissa la main dans sa veste et en sortit son portefeuille. Il attrapa deux billets et lui jeta à la figure.

— Tu crois franchement que l'argent est important pour moi ? Tu n'aurais pas assez d'une vie pour égaler le mien, crétin !

— OK, prends-la ! Prends la femme ! hurla-t-il de désespoir. On te la laisse ! On a été idiots ! C'est vrai, on ne va pas se fâcher pour une femme après tout ! Prends-la et pars !

Fred se força à rire, espérant détendre l'atmosphère, mais Ethan avait toujours cette mine funeste sur le visage.

— Oh, mais la femme ne m'intéresse pas. Je peux la récupérer quand je veux. Par contre, j'avais un besoin urgent de me défouler. J'ai eu une semaine de merde, vois-tu, et un bon pain dans ta gueule et celle de tes camarades est radical pour évacuer !

Ethan n'attendit pas de réponse ou de réaction de la part de

Fred. Il lui attrapa les cheveux, le retourna et frappa sa tête contre le mur à plusieurs reprises avec force. Kaya put voir le plaisir malsain que procurait cet acharnement de violence gratuite sur le visage de son sauveur. Et c'est cet acharnement à aller et venir contre le mur, sa tête dans sa main, qui eut raison de Kaya, qui cria :

— Arrêêêêête ! Je t'en prie, arrêêêêête !

- 6 -

ENVOÛTANT

Quand il avait appuyé sur la touche tactile représentant un combiné rouge sur son téléphone portable, Ethan ne sut si ce qui venait de se passer, était une blague ou pas. Il avait été rejeté, il avait même été frappé par cette femme, et il la retrouvait lui demandant sous forme de chantage, comme ça, de but en blanc, sans plus de considération ou d'excuses, de venir la chercher. Il était passé par toutes les émotions en à peine quelques minutes : la surprise, la curiosité, la suprématie puis l'infériorité encore une fois, la provocation, l'inquiétude.

Il en avait ri de dépit tout en regardant l'écran de son portable. C'était tellement grotesque qu'il ne pouvait qu'en rire, car au final, elle l'avait encore mis K.O. Elle l'avait scotché en à peine quelques minutes et il n'avait pas eu le temps de réagir, de contrôler quoi que ce soit. La logique aurait voulu qu'il retourne à ses dossiers, qu'il l'envoie paître, mais il en avait fait autrement. Il avait pris sa voiture, une Chevrolet Corvette C7 Stingray qu'il s'était offerte dernièrement. Il n'était pas vraiment quelqu'un qui aimait afficher sa richesse. Il avait juste réussi et c'était ce qui comptait le plus : ne rien devoir à personne tout en étant à l'abri de tous les besoins possibles. Mais tout ce qui avait un moteur avait toujours représenté un jeu, une terrible attraction, un défi constant et il aimait dire que c'était le seul vrai plaisir qu'il avait dans ce monde.

Il avait pris sans attendre la direction du Silky Club. Le sort en ayant décidé autrement depuis quelque temps, ce qui devait être un trajet rapide s'éternisa à cause de tous ces feux tricolores dans Paris, qui avaient eu la bonne idée de passer au rouge à son approche. Des secondes à attendre et à éprouver toutes sortes de sentiments qu'il se maudissait d'avoir. Comment une femme pouvait-elle le manipuler de la sorte ? Pire, comment pouvait-il accepter encore et encore ses simagrées, ses extravagances ? La colère faisait rage en lui. On ne l'avait pas déstabilisé comme cela depuis fort longtemps. Il s'était juré de ne plus être une marionnette prise dans les fils d'une femme. Il n'avait pas choisi les cosmétiques pour rien. Le maquillage, quoi de mieux pour dissimuler sa vraie nature, faire semblant, montrer aux autres un autre visage. Il s'était façonné un autre lui, une carapace faite de plusieurs couches afin d'être sûr de ne plus être atteint là où ses blessures lui faisaient encore mal. Comment duper les femmes aussi facilement si ce n'est en les prenant à leur propre jeu, en étant soi-même peu spontané, superficiel ?

Il frappa son volant avec sa paume de rage. Il était furieux contre elle, contre son insolence à le défier sans cesse, sans retenue, sans peur. Il était en colère contre lui, contre sa gentillesse qui le tuait à petit feu.

La gentillesse mène à la douleur...

Ce mantra, il le répétait inlassablement depuis des années, comme un rappel à l'ordre. Il savait que ça se retournerait contre lui. Être gentil, c'était être faible. Pourquoi courait-il après cette femme alors ? La vengeance c'était une chose bien motivante parfois, mais là, cela relevait du masochisme ! Elle aboyait, il arrivait la queue entre les jambes.

Aussi pathétique tu meurs ! Bientôt, tu boufferas dans sa main en lui criant encore !

Ses accélérations aux commandes de son bolide étaient aussi franches et rudes que ses coups de frein à chaque feu. Il devait reprendre le contrôle. Encore un feu rouge... Heureusement que Paris, la nuit, avait une circulation peu chargée... Pourquoi le destin s'acharnait-il sur lui ? Pourquoi avait-il fallu que cela tombe sur lui ? Pourquoi une telle femme avait-elle renversé son champagne sur lui, sans préavis, sans dire : » attention, danger ! » ? Pourquoi cette femme l'exaspérait-elle, l'agaçait-elle, le poussait-elle dans ses retranchements autant qu'elle l'attirait ?

Pourquoi moi ?

Normalement, ce genre de sentiments ne parvenait pas à l'atteindre. Les femmes, il avait fait une croix dessus depuis longtemps. Ne pas leur faire confiance, ne pas se laisser bercer par leurs paroles, ne pas promettre quoi que ce soit. Juste s'en servir pour des besoins primaires. Était-ce cela qu'inconsciemment, il ressentait pour cette femme ? Un besoin primaire, sauvage, bestial, de la marquer comme sienne ?

Ridicule !

Ils n'avaient rien en commun, se bouffaient le nez depuis les premières minutes de leur première rencontre, se détestaient suffisamment pour arriver à vouloir blesser l'autre par n'importe quel moyen. Ils se jugeaient autant qu'ils se jaugeaient, ils se repoussaient autant qu'ils se provoquaient. Alors pourquoi ? Pourquoi ressentait-il cet empressement au point de sentir son corps frémir d'impatience ? Pourquoi détestait-il ce sentiment d'emprise qu'elle semblait avoir sur lui alors qu'il ne la désirait pas, ne la comprenait pas ? Pourquoi toute détermination à vouloir se venger avait flanché dès qu'il avait perçu les notes implorantes et étranglées dans son « s'il vous plait, venez me chercher » ? Pourquoi sa seule envie était-elle de la retrouver, de la voir ? Il posa son front sur le volant et se frappa la tête contre, pour se ressaisir.

Il serra les dents et accéléra à nouveau quand le feu passa au vert. Il devait retrouver son flegme. Tant pis pour la vengeance, il devait prendre ses distances. Être perturbé de la sorte était bien trop anormal le concernant pour voir ses efforts anéantis. Il ne réclamerait pas la contrepartie avec ce foutu cocktail. Il ne se reconnaissait pas.

Oui, c'est mieux ainsi... Ravale ta fierté d'homme macho ! Elle n'est rien ! Tu ne la connais pas. Trace ta route.

Il était arrivé en trombe devant le Silky Club. Les videurs le laissèrent passer, le reconnaissant immédiatement. Il avait vu le patron et acheté à renfort de billets sa coopération, mais ce qui était arrivé ensuite, il n'aurait pu le prévoir. Anticiper le réveil de ses vieux démons, imaginer le regard terrifié que la jeune femme portait sur lui, présager les dégâts qu'il avait causés, ça non, il ne l'avait pas vu venir. Elle avait encore réussi à déclencher une tempête en lui. Et à chaque fois, celle-ci grandissait au point de devenir tornade, typhon.

— Arrêteeeeeeeeee ! avait-elle crié comme une supplique sortant de ses entrailles.

Ethan était resté figé, comme s'il sortait de sa frénésie et lâcha alors les cheveux de Fred, dégoulinant de sang et évanoui.

Fred glissa à terre mollement. Kaya ne savait plus quoi faire. Son cœur tambourinait dans sa tête, mais elle ne savait pour quelle raison : la peur, la pitié, la tristesse, la fatigue et le stress cumulé ? Ethan se retourna vers elle, hagard. Kaya put voir que M. Connard semblait perdu, inquiet et déstabilisé par ce qu'il voyait sous ses yeux. Elle n'osa plus bouger. Serait-t-elle désormais un dommage collatéral de sa fureur dévastatrice ou allait-il se calmer face à une femme ? Elle déglutit.

Ethan croisa son regard. Il y vit principalement de la peur et cela le blessa intérieurement. Il avait laissé parler ses pulsions, il avait libéré ses vieux démons. Il devait se ressaisir, retrouver son contrôle, remettre son masque de golden boy, redevenir un gentleman. Ne pas se laisser envahir par le doute, ne pas réduire tous ses efforts à néant. Il s'avança alors vers Kaya d'un pas déterminé et retira sa veste de costume tachée de sang pour la poser sur les épaules de la jeune femme visiblement très secouée. Elle le regarda un instant, puis réalisa qu'elle tremblait. Un tremblement qu'elle n'arrivait pas à maitriser. Elle n'avait pas particulièrement froid, mais son choc était tel qu'elle avait l'impression d'être piégée dans de la glace, avec cette impossibilité de bouger, de parler. Elle nota ensuite que son chemisier était ouvert et s'empressa alors de resserrer la veste de son bienfaiteur contre elle pour ne pas s'exhiber davantage. Ethan soupira, ne sachant comment amorcer un début de conversation. Elle avait peur et elle avait raison, sachant ce qu'il venait de se passer. Mais se justifier n'était pas envisageable. Ils devaient d'abord sortir de là rapidement. Kaya se raidit quand elle le vit se pencher vers elle et l'attraper. Il la souleva et glissa son épaule au niveau de son ventre. Kaya poussa un petit cri, quand il la passa par-dessus son épaule et prit la direction de la sortie sans rien dire.

— Où sont les vestiaires ? demanda-t-il sèchement.

Kaya n'en menait pas large, mais ce geste primitif, digne des hommes de Cro-Magnon, la sortit enfin de son mutisme.

— Lâchez-moi et je vous dirai. Reposez-moi !

— Non ! fut la seule réponse qu'elle obtint, ce qui ne lui plaisait guère.

Kaya se mit à gigoter sur son épaule. Il l'avait sortie d'un sacré traquenard, mais elle n'en était pas plus rassurée. Il était dangereux.

— Les vestiaires ! ordonna-t-il à nouveau d'un ton sans appel, tout en posant sa main libre sur son dos pour la bloquer sans ménagement.

— À droite, en sortant ! lui cria Kaya, plus pour lui montrer qu'elle ne voulait pas céder à son ton sec et ses manières rustres, que réellement agacée par l'objet de son ordre.

Ethan fila sans attendre vers la pièce reculée, Kaya sur son épaule, en longeant les murs pour éviter de se faire repérer plus que nécessaire. Une fois à l'intérieur, il la déposa au milieu des casiers.

— Prenez vos affaires. Il vaut mieux ne pas trop s'éterniser.

Kaya le regarda un instant, les joues toujours humides, le Khôl y ayant laissé la trace de ses larmes. Elle se dirigea sans un mot vers son casier tandis qu'il regardait ailleurs, le regard vide, la mâchoire serrée. Elle ouvrit la porte de celui-ci et attrapa son jean, son pull, ses chaussures, son manteau et son sac à main. Elle réalisa qu'il n'avait pas de manteau. Où l'avait-il mis ? Il était venu la chercher dans le froid de novembre ainsi ? Toute à ses suppositions, elle se regarda un instant dans son miroir piqué de rouille et vit son visage bouffi par les larmes, son chemisier ouvert, recouvert par la veste de M. Connard. Ce fut un nouveau choc. Qui était cette femme face à ce miroir ? Où était la femme jeune et dynamique, toujours motivée et enthousiaste malgré les circonstances ? Une putain ou une toxico n'aurait pas fait mieux qu'elle ce soir, vu sa dégaine... Sans crier gare, un nouveau sanglot lui transperça la gorge de part en part, ce à quoi elle avait survécu ce soir remontant à la surface. Elle porta la main à sa bouche pour tenter de retenir la tristesse qui envahissait son corps entier de spasmes, mais un bruit guttural s'échappa cependant.

Ethan tourna la tête vers elle. De dos, elle tentait tant bien que mal de cacher ses pleurs, mais il pouvait malgré tout voir son reflet dévasté dans le miroir. Il soupira. Dans quelle merde s'était-il fourré avec elle ? Il avait vu déjà pas mal de facettes de sa personnalité, mais celle-là il ne savait comment la gérer. Il croisa ses mains au-dessus de sa nuque pour soutenir un instant le poids des tracas qui bouillonnaient dans sa tête, maudissant en silence le destin, la fatalité et tous les dieux réunis sur cette foutue Terre. Après avoir tourné le problème dans tous les sens, il alla s'asseoir sur le banc au milieu des casiers.

— À califourchon sur mes genoux et face à moi ! dit-il résolu à agir même s'il n'avait aucune idée d'où cela le mènerait.

Kaya stoppa net ses sanglots en essayant d'assimiler ses mots. Elle inspira un bon coup pour reprendre un minimum de contenance et essuya du revers de la manche ses larmes et son nez, puis elle se retourna, ravalant son chagrin. Elle le regarda un instant, assis sur ce banc, le regard fixant le sol, le corps immobile, ses mains sur chaque genou. La jeune femme tenta de comprendre, mais elle ne pouvait admettre ce qu'elle avait entendu.

Ethan leva la tête, les yeux fixés cette fois-ci droit devant lui, mais déterminés, toujours sans la regarder.

— J'ai dit : « À califourchon sur mes genoux » !

Son intonation était rude, sans équivoque, sans objection possible. Il avait bien espacé d'un temps mort chacun de ses mots pour être compréhensible et cohérent. Son regard ne laissa rien transparaître de plus que le vide et la froideur. Kaya ne put s'empêcher de laisser échapper un rire. Elle avait finalement bien compris ses paroles, ne s'était pas trompée, mais même dans son état, elle était encore capable d'être sensée et remarquer que cette requête n'avait pas de sens de son côté.

Ben voyons ! Et puis quoi encore !

C'était quoi l'idée ? La consoler après avoir joué les hommes des cavernes ? Certainement pas !

Ethan tourna la tête dans sa direction. Visiblement son petit rire d'opposition et de provocation ne lui avait pas plu, étant donné son regard noir. Ses mâchoires étaient toujours aussi serrées et maintenant ses mains agrippaient son pantalon avec force, indiquant que la contrariété ne devait pas faire partie de son quotidien et encore moins la désobéissance.

— De suite !

Sa voix claqua tellement fort dans l'air que Kaya en sursauta d'effroi. Fallait-il encore le défier au risque de finir comme ses amis de la salle d'à côté ? Ou lui obéir sans savoir comment elle allait finir entre ses griffes ? D'un côté comme de l'autre, elle était cuite. La sagesse la poussa à s'approcher de lui. Lui obéir calmerait peut-être sa colère et elle aurait alors une chance de sortir de ce fichu club indemne. Elle se positionna devant lui tout en tenant ses affaires contre elle. Il leva ses yeux vers elle et lui ordonna d'un signe de tête de poser ses biens sur le banc à côté de lui. Elle s'exécuta sans un mot, lentement, appréhendant chacun des gestes éventuels de l'homme près d'elle. Où voulait-il en venir ? Ethan se redressa sur son banc et se réinstalla mieux en reculant légèrement son buste, puis il ouvrit ses bras tout en tournant la tête vers la gauche, les yeux lorgnant l'horizon, gêné malgré la conviction de ses intentions. L'homme sévère se radoucissait.

Kaya déglutit. Elle ne savait si elle devait avoir peur ou rire du côté grotesque de la chose : comment interpréter cette relation si particulière entre lui et elle ? Ethan se racla la gorge pour lui montrer son impatience et la rappeler à l'ordre. Elle glissa une jambe, puis l'autre et posa ses fesses sur ses genoux. Elle ne put s'empêcher de rougir. Elle ne savait pas pourquoi, mais cette proximité l'incommodait. Elle le détestait, mais malgré tout, ce soir, il était venu la sauver et elle ne pouvait l'en blâmer. Et cette position qui était plus qu'équivoque...

Elle n'a rien de logique, de normal, de convenable entre deux personnes qui se disputent tout le temps !

Ethan referma lentement ses bras et tourna la tête vers elle. Leurs visages n'étaient qu'à quelques centimètres l'un de l'autre. Chacun pouvait scruter, observer chaque détail du regard de l'autre. Kaya put voir que ses prunelles si noires envahies par la colère quelque temps avant, n'étaient que le reflet d'un marron à la fois intense et nuancé. Clair sur l'extérieur et plus foncé vers les pupilles.

Les yeux de Kaya étaient marron au centre comme si sa pupille ronde était à l'intérieur d'une étoile brune, mais qui se déclinait en un vert olive sur les bords. Son maquillage avait triste mine, mais il ne s'en formalisa pas, ne retenant que cette rougeur au bord des yeux démarquant ses prunelles humides, sa tristesse et son désarroi. Kaya retenait son souffle depuis maintenant quelques secondes, mais continuait à fixer son regard qui ne la quittait pas. Ethan tordit ses lèvres dans un rictus déterminé.

— Bon, on oublie tout..., dit-il soudain doucement, son agacement retombé comme un soufflé. Il ne s'est rien passé ce soir. Tout va bien, c'est compris ?

Kaya cligna des yeux, analysant ses propos.

Rien ne s'était passé ce soir...

Un diaporama des images de la soirée défila dans sa tête et les larmes firent instantanément irruption dans ses yeux. Oublier... comment oublier l'humiliation et l'impuissance qu'elle avait ressenties. Il ne pouvait comprendre ce sentiment de nullité qui l'accablait. Comment pouvait-il lui dire de telles choses ? Son chagrin l'envahit à nouveau et son visage se déforma par la tristesse. Ethan la contempla en train de se débattre entre son chagrin et sa pudeur. Pleurer pouvait sans doute l'aider à exhorter tous les sentiments qui la submergeaient, mais il ne voulait pas ce résultat, juste passer à autre chose. Consoler, il ne savait pas faire. D'ailleurs, il ne savait pas vraiment ce qu'il cherchait à faire en la prenant ainsi près de lui. Peut-être juste se donner bonne conscience devant elle, par rapport à ce qu'il avait fait ?

— Bon, ça va..., reprit-il pris au dépourvu. Ce n'est pas comme s'il avait fait quelque chose de grave !

Kaya retira les mains qui cachaient ses larmes et le regarda, ahurie par ses propos.

Non, mais pincez-moi ! Je rêve !

— Parce que pour vous, ce n'est pas grave ! ? Mais vous êtes un vrai connard ! Vous méritez même l'Oscar du rôle de M. Connard, ma parole ! Comment osez-vous me dire cela !?

La tristesse et la stupéfaction se muèrent en colère. Ethan la toisa un instant, alors qu'il pouvait presque sentir la rage dans les yeux qui se trouvaient à quelques centimètres de lui. Il trouvait ça assez troublant. Il venait de se faire traiter de « M. Connard » pour la seconde fois et tout ce qu'il retenait, c'était ses yeux à la fois tristes et en colère, à la fois troublés par les larmes, mais transmettant tellement d'émotions en même temps, et ce marron si profond que vous pourriez vous y noyer, alors vous vous raccrochez au vert qui l'entoure, telle une ancre pour ne pas sombrer dans cette contemplation.

Les larmes continuaient à couler sur ses joues, sa détresse était palpable, mais il n'en fit pas vraiment état. Il était un connard. À la bonne heure, ça ne le gênait pas.

— Qu'est-ce qui s'est passé ? Il a fait quoi ? Il a caressé votre joue et après ? Allons, vous allez me dire qu'un homme ne vous a jamais touché ?

Ethan joignit le geste à la parole et posa sa main sur la joue marquée par le mascara qu'il essuya de son pouce. Kaya se crispa sous ce contact impromptu, alors qu'elle analysait une nouvelle fois ses propos qui la déstabilisaient autant qu'ils la choquaient. Bien sûr que si. Il était évident qu'elle connaissait le contact d'un homme contre elle, un contact qui lui manquait éperdument. Le seul qu'elle avait autorisé à la toucher : le corps d'Adam. Adam avait eu tous les droits sur son corps. Il la connaissait par cœur. Le seul homme qui ait compté. Mais rien que de penser que ce sale type, dans ce club, dans cette salle privée, ait pu la tripoter alors que les moindres parcelles de sa peau étaient réservées à Adam la dégoûtait. Il n'avait pas le droit. Tout son être appartenait à Adam. Ses larmes redoublèrent à l'idée d'avoir pu trahir l'amour de sa vie.

Ethan soupira à nouveau. Ses larmes avaient augmenté leur débit et il ne savait plus trop quoi dire pour la calmer. Il posa son autre main sur son autre joue pour effacer les autres traces de mascara. Il contempla son geste à la fois avec une douceur et une minutie qui désorienta Kaya. Il semblait vraiment mobilisé pour effacer ses larmes sur ses joues, mais elles n'arrivaient pas à s'arrêter.

Adam. C'était à Adam qu'elle songeait maintenant. Comment aurait-il réagi en apprenant ce qui s'était passé ? Il serait sans doute devenu fou. Aussi fou peut-être que M. Connard. En même temps, il ne l'aurait sans doute pas laissé travailler dans ce club. Elle se laissa bercer par les petits mouvements circulaires que lui prodiguait son sauveur du soir, en repensant un instant combien ce simple contact lui manquait. Adam lui manquait. Terriblement. Pas seulement sa présence, mais aussi ses petites attentions, ses gestes tendres, son odeur, sa peau contre la sienne, leurs étreintes douces et passionnées à la fois. Elle aurait tellement voulu que ce soit lui qui vienne la sauver.

Ethan put voir le regard de Kaya devenir absent sous ses caresses. Elle en avait presque oublié qui était en face d'elle, il en était certain. Les yeux de Kaya ne le quittaient pas, comme absorbés par ce qu'elle ressentait, mais elle semblait penser à des choses qui, finalement, firent retomber la pression qui émanait de son corps deux minutes plus tôt. Ses mains prirent en coupe son visage et la proximité de leurs corps le subjuguait plus qu'elle ne le devrait. Il descendit ses doigts derrière sa nuque et massa chacune de ses terminaisons nerveuses, chaque muscle tendu par le stress et la peur.

— Caresser une joue, ce n'est pas la mort..., continua-t-il lentement, voyant qu'elle se calmait.

— Vous avez bien vu qu'il a fait plus..., lui dit-elle doucement maintenant, anesthésiée et épuisée par tout ce qui la chamboulait depuis une heure.

— Oh ! fit-il à moitié surpris, un grand sourire moqueur. Elle a enfin décroché un mot !

Kaya fit la grimace, voyant bien qu'il la taquinait. Ethan retrouva contenance, tout n'était pas perdu.

— Il a fait plus ? Vraiment ? Vous voulez dire glisser le revers de son doigt comme ça, derrière votre oreille...

L'index d'Ethan parcourut le chemin que ses paroles indiquaient en même temps, lentement, un petit sourire aux lèvres.

— ... puis descendre le long de votre cou lentement, tel un papillon, jusqu'à la naissance de votre poitrine emprisonnée dans... euh... une charmante lingerie blanche, termina-t-il de façon moins enjouée, plus captivée et troublée, en écartant ainsi légèrement la veste et le chemisier qui la recouvraient et arrivant vers son soutien-gorge.

Il déglutit un instant, réalisant ce qu'il venait de faire et surtout appréciant de voir et ressentir avec le bout de son doigt la douceur de sa peau.

Kaya écouta dans un état second sa voix maintenant plus suave, tandis qu'elle sentait cette caresse éveiller des sensations qu'elle n'avait pas ressenties depuis longtemps. Elle ferma les yeux un instant. Des images d'Adam la caressant au même endroit, dans leur lit, lui revinrent en mémoire. Ses cheveux noirs en bataille et son sourire triomphant, ses yeux bleus pétillants et pleins de promesses. Elle se rappela de ses longs doigts qui la parcouraient avec une lenteur qui la rendait folle de désir, son envie de lui sauter au cou et d'y rester accrochée pour l'éternité... l'éternité.

— Oui, il faut être un connard pour oser faire ce simple geste..., ajouta dans un murmure Ethan, maintenant fasciné par ce qu'il entrevoyait. À moins qu'il ait fait plus et que...

Il laissa glisser son index à l'aube du balconnet de son soutien-gorge et cessa de respirer une minute en passant son doigt sur le galbe de son sein. Il ne put que laisser échapper un soupir de plaisir silencieux de sa bouche s'ouvrant légèrement, en regardant son doigt approcher son téton, l'objet de sa convoitise.

Kaya sortit de sa torpeur soudainement, fustigée par sa pudeur. Elle ouvrit les yeux et lui attrapa le poignet pour stopper son geste, l'empêcher de continuer. Leurs regards se croisèrent. L'abandon de chacun fit place à la gêne un instant. Chacun fut étonné intérieurement de ce qu'il faisait, ce qu'il avait accepté de faire ou pas, en dépit de l'autre. Leurs yeux se sondèrent encore et encore, cherchant une échappatoire plausible à cette tension sensuelle qui émanait d'eux à cet instant. Kaya était partagée entre le fait d'envoyer un coup de poing en pleine tronche à cet homme encore plus pervers que son prédécesseur ou se laisser aller à cette douce torture trop longtemps espérée, mais aussi refoulée dans un coin de son esprit. Ethan était aussi confus que curieux, happé par cette envie de continuer cette folie insensée, sans vraiment savoir jusqu'où ça allait le mener, ni quelles seraient les conséquences désastreuses sur lui-même. Malgré tout, leurs regards ne se lâchaient pas, aucun mot, aucun geste de recul n'arriva. C'était comme une bataille mentale, où le vainqueur serait malgré tout puni par sa faiblesse d'avoir succombé. Quant au vaincu...

Ethan détacha son regard de Kaya légèrement quand il la remarqua en train de se mordre les lèvres. Elle luttait visiblement contre elle-même et il devait admettre que lui-même n'en menait pas large. Il avait une folle envie de goûter ses lèvres, poser ses dents dessus à la place des siennes pour ressentir leur texture. Il ne savait pour quelle raison cette idée lui traversa l'esprit, mais il la savait délicieuse. Était-ce encore de la curiosité ? Il n'y avait pas que de la curiosité. Elle ne faisait pas tout, surtout pas pour lui qui était toujours sensé, responsable, réfléchi. Cette fille était une sorcière, ou une mauvaise fée qui l'avait ensorcelé au point qu'il n'arrivait même plus à être lucide et se laissait envoûter par ses yeux et sa mine si triste. Au point qu'on avait envie de la dévorer et ne faire qu'un avec elle pour qu'elle ne se sente plus jamais seule.

Pourtant, c'était ce petit mordillement de sa lèvre inférieure qui l'incita à continuer, à laisser de côté son caractère responsable et réfléchi. Cette hésitation en elle, ce petit doute qui l'enhardissait encore et toujours. Elle l'avait stoppé, mais n'avait rien ajouté pour autant.

Qui ne dit mot consent.

Il entama alors de petits cercles autour de son téton, la fixant à nouveau droit dans les yeux.

Kaya ne le repoussa pas. Elle ne savait pas pourquoi, mais elle n'y arrivait pas. Elle avait sa main toujours serrée sur son poignet, prête à l'empêcher de continuer, mais elle n'en fit rien, sentant un désir enfoui remonter progressivement à la surface et refusant que sa conscience mette un veto dessus. Il lui était impensable que cet homme, enfoiré de première, mais aussi parfait inconnu, continue l'exploration de son corps. Malgré cela, la chaleur qu'il éveillait en elle se répercutait en puissants échos de désirs qu'elle avait beaucoup de mal à refouler derrière sa conscience. Et ses yeux d'un marron à la couleur de chocolat au lait fondant ne l'aidaient pas. Sans parler de sa belle gueule qui lui apparaissait maintenant comme dangereuse, un véritable appel à la dérive. Elle ne comprenait pas ce magnétisme soudain qu'il exerçait sur elle, alors qu'elle l'avait tout juste regardé les jours précédents. Et pourtant... Sa mâchoire carrée, sa cicatrice à l'arcade sourcilière droite, son nez droit juste parfait, cette légère fossette au niveau du menton lui donnaient un aspect rebelle, mais attrayant. Ses cheveux châtains d'apparence très souples, coupés relativement courts sur les côtés, plus longs sur le dessus, donnait une coupe permettant de relever la chevelure en vagues ordonnées qui lui attribuait une allure chic, mais décontractée. Il était vraiment bel homme et elle ne le voyait réellement que maintenant.

Sa poitrine se souleva davantage, à la fois enorgueillie par le plaisir et l'envie de sentir plus que la pulpe de son index sur son téton... Sa bouche s'entrouvrit légèrement, laissant l'air remplir ses poumons et accentuer le plaisir qu'elle éprouvait devant ses caresses. Ses yeux se fermèrent à nouveau et la tension autour des poignets d'Ethan se relâcha légèrement. Il n'en fallut pas plus à celui-ci pour exprimer un grognement sourd et passer carrément sa main à l'intérieur de son soutien-gorge pour accentuer encore ses attouchements.

— … Un vrai connard… murmura-t-il alors que ses yeux ne quittaient pas le bout de lingerie qui oscillait devant lui.

Oui, il était un vrai connard. Au lieu de la repousser, il profitait de sa détresse. Au lieu de dédramatiser la situation, il faisait comme cet homme dans la salle. Il ne valait pas mieux que lui. Malgré cela, sa seconde main se dirigea vers la cuisse de Kaya et remonta lentement le tissu de sa jupe. Ethan avait chaud. Son désir était en train de décoller et il en voulait plus. Il savait que ce n'était pas bien, qu'il ne devait pas succomber au désir, que cette femme ne lui apporterait rien de bon, mais c'était plus fort que lui. Le lâcher-prise de la jeune femme le poussait toujours un peu plus à la faute. Elle ne le repoussait pas et il en était à la fois très en colère contre elle, car elle l'avait habitué à cela et cette fois, il en avait besoin, et aussi contre lui, car il se réjouissait paradoxalement qu'elle ne le fasse pas.

Lentement, ses doigts glissèrent sous sa jupe. Ethan se lécha les lèvres, complètement absorbé par ses cuisses douces, sa peau laiteuse, son envie de remonter encore et encore. Il continua son expédition sous sa jupe tandis que Kaya commençait à gesticuler sur lui, pressant toujours un peu plus son sein sur sa main. Il leva alors les yeux un instant vers elle. Ses yeux fermés et ses respirations saccadées gonflaient à bloc ses envies de la toucher. Il la trouvait belle. La voir ainsi, s'abandonnant et laissant tomber ses défenses et sa combativité le fascinait. Percevoir cette femme de cette manière était un spectacle tout aussi attractif que lorsqu'elle ne se gênait pas pour le remettre à sa place. Avait-elle un petit ami ? Avait-elle connu beaucoup d'hommes dans sa vie ? Était-il un homme privilégié en cet instant ? Autant de questions qui lui traversèrent l'esprit alors que les hanches de la jeune femme bougeaient de plus en plus sur ses genoux. Il pouvait la regarder sans risquer de s'y brûler. Sa gêne était mise de côté grâce au regard qu'elle n'avait plus pour lui, mais plutôt aux sensations qu'il lui procurait. Cela l'excitait encore plus. Il était le moteur de son désir et de son plaisir et elle était à sa merci, dépendant de chacun des mouvements qu'il pourrait poser sur elle. Plus il la touchait, plus l'excitation les gagnait tous les deux. Il pouvait voir ses joues rosir, ses lèvres s'humidifier sous ses petits coups de langue rapides, mais coquins, observer chaque recoin de son joli visage. Il était tellement hypnotisé par les secrets de son corps qui se révélaient sous ses yeux, qu'il en oublia presque qu'il perdait du rythme sur son sein. Il voulait l'embrasser. Ardemment. Violemment. Jusqu'à plus soif.

Son inactivité fit ouvrir les yeux de Kaya. Son regard retrouva celui de l'homme qui lui faisait face. Elle put y percevoir des yeux pétillants d'envie. Un regard encore plus profond, plus intense et elle rougit. Elle se sentit perdre toute contenance. Il la déshabillait du regard et elle aimait ça. Elle était sur lui, sur ses genoux. Elle le dominait d'une tête et il la regardait avec un désir à en perdre haleine. Ethan fronça alors légèrement les sourcils et d'un geste précis posa son pouce sur le centre de sa culotte et reprit ses caresses. Son regard était aussi déterminé qu'enflammé par son envie, même s'il ignorait quelle fin donner à tout cela. Kaya poussa un petit cri de surprise par ce contact à la fois si gênant, si intime, mais néanmoins si agréable. Elle se cambra légèrement pour que son pouce rentre davantage en contact avec son clitoris à travers la culotte et la transporte vers une félicité trop longtemps réprimée.

Le rendez-vous fut à la hauteur de tous ses espoirs. Elle pencha la tête en arrière et haleta. Son désir était en train d'atteindre le paroxysme du plaisir. Comment avait-elle pu passer autant de mois sans ? Sa libido était en train d'exploser sans ménagement en elle, lui rappelant des multitudes de sensations étouffées, si longtemps réprimées, partant de son bas-ventre et s'éparpillant en de sensuelles décharges d'extase dans l'intégralité de son corps. C'était si bon, si délicieux. Elle en voulait encore. Ses gémissements furent de plus en plus rapprochés et gagnèrent en intensité.

Ethan avait du mal à contenir son envie qui avait pris du relief dans son pantalon. Son sexe gonflait de plus en plus. Il passa alors la vitesse supérieure et glissa sa main sous le tissu de sa culotte, le pouce directement en contact avec ses chairs pulpeuses, son majeur pénétrant en elle tandis que son autre main quittait son sein pour caresser sa fesse sous sa culotte. Il ne parvenait plus à contrôler son désir de la satisfaire. Ses mouvements autour de son clitoris devinrent plus rapides. Ses doigts s'enfonçaient un peu plus dans sa fesse. Sentir la douceur de son derrière dans sa main le mettait au supplice. Il exerça alors un mouvement de va-et-vient dessus pour accentuer le contact de son pouce contre son bouton rosi. Kaya se liquéfiait littéralement de désir. Elle n'était plus que sensations sous ses doigts magiques, se déhanchant encore et encore, accompagnant à l'unisson ses va-et-vient. Il inséra alors un second doigt. Elle posa ses mains sur les épaules d'Ethan, trouvant difficilement la force de se tenir encore droite sur lui, tant les fourmillements de son plaisir augmentaient. Plus il enfonçait ses doigts, plus elle contractait ses mains sur ses épaules, plus il grognait de se sentir si frustré, mais en même temps si paradoxalement heureux.

Kaya gémit encore et encore quand soudain, elle écarquilla les yeux : un cri transperça la salle. Son orgasme éclata, aussi rapide que merveilleux. Elle se raidit, prise de spasmes à la fois agréables et douloureux. Il y avait tellement longtemps qu'elle n'avait pas joui comme ça. Elle laissa alors sa tête retomber sur l'épaule gauche d'Ethan et ferma les yeux pour savourer cette douce torpeur. Ethan sourit béatement à l'idée de l'avoir fait succomber à ses caresses. Il était toujours frustré de ne pas avoir pu assouvir son propre désir, mais il estimait avoir eu une belle récompense : son corps asservi à sa volonté par ses caresses. La pression redescendit lentement, chacun cachant son visage à l'autre. Leurs respirations se complétaient, montant et descendant à l'unisson... Il retira finalement tout doucement ses doigts, lui arrachant de nouveaux sursauts de plaisir au passage.

Ils restèrent ainsi une bonne minute, jusqu'à ce qu'Ethan conclut, heureux, mais amer :

— Un véritable et authentique connard...

- 7 -

Surprenant

Kaya ouvrit les yeux…

Un véritable et authentique connard…

Elle repensa ses mots, son discours sur ce qui était grave ou pas, ce qui était vraiment de l'ordre de l'intolérable, de l'infamie, de l'atteinte physique. La façon dont il avait mené cette situation à une telle conclusion : qu'est-ce qu'un véritable connard ? Elle avait rencontré effectivement pas mal de connards. Des connards arrogants, des connards égoïstes, des connards inquiétants, mais celui qui la tenait contre lui était le connard le plus manipulateur, le plus surprenant et le plus indéchiffrable qu'elle ait rencontré.

Alec n'était qu'un agneau comparé à lui, un type sans importance. Un connard de bas étage, du menu fretin dans la hiérarchie des connards en puissance, et le tout avec une maestria à vous faire frissonner d'effroi. Juste le temps de dire : « c'est fini ? » et voilà, vous réalisiez que vous avez été grugé par *le* vrai connard, celui que l'on ne voit jamais venir jusqu'à ce que les faits vous laissent comme une idiote. Il avait déplacé sa rancœur et son chagrin sur lui, gardant pour lui seul sa place de connard attitré, en prenant la responsabilité de ses gestes bien plus déplacés que ceux d'Alec, en allant encore pour loin dans l'intolérable, la désapprobation, les limites et les tabous. Il ne l'avait pas simplement manipulée de façon détestable, bien au contraire. Il avait fait passer sa détresse en moment de bonheur personnel, intime, balayant au passage ses doutes et craintes, la laissant à la fois pantoise, amère de s'être laissée faire, mais avec cette infime partie d'elle qui en réclamait encore, toujours plus.

Qui était cet homme ? Comment avait-elle pu être manipulée de la sorte sans voir la finalité de tout cela : il l'avait eue. Pourtant, il avait eu des propos assez durs...

On oublie tout... qu'il avait dit... *Ce n'est pas comme s'il avait fait quelque chose de grave !*

Elle savait qu'il était un homme redoutable et fourbe. Alors pourquoi n'avait-elle rien vu venir ? Pourquoi l'avait-elle laissé faire ? Elle aurait dû se tenir sur ses gardes à partir du moment où elle s'était postée sur ses genoux. Elle aurait dû être bien plus méfiante, ne pas se laisser envouter par sa voix suave, calme, contrôlée et beaucoup trop louche pour un homme qui n'avait pas hésité à la remettre à sa place de petite serveuse minable quelques jours auparavant. Il l'avait conduit là où il l'avait désirée, menant à son terme la conclusion la plus claquante, la plus grinçante à ses oreilles : voilà ce qu'est un vrai connard, voilà quelque chose de bien plus grave que ce que vous a fait l'autre énergumène.

Tel est pris qui croyait prendre... Comment montrer que l'on est docteur ès connard en une leçon : M. Connard, à votre service !

Et le pire dans tout ça, c'est qu'elle avait pris un plaisir énorme grâce à lui. Un plaisir intense. Comment être en colère contre lui alors que vous avez gémi de satisfaction ? À part encaisser sans broncher, que pouvait-elle faire ?

Elle releva sa tête et se recula d'un bond. Sa plénitude se transforma en peur. Peur de l'inconnu. Elle avait cédé en l'espace de quelques minutes. Il avait viré toutes ses pensées pour Adam en quelques caresses, la laissant juste savourer ses envies, sans se soucier de ce qu'il y avait autour. Comment avait-elle pu se laisser aller de la sorte ? Comment avait-elle pu oublier ses devoirs envers Adam, en prenant pleinement conscience que c'était cet homme qui la faisait gémir ? Elle se sentit mise à nu et le malaise la gagna. Que ferait-il d'autre s'il l'approchait encore ? Qu'attendait-il maintenant ?

Elle l'observa un instant, alors qu'il la contemplait, silencieux. Ne pouvant décrocher un mot, que ce soit de gratitude ou de colère, elle tenta de réajuster ses vêtements et attrapa ses affaires à la hâte. Sans demander son reste, elle lui jeta sa veste sur la figure, enfila son manteau et tourna les talons vers la sortie avec une énergie qu'elle n'aurait soupçonnée encore avoir. Ethan fut aussi surpris que pris de panique.

Elle aurait pu dire merci ! Enchantée moi aussi ? On se fait une bouffe un de ses quatre ?

Il fallait qu'elle parte le plus loin possible, mette de la distance. Penser aux clients et au patron était le cadet de ses soucis. Sa paie de ce soir, la chose la plus insignifiante à ses yeux. Elle fila comme une flèche vers la sortie du club, espérant que partir l'aiderait à tout oublier. L'air frais de la nuit lui saisit le visage quand elle franchit la porte que le videur lui avait ouverte et elle sentit à nouveau ses poumons se remplir. Elle respirait enfin. Elle pouvait relâcher la pression, maintenant que l'enfer était derrière elle. Rentrer chez soi lui devenait maintenant vital. Elle commença à longer la rue, avec la ferme intention de prendre le prochain métro rapidement, les mains refermées sur son manteau pour ne pas penser au froid hivernal. Elle put sentir cet homme lui coller aux basques la minute d'après. Il la rattrapa sur le trottoir, ses pas faisant le double des siens. Sa poitrine se gonfla de panique.

— Hé ! fit-il agacé. Partir aussi vite n'est pas poli ! Et de plus, sortir la nuit dans Paris seule n'est pas non plus très malin !

— Fichez-moi la paix !

— Laissez-moi vous raccompagner.

— Hors de question !

Kaya longea alors le trottoir d'un pas rapide. Partir, il fallait partir. Elle n'avait aucune envie de se justifier, mais il se positionna à sa hauteur facilement et lui fit finalement barrage pour qu'elle stoppe sa course effrénée.

Ethan était encore pris dans un tourbillon d'émotions contradictoires. Il n'avait pas envie de la revoir, mais en même temps, il ne voulait pas finir leur entrevue si sèchement, sur un malaise ou autre. Il voulait encore la sonder, comprendre pourquoi elle prenait la fuite, pourquoi il s'était passé cette « chose » dans les vestiaires, pourquoi il se sentait mal à l'aise alors que d'ordinaire, tout cela ne lui aurait fait ni chaud, ni froid. Lui-même ne comprenait pas trop comment il avait pu se déconnecter de la réalité aussi facilement, ni pourquoi ce retour à la réalité le perturbait autant.

— Mademoiselle Levy... Je pense que... hum...

Ethan passa sa main dans ses cheveux, embarrassé. Kaya bouillonnait intérieurement. Elle le regardait, mais ne voulait pas l'écouter. Elle n'osait entendre la vérité qui lui faisait face.

— Ne pensez pas ! Je ne veux rien savoir ! Il n'y a rien à dire ! Je veux juste rentrer...

Elle le contourna et continua son chemin. Ethan resta abasourdi. Elle le plantait bel et bien. D'ordinaire, c'est lui qui plantait les femmes, ne voulant pas attendre les restes collants qu'elles pouvaient lui offrir. Ce soir, il mesurait l'effet : une douche froide, glacée. Elle ne voulait même pas en parler. N'avait-elle donc pas aimé ? Non. Impossible. Elle avait joui tout de même et c'était tout sauf simulé. Il n'y avait donc qu'une seule réponse logique, que lui-même pouvait comprendre : elle regrettait.

— Laissez-moi au moins vous raccompagner..., lui cria-t-il alors que plusieurs mètres les séparaient.

Kaya s'arrêta et revint sur ses pas.

— Pour quoi faire ? Me montrer votre sourire jubilatoire dans votre voiture à plusieurs milliers d'euros ?

Ethan eut un mouvement de recul de la tête, surpris.

— Quoi ? Ce n'est pas cela ? Vous avez pourtant la plus belle des vengeances ! Vous avez remis à sa place la petite serveuse qui vous toisait hautainement ! Vous avez été magistral ! Félicitations ! Vous avez gagné !

S'il avait pensé il y a quelque temps, que la mettre dans son lit pour se venger fût la plus belle des revanches, ce soir, cette possibilité était la dernière à pouvoir le satisfaire. Il n'avait pas du tout calculé ce qui s'était passé dans ces satanés vestiaires pour atteindre un tel objectif.

— Vous n'êtes pas gonflée de porter de tels jugements ! déclara-t-il, les sourcils froncés et légèrement agacé par ses propos. Je n'ai rien cherché du tout ce soir ! Je vous rappelle que vous m'avez dit : « s'il vous plait, venez me chercher ! », la parodia-t-il avec une petite voix de midinette implorante, sa main formant un téléphone avec son petit doigt et son pouce qu'il porta à son oreille.

Sa prestation estomaqua Kaya.

— Je ne vous ai pas parlé comme ça ! Menteur !

— Non ? ! C'est vrai ? ! reprit-il avec une voix plus virile. Vous n'avez pas non plus marchandé avec moi pour que j'accepte de venir vous chercher ! D'ailleurs, c'est même moi qui vous ai appelé, tiens ! Mais bon, c'est sûr, tout est de ma faute ! Vous êtes une vraie plaie, un fléau à vous toute seule, mais c'est moi qui dois en endosser l'entière responsabilité, Blanche-Neige !

Kaya ouvrit sa bouche en O, ébahie par tant de dérision, mais aussi par tant de vérités blessantes. Si elle devait reconnaître une chose, c'était bien qu'elle était néfaste pour ceux qui la côtoyaient... Un sentiment d'amertume lui traversa le cœur. Et puis, Blanche-Neige ! Il l'avait appelé Blanche-Neige ! Elle n'avait rien d'une princesse. L'exemple même de la pureté, la naïveté et la gentillesse. Il la traitait de petite princesse innocente avec une ironie à couper au couteau. Elle voulut en rire, mais seuls de petits gloussements de stupéfaction sortirent de sa gorge.

— Ne m'appelez pas comme ça !

— Ohh ! Excusez-moi... Mademoiselle Kaya — Blanche-Neige — Levy ! J'oubliais qu'il ne faut surtout pas froisser votre petite personne et bien dire amen à vos exigences !

Kaya tapa du pied de colère tandis qu'il lui décrochait un sourire narquois et croisait ses bras contre son torse, fier de lui arracher ce petit tressaillement d'agacement entre ses sourcils.

— Je vois... ça vous amuse..., dit-elle les mâchoires serrées et le regard vif. OK, je reconnais. Blanche-Neige a gémi grâce aux doigts de M. Connard ! La belle affaire ! Vilaine Blanche-Neige ! Bouh ! Ce n'est pas bien ! Content ? Sur ce, mauvaise soirée ! Et à jamais !

Elle se retourna et reprit sa route vers la bouche de métro. Ethan en rigola de consternation.

Pas croyable ! C'est quoi cette nana ? Elle noie son poisson ou quoi ? Et elle part en plus la tête haute, la diva !

Ethan serra ses poings et pesta avant de repartir à sa poursuite pour revenir à sa hauteur. Après une légère accélération qui ne servit à rien, Kaya capitula à nouveau et s'arrêta. Elle souffla bruyamment des narines et lui lança un regard meurtrier.

— Quoi encore ! Ça ne vous suffit pas ! ? Vous êtes le prince connard qui a sauvé la princesse ingrate ! Il vous faut quoi d'autre ! ? Si c'est un merci, je crois que vous avez eu un équivalent qui aurait pu en satisfaire d'autres..., finit-elle en grinçant des dents.

Ethan la considéra un instant.

— Votre Connard de service n'est pas un malpoli. Je vous ramène chez vous, c'est tout ce que je veux. Votre tenue n'est pas adéquate pour trainer tard le soir dans les rues.

— Vous ne comprenez pas quoi dans le mot « NON » ? ! C'est quand même clair ! Je n'ai pas besoin de vous. Dès que vous m'approchez, il m'arrive que des trucs de dingues ! Du balai ! Même la lèpre serait plus clémente avec moi que vous !

Ethan expira bruyamment à son tour. Il était pourtant assez patient en général. Mais c'était sans compter sur ce caractère pourri qui lui faisait face.

— Quoi ? lui demanda-t-elle acerbe.

— C'est quoi votre problème ? C'est si difficile de dire oui ? Ça ne vous fatigue pas d'être toujours en parfaite opposition avec les autres ?

— Le problème n'est pas les autres, mais vous ! Je vous déteste ! Vous êtes content ?

— Parfait ! Je vous déteste aussi ! Nous venons enfin de nous accorder sur un point ! Il n'y a pas pire bonne femme que vous ! Mais bon... ravi de voir qu'on avance !

— Parfait ! lui répond-elle au tac au tac. Adieu !

— Parfait !

Il n'attendit pas plus et lui attrapa le poignet. Kaya se sentit emportée dans la direction opposée à la sortie de métro.

— Lâchez-moi !

— Non !

— Lâchez-moi ou je hurle !

Ses sommations n'eurent guère plus d'effet.

— À l'aide ! À l'assassin ! Au meurtre ! Au vol !

Ethan leva les yeux d'exaspération. Effectivement, elle hurlait. Alors qu'ils repassaient devant le club, sa voix redoubla d'intensité, avec en prime une furieuse volonté de vouloir résister à sa force, en plantant ses chaussures le plus profondément possible dans le sol. Les quelques personnes discutant devant l'entrée tournèrent la tête vers la cacophonie qui venait de prendre place devant leurs yeux.

— Au secours ! On me frappe ! On m'étrangle ! On me tue !

Ethan ne put s'empêcher d'esquisser un sourire amusé ! Finalement, elle pouvait être drôle aussi, de temps en temps. Il fit un geste sec du bras pour la décoller du sol et reprendre son chemin vers sa voiture garée sur le parking. Les gens devant le club commencèrent à rire en voyant le côté grotesque de la scène.

— Le premier qui me sort de ses griffes, je le paie généreusement ! Cent euros ! cria-t-elle à leur attention.

Ethan commença à pouffer de rire.

De mieux en mieux !

— OK ! Euh... Cent cinquante euros !

— Mais oui, c'est ça ! lui dit Ethan blasé, mais amusé, tout en ouvrant la portière passager de sa voiture. Il faudrait déjà pour cela que vous touchiez un salaire ! Ah ! Mais suis-je bête ? Vous n'avez rien gagné !

Ethan se tapa le front avec la paume de sa main, amplifiant son sarcasme.

Kaya pesta silencieusement puis tenta une nouvelle attaque à l'intention du petit comité devant le club :

— Vous m'en débarrassez et je vous laisse sa voiture !

Ethan pencha sa tête légèrement sur le côté d'un air réprobateur, tel un père face à son enfant polisson.

— C'est bon ! Princesse Kaya a fini son cirque ?

— Vous savez quoi ? Votre cocktail... je vais y aller avec vous et dès que j'aurais touché mon salaire, je vous jure que je payerai quelqu'un avec, pour vous faire supprimer de cette planète. Je n'aurai aucun regret à débarrasser l'humanité d'un être aussi détestable que vous !

Ethan posa sa main sur sa tête et appuya suffisamment fort pour l'obliger à la baisser et rentrer dans l'habitacle de la Chevrolet.

— Ça, c'est valable que si je ne vous tue pas avant de mes propres mains ! lui répondit-il avant de lui claquer la porte au nez.

Kaya resta une nouvelle fois sans voix. Elle tenta de rouvrir la porte, mais Ethan sentit son intention et la lui referma aussi sec, le regard noir. Kaya déglutit. Ce regard, elle avait pu voir à quoi il pouvait mener. Il fallait qu'elle prenne son mal en patience. L'affaire d'un quart d'heure... Après elle pourrait se coucher et tout oublier de la seconde journée la plus pourrie de sa vie. Ethan s'installa dans le siège conducteur puis tourna la tête vers elle, toujours menaçant.

— Ceinture !

Kaya s'attacha, soufflant au passage sur une mèche devant ses yeux, avec agacement. Ethan démarra et la voiture sortit du parking. Un silence de plomb s'installa.

— Tiens ? On ne crie plus au meurtre ? ! lui dit-il avec un sourire pour rompre le silence pesant.

La seule réponse qu'il eut fut le dos de Kaya, qui venait de se tourner vers la vitre.

Ce qu'elle peut m'agacer !

Il ne lui en fallut pas plus pour entamer une accélération en arrivant sur le périphérique parisien afin de calmer sa colère. L'aiguille du compteur monta instantanément, propulsant Kaya contre son siège.

— Non, mais ça va pas la tête ! cria-t-elle à nouveau, maintenant tournée vers lui, les mains accrochées au siège.

— Ah ? Princesse a retrouvé sa voix ? ! s'amusa-t-il tandis qu'il accélérait encore.

— Ce n'est pas drôle ! Ralentissez !... Bon Dieu ! 170 km/h ! Si les flics nous chopent, on...

— Vous paierez avec le salaire du cocktail ! lui répondit-il instinctivement.

— Je m'en fiche, c'est à vous qu'on retirera le permis ! déclara-t-elle avec une moue de défi.

Son sourire moqueur surprit Ethan.

Elle peut donc aussi sourire ? Toujours dans la provocation, mais elle sourit...

— Pas faux ! Tant pis, c'est vous qui m'emmènerez au boulot avec !

Kaya haussa les sourcils. Ethan réalisa la portée de ses mots, mais trop tard. Depuis quand voulait-il passer plus de temps avec elle ? Depuis quand prêtait-il sa voiture ? Depuis quand faisait-il de telles propositions ?

Les réverbères allumés se succédèrent devant leurs yeux, les croisements également. Peu de voitures sur le périphérique.

— Je n'ai pas le permis..., finit-elle par dire au bout de quelques minutes.

Ethan ralentit à vitesse autorisée puis soupira.

— OK, j'ai donc un boulet avec moi jusqu'au bout...

Kaya le dévisagea méchamment, tandis qu'il sortait du périphérique et entrait dans un quartier calme, jusqu'à arriver à un feu rouge. Il stoppa la voiture, attendant le passage au vert. Kaya profita de cet arrêt impromptu pour répondre de la plus belle manière qui soit à sa remarque désagréable. Elle détacha sa ceinture d'un geste rapide et sortit de la Corvette, tandis que d'autres voitures se stoppaient également derrière. Elle claqua la porte passager, laissant Ethan comme un con.

Pincez-moi ! C'est une blague ! Où se barre-t-elle ?

Il regarda dans le rétroviseur Kaya s'éloigner. Le volant prit un coup violent de sa paume. Il sortit de la voiture en trombe, la colère commençant à revenir à lui plus cinglante encore. Les gens attendant derrière eux purent assister à une scène aussi improbable qu'hallucinante. Kaya, voyant Ethan à ses trousses, le regard noir, se mit à courir. Celui-ci la rattrapa non sans mal, et une dispute éclata. Les conducteurs postés derrière la Chevrolet qui attendaient que le feu passe au vert, virent des mains et des bras gesticuler et purent deviner des mots dégageant une véhémence particulière.

Mais la dispute fut de courte durée. L'homme la porta soudainement sur son épaule tandis qu'elle vociférait des noms d'oiseaux tout en le frappant de toutes ses forces. Ethan se posta derrière la voiture, ouvrit le coffre devant les regards éberlués des conducteurs et jeta la jeune femme à l'intérieur sans ménagement. Il referma le coffre et retourna à son siège, le feu étant passé au vert quelques secondes avant. La voiture fit un demi-tour, les pneus crissant sur le bitume et s'enfonça à nouveau dans le périphérique.

— Tu crois qu'il faut appeler la police ? demanda le passager de la Punto postée juste derrière eux quelques minutes avant.

— Ma foi, on n'est pas dans les histoires de couples, lui répondit le conducteur avant d'accélérer vers leur destination.

- 8 -

AGAÇANT ?

Ethan conduisait son bolide, chargé dans ses veines d'une adrénaline incroyable. Il pouvait l'entendre taper et hurler dans le coffre, mais il s'en foutait. Sa colère, mais aussi son amusement se livraient bataille dans sa tête et pourtant, seule son excitation à dominer la situation comptait. Il alluma la radio à fond pour masquer les bruits de la furie qui se trouvait dans le coffre, et se mit à chanter à tue-tête, se retenant d'éclater de rire à chaque cri hystérique qui provenait du coffre. Il gara enfin sa voiture devant la devanture d'une crêperie dans un arrondissement à dix lieux du domicile de Kaya. Il éteignit son poste, prit ses clés et sortit en sifflotant, histoire de bien agacer sa princesse folle. Quand il arriva à hauteur de l'arrière de la voiture, plus un bruit ne se fit entendre. Il se pencha doucement et déclara :

— Alors ? On a décidé d'être raisonnable et gentille ? Ou bien je vous laisse encore un peu cogiter ?

— J'arrête, promis..., put-il entendre d'une petite voix.

— Sage comme une image ?

— Sage comme une image...

Ethan posa sa main sur la poignée du coffre et appuya. La porte de celui-ci s'ouvrit et il put voir Kaya, recroquevillée, tenter de se redresser sur ses genoux. Elle se mit face à lui et il put constater qu'elle avait les cheveux complètement ébouriffés, les yeux rouges et encore plus bouffis, la tenue débraillée à nouveau. Elle soufflait de rage, la prunelle de ses yeux envoyant des éclairs comme si elle avait pu le foudroyer sur place. Il sourit légèrement devant sa tête de petite teigne. Il lorgna un instant vers son décolleté quand Kaya lui cracha à la figure. Ethan ferma les yeux et se figea.

La carafe d'eau et la gifle, cela pouvait encore passer. Le coup de pied entre les jambes, il pouvait le mettre sur le compte de l'accident, mais là, le crachat c'était la fois de trop. Non, en fait toutes ces fois, étaient déjà la fois de trop. Il posa deux doigts sur la tache humide qui coulait sur son visage pour s'essuyer et la regarda intensément avant d'esquisser un sourire malicieux, mais surtout empli d'une colère et d'un esprit de vengeance sans pareil. Une rage à vouloir lui rendre au centuple l'affront insupportable qu'il recevait depuis leur première rencontre. Il la détestait chaque minute toujours un peu plus... Elle ne l'attirait que davantage. Il essuya ses doigts sur sa veste avant de dire :

— OK, on en est donc à l'échange de salive ?

Il n'attendit pas de réponse et posa ses mains de part et d'autre de sa nuque, ce qui fit ouvrir la bouche de Kaya de surprise et lui laissa suffisamment de temps pour se jeter sur ses lèvres. Kaya resta tétanisée alors que la langue d'Ethan s'aventurait dans un terrain aussi hostile que captivant, aussi risqué que savoureux, aussi malsain que divin. Il prit bien le temps de caresser sa langue avec la sienne, s'enroulant autour pour bien marquer sa salive en elle, son goût viril et sa fougue dans chaque recoin de sa bouche. Son adrénaline et sa colère se transformèrent en désir soudain. Une envie d'aller plus loin, plus profondément ancré en elle, explorer sa saveur et s'en délecter encore et encore. Il ferma les yeux un instant pour apprécier sa douce vengeance.

Tu me détestes juste d'être à côté de toi, donc tu me repousses ? OK. Déteste-moi encore plus si je me tiens tout contre toi !

Le jeu de l'attraction-répulsion n'avait jamais été aussi présent qu'en cet instant, avec cette femme. Il se rendit compte qu'il désirait déjà ce baiser depuis un moment. Que finalement toutes les excuses étaient bonnes, tant qu'il pouvait assouvir sa curiosité, son penchant pour cette femme, mais aussi la faire enrager toujours plus, explorer ses limites, voir ses contre-attaques. Un jeu enivrant, mais dangereux auquel il ne devrait pas jouer, mais que son subconscient se refusait à abandonner. Son cœur se mit à battre plus fort, emporté par l'avidité qu'il éprouvait à découvrir toujours plus d'elle, à sentir sa paisible chaleur alors que tout son être bouillonnait. Il pouvait sentir le contraste entre sa douceur sous-jacente, cette fragilité adorable face à la vivacité qui exhalait de tout son corps de femme forte et rebelle. Un roc en apparence, mais une tendresse qui ne demandait qu'à s'exprimer. L'inertie de Kaya lui permit de profiter toujours un peu plus d'elle, de l'embrasser avec toute l'attention qu'il pouvait lui porter. Un pur moment de quiétude qui cessa lorsque les deux mains de Kaya se posèrent sur son torse. Aussitôt, ses yeux se rouvrirent, tel un électrochoc et il se recula instantanément, se détachant d'elle sans ménagement. Elle l'avait touché...

Kaya respirait bruyamment. Son emportement avait eu raison du souffle de la jeune femme. Ce furent ses yeux à la fois surpris et emplis de haine qui firent comprendre à Ethan que c'était le geste de trop. Faire diversion était sans doute la meilleure solution...

— J'ai faim. On pourrait aller manger quelque chose maintenant qu'on est quitte...

Il montra du doigt la crêperie et se tourna légèrement pour

partir quand il entendit un cri strident. Un poids énorme s'abattit sur son dos. Kaya venait de bondir du coffre pour lui asséner de violents coups de poing qu'il encaissait sans trop comprendre ce qu'il lui arrivait. Il tenta de s'en défaire en tournant d'un côté, puis de l'autre, mais la furie était bien accrochée à son dos, telle une sangsue prête à tout pour le défaire de toute énergie.

— Enfoiré ! Salaud ! Connard ! T'avais pas le droit ! lui hurla-t-elle, emportée par la rage et la tristesse. Je vais te tuer ! Je vais te massacrer et te faire ravaler ta sale gueule d'ange dans le pire endroit des enfers !

Ethan se plia un peu plus devant la pluie de coups qu'elle lui donnait, perchée sur son dos. Sa surprise n'eut d'égale que son désarroi. Se mettre dans un tel état pour un baiser, c'était un peu fort. Il réalisa alors qu'elle n'avait peut-être jamais embrassé d'hommes et qu'il était peut-être le premier, ce qui expliquerait sa folie meurtrière face au manque de romantisme de sa première fois. Il tournoya encore sur lui-même pour tenter de lui attraper les bras et la stopper, mais elle était sacrément rapide et intelligente pour contrer ses tentatives. Calmer un rhinocéros qui charge sur vous, c'était ridicule. Il jeta alors un œil vers le coffre.

Tant pis, je n'ai pas le choix...

Ethan se rapprocha de la voiture et dans une prise de judo, la fit basculer par-dessus son épaule et la renversa à nouveau dans le coffre. La surprise fit lâcher les mains de Kaya qui écarquilla les yeux devant ceux vengeurs de son pire ennemi. Il rabattit à nouveau la porte du coffre et la replongea dans le noir.

— Nooonnn ! cria-t-elle tout en tapant comme une forcenée sur la voiture. Je veux sortir ! C'est interdit, la séquestration ! Sortez-moi de là !

Ethan s'affaissa un instant au-dessus du coffre pour reprendre son souffle et se redonner une certaine prestance.

— Mais vous êtes complètement folle, ma parole ! Hors de question que j'ouvre ce coffre à nouveau ! Je ne suis pas masochiste !

Vos coups de poing, donnez-les à quelqu'un d'autre !

Il tendit alors l'oreille en direction du coffre et se rendit compte qu'elle pleurait.

— Je vous déteste..., l'entendit-il gémir dans un sanglot.

— Ça, je le sais ! Vous me l'avez déjà dit. Désolé si c'était votre premier baiser, mais vous l'avez cherché !

— Ce n'était pas mon premier baiser, connard ! Vous n'auriez pas dû ! Vous venez d'effacer son dernier baiser ! se lamenta-t-elle, les sanglots encore plus forts.

Ethan eut un moment d'égarement. Effacer son dernier baiser ? De quoi parlait-elle ? Effacer son baiser ? À qui ? Elle avait donc embrassé un autre homme et il venait de voler les lèvres de sa femme ? Qui était cet homme ? Où est-il ? Il ne l'avait jamais vu. Comment un homme pouvait-il être assez fou pour vouloir être avec cette femme ?

Il fit la grimace.

Objection ! Tu es mal placé pour te faire une telle remarque. Tu viens de l'embrasser et tu ne peux pas dire que ça t'a laissé de marbre non plus, andouille ! Sans parler des vestiaires...

— Bon, écoutez, je vous ouvre ce coffre et vous libère si vous vous calmez et qu'on fait une pause dans nos chamailleries, euh... nos divergences. Oui ! Voilà ! On est parti vers une escalade des provocations et je passe pour un rustre, qui séquestre une femme dans son coffre de voiture et je peux vous assurer que je suis le premier surpris d'arriver à de telles extrémités à cause d'une personne... Soyons raisonnables et conduisons-nous en gens civilisés qui... peuvent se tenir l'un près de l'autre sans se battre.

Le silence fit écho à sa demande. Seuls des hoquets le rappelant à ses pleurs ponctuaient son silence.

Ethan leva les yeux et soupira. Décidément, cette femme lui aurait tout fait faire...

— S'il vous plaît..., tenta-t-il d'une voix doucereuse pour lui prouver sa bonne foi.

— Je vous déteste...

— Je le sais..., soupira-t-il. Je crois que j'ai pris suffisamment de coups pour l'avoir compris...

— Vous n'aviez pas le droit...

— Je sais... c'était indélicat de ma part..., déclara-t-il toujours les yeux levés au ciel, dans un soupir blasé. Je m'excuse... Vous êtes contente ? ! Voilà ! Je m'excuse !

— Non, ce n'est pas assez...

Ethan retint son souffle un instant, offusqué par son manque de considération devant l'effort qu'il venait de faire pour elle.

Elle ne croit quand même pas que je vais me mettre à genoux pour me faire pardonner ? !

Il pinça ses lèvres.

Ne pas s'énerver, rester calme...

— Mademoiselle Levy... je ne peux pas réparer ce que j'ai fait, donc mettez-y un peu de volonté, vous aussi. J'ai dit « pardon », je ne vois pas ce que je peux faire de plus...
Un silence fut sa seule réponse.

Il fit un tour sur lui-même, agacé par la tournure que prenait leur rencontre. Il savait qu'il était allé trop loin, que tout ce qui s'était passé entre eux était juste une accumulation de mauvais sentiments envers l'autre, alimentée par une fierté mal placée de chacun. Il passa ses mains dans ses cheveux et regarda le coffre avec attention. Il devait lui montrer sa bonne volonté... Il posa la main sur la voiture puis se décida à ouvrir le coffre. Kaya était à nouveau recroquevillée, les larmes ravageant son beau visage, tandis qu'elle mangeait frénétiquement l'ongle de son pouce. Ethan eut pitié d'elle et fut pris de remords. Elle tourna son regard vers lui, son corps gesticulant d'avant en arrière, pour tenter de calmer sa colère. Il fit une moue contrite puis lui tendit sa main, dans un geste de politesse et de pardon. Elle considéra son aide un instant.

— S'il vous plait..., lui dit-il d'un ton désolé et cette fois-ci plus sincère que la première fois.

Kaya se redressa péniblement, attrapa sa main et descendit du coffre. Elle avait une tête à faire peur. Sa queue de cheval était complètement défaite, l'élastique tenant à peine sur la pointe de ses cheveux châtains. Des mèches lui traversaient le visage dans un désordre effroyable, fait de nœuds et de larmes. Son nez coulait. Ethan tenta de replacer quelques-unes de ses mèches derrière son oreille, mais elle eut un mouvement de recul. Elle continuait à se manger son pouce, mais ne le regardait pas droit dans les yeux. Elle évitait visiblement tout contact avec lui. Il se dirigea alors vers la portière conducteur et en extirpa un paquet de Kleenex qu'il lui tendit. Elle regarda le sachet en plastique quelques secondes et somme toute, s'en saisit et se moucha. Finalement, ce silence entre eux apaisa Ethan. Ne rien dire valait sans doute mieux, puisqu'ils étaient incapables de parler sans s'envoyer des piques. La tension se relâcha d'elle-même alors qu'il la regardait se calmer, entamant son second mouchoir sous ses yeux et se recoiffant comme elle pouvait.

— Crêpe ?, tenta-t-il avec un sourire hésitant.

Kaya hocha sa tête négativement, les yeux fixant le sol.

— Vous êtes une vraie têtue, ma parole...

Sans attendre de réponse, il lui attrapa le poignet qui portait son pouce en train de se faire élimer copieusement et la guida vers la crêperie. Kaya ne dit rien, se laissa porter sans aucune forme de résistance. Tout ce qui lui importait était son baiser perdu. Il lui avait été retiré de ses lèvres. La sensation qu'elle pouvait encore s'imaginer avoir en y repensant avait disparu. Au lieu de cela, elle avait des réminiscences des lèvres fougueuses et impérieuses de l'homme qui était en train de la trainer dans une foutue crêperie. Elle avait tout perdu. Il ne s'était pas contenté de ses lèvres, il était même allé plus loin, gommant sans égard la saveur d'Adam, entrant en conflit avec sa langue sans se soucier de si c'était grave ou pas, sans son accord. La mener une fois à l'extase ne lui avait pas suffi ; il avait été jusqu'à lui voler ses lèvres et la déposséder de toutes sensations qu'elle aurait pu chérir. Elle se sentait honteuse. Elle avait trompé Adam. Elle l'avait trahie en cédant son corps à cet homme à deux reprises. Elle ne se voyait plus digne de son amour. Tout ce qui comptait à présent était de trouver un moyen de se repentir, se faire pardonner auprès de l'homme qu'elle aimait.

Ils entrèrent dans la crêperie qui ne comptait que deux clients.

— Bonsoir Patron ! chantonna Ethan avec un grand sourire. J'ai faim ! Il n'est pas trop tard, j'espère ?

— Une heure du matin et tu te pointes ? T'as pas honte de faire travailler les gens à cette heure-ci ? fit le patron d'un air faussement outré. Arrrfff... OK, c'est bien parce que je sais que tu en raffoles... Viens t'asseoir.

Le patron de la crêperie avisa Kaya et tira une moue désapprobatrice.

— Dure soirée on dirait..., dit-il nonchalamment à Kaya qui se recroquevilla sur elle-même.

Elle n'avait pas envie de s'étaler davantage sur sa vie minable. Le patron regarda Ethan avec suspicion.

— Tu n'as pas honte de malmener ces pauvres femmes... Je t'ai déjà dit que tu exagérais... vraiment !

— Ce n'est pas moi ! tenta de se défendre Ethan... Enfin, si... mais ce n'est pas que de ma faute ! Elle l'a cherché et...

Sa phrase s'éteignit quand il croisa le regard foudroyant de Kaya qui sentait émaner à nouveau sa colère.

Oups ! On a dit « pause », c'est vrai...

Le patron sourit et guida la jeune femme à une table. Ethan s'assit en face, légèrement penaud.

— Comme d'hab ?

— Comme d'hab...

Le restaurateur prit la direction des fourneaux puis revint avec deux crêpes au sucre qu'il posa dans une assiette devant chacun d'eux. Ethan accueillit son repas avec un grand sourire, ce qui surprit un peu Kaya. Il attrapa son couteau et sa fourchette et trancha la crêpe de bon cœur avant d'en mettre un morceau dans la bouche avec un air ravi.

— Dépêchez-vous, lui dit-il enthousiaste, ça va refroidir et c'est bien meilleur quand elle est chaude et moelleuse.

— Je n'ai pas faim.

Les deux hommes firent une grimace contrariée.

— Vous voulez me vexer ! déclara le restaurateur grincheux à présent.

— Oh ! Non ! Ce n'est pas contre vous ! Je... euh... c'est que...

Elle fixa Ethan droit dans les yeux. Celui-ci sentit venir le reproche et s'arrêta de mâcher le morceau qu'il avait dans la bouche. Kaya soupira.

— Plutôt mourir que de manger face à ce type, c'est tout !

Elle se leva et prit une table un peu plus loin, les bras croisés, attendant que Monsieur finisse son repas. Ethan inclina la tête de côté.

Et c'est reparti pour un tour... Elle n'arrêtera donc jamais les hostilités ?

Il haussa les épaules et regarda sa crêpe.

Homme qui se nourrit n'a aucun souci ! Dicton du jour by Ethan Abberline !

Il sourit devant son mantra et engloutit le reste de sa crêpe tandis que Kaya lui jetait des regards furtifs, à la fois étonnée par la vitesse à laquelle il avalait ses énormes morceaux de crêpe et son indifférence face à elle. La vérité était qu'elle l'enviait. Cette crêpe était vraiment tentante, mais elle ne voulait pas céder. Depuis combien de temps n'avait-elle pas mangé une simple crêpe au sucre ? Depuis combien de temps n'avait-elle pas mangé tout court ? Son ventre se mit à gargouiller fortement, lui rappelant que penser à la nourriture c'était comme dire qu'il faut manger immédiatement. Les deux hommes la scrutèrent un instant avant d'éclater de rire. Kaya se ratatina dans sa position, rouge de honte.

Ce n'est pas vrai... Il a fallu que ça arrive à moi ! Maudit ventre, maudit corps, maudit timing !

Kaya se leva et revint vers la table d'Ethan.

— Vous avez fini ? On rentre !

Le Patron se mit à rire de plus belle.

— Visiblement, vous ne connaissez pas cet homme, Mademoiselle ! Croire qu'une crêpe peut le rassasier, c'est comme croire au Père Noël !

Ethan lui répondit par un grand sourire et lui cria :

— Patron, suivante !

Deux minutes plus tard, il revint avec une crêpe à la poire et au caramel. Les yeux de Kaya ne purent se détacher de la gourmandise qui lui faisait face alors qu'elle restait figée. Ethan se lécha les lèvres et déclara, heureux, un « bon appétit » qui noua l'estomac de la jeune femme. C'était de la torture. Elle restait là, plantée devant lui, debout, à le voir se délecter alors qu'une crêpe au sucre l'attendait.

Foutue fierté... Ne perds pas tes convictions, Kaya ! C'est un connard ! Ne lâche pas l'affaire pour une crêpe !

— Vous devriez vous rasseoir, vous savez..., lui dit le patron. Quand il vient, en général, il mange bien entre cinq et dix crêpes. Autrement dit, vous en avez pour un moment !

Kaya observa le restaurateur, abasourdie.

— Autant !?

Elle tourna ses yeux vers le mangeur de crêpes en question qui achevait déjà la seconde avec une mine malicieuse.

— Suivante !

Kaya se rassit face à lui, complètement lasse. Lutter devant cet homme était en pure perte.

— Vous devriez manger... Ce n'est pas pour vous forcer, mais votre estomac vous le demande, déclara l'homme aux deux prunelles marron chocolat, avec compassion, mais toujours une lueur de défi dans les yeux.

Ethan lui sourit en poussant son assiette avec sa crêpe au sucre un peu plus près d'elle. Elle tourna la tête pour ne pas céder, se pinça les lèvres puis le regarda à nouveau droit dans les yeux. Ces yeux marron pleins de défis, mais en même temps avec une bienveillance étrange. Elle tordit ses lèvres dans un rictus à peine agacé et se saisit de ses couverts.

Eh merde, Kaya, où est ta volonté ?!

Elle entama sa crêpe et porta un morceau à sa bouche. Un grognement de satisfaction en sortit, ce qui fit sourire Ethan. Il avait réussi à la convaincre. Jamais il n'aurait cru que gagner face à elle était un bonheur à savourer avec soulagement. La crêpe de Kaya fut avalée encore plus rapidement que celle d'Ethan.

— La vache ! Pour quelqu'un qui n'avait pas faim, elle ne se débrouille pas trop mal ! constata le patron, stupéfait par son appétit d'ogre.

— Votre crêpe était délicieuse..., se contenta de répondre Kaya, un peu gênée d'être parue aussi affamée.

Ethan se mit à rire.

— Patron, une autre pour la demoiselle ! On a une gourmande en face de nous ! Crois-tu qu'elle peut me faire concurrence ?

— Ça m'étonnerait ! rigola le restaurateur. Vous la voulez avec quoi, Mademoiselle ? lui demanda-t-il gentiment.

— Euh... Je... je vous remercie, mais je... Je ne peux pas...

— Peuuh ! Mets-lui la même que la mienne ! Avec du caramel et de la poire. Elle salivait au-dessus de mon assiette et après elle fait celle qui n'est pas partante. C'est quoi cette façon de minauder ?

— Vous m'avez déjà offert une crêpe, c'est bien assez. Je vous en veux toujours et ce n'est pas en m'en offrant une seconde que je vais...

— Envoie la seconde, Patron ! la coupa Ethan d'un geste de la main qui n'admettait aucune remarque.

Le patron leur proposa de nouvelles assiettes avant de partir s'affairer avec un grand sourire dans les cuisines pour entamer la fermeture de la boutique. Kaya saliva une fois de plus sur l'assiette de son rival.

— Chantilly..., déclara-t-elle avec envie.

— Plus pomme, cannelle et noix de pécan ! lui répondit-il fièrement. Une tuerie. Mais bon, Princesse petite joueuse n'en est qu'à sa seconde crêpe poire caramel donc elle a autre chose à faire que lorgner sur mon assiette.

Kaya piqua un fard alors que tout le visage d'Ethan respirait l'espièglerie. Elle trancha sa crêpe, contrariée d'être si faible face à sa gourmandise qui laissait libre cours aux boutades de « beau ténébreux connard ». Un nouveau festival de saveurs emplit sa bouche. La gourmandise avait du bon et pouvait apaiser n'importe quelle détresse et son ami le caramel était le meilleur antidépresseur contre les connards. Elle sourit, ravie de goûter à ce pur délice, elle qui en avait été si longtemps privée. Cette soirée était bizarre, sans nul doute. Elle avait vécu les pires choses, mais aussi d'autres vraiment très agréables, et tout ça, à cause de cet homme qui lui faisait face.

— Je vois que votre crêpe ne suffit pas pour que vous me fixiez comme ça...

Kaya se figea.

Oups ! Prise en flag' !

Ethan coupa un morceau de sa crêpe, la badigeonna de crème chantilly et lui tendit la fourchette. Kaya écarquilla les yeux, comprenant que cette bouchée lui était destinée.

— Profitez du fait que je doive me faire pardonner. D'ordinaire, je ne partage pas ! Même pas une miette ! Plutôt mourir que de faire don de mes biens ! lui murmura-t-il d'une voix plus grave.

Leurs regards se retrouvèrent alors qu'elle venait de loucher sur la fourchette suspendue dans les airs. Kaya se rappela la dernière fois où cette voix rauque et suave lui avait parlé à l'oreille et elle se mit à rougir. Ethan comprit que sa remarque et son geste étaient un peu trop équivoques, trop séducteurs et regretta d'instaurer une nouvelle gêne entre eux. Kaya décida de ne pas se laisser distraire par ce qu'il y avait eu plus tôt dans la soirée.

— Plutôt mourir que de vous la manger...

Ethan écarquilla à son tour les yeux, car en se rappelant cette phrase, d'autres pensées lui sautèrent en pleine face au point de s'en retrouver complètement décontenancé. Il en posa sa fourchette maladroitement et bruyamment sur son assiette. Kaya comprit que ses mots étaient encore plus équivoques quand elle vit la réaction perplexe de son interlocuteur.

— Je parle de la crêpe ! De la crêpe évidemment ! lui déclara-t-elle, rouge de honte.

— Évidemment ! toussa-t-il gêné, mais en même temps se retenant de rire devant ce quiproquo intéressant.

— Pervers ! murmura-t-elle.

— Quoi ? Mais je n'ai rien dit ! Pas même fait une allusion ! C'est vous qui avez l'esprit mal tourné ! Dites plutôt que le round des vestiaires vous a laissée sur votre faim et je comprendrais !

— Quoi ? ! Mais... mais n'importe quoi ! Je crois plutôt que vous en avez assez fait ! Même déjà largement trop ! En plus d'être un connard, vous êtes d'une arrogance et d'une fierté écœurantes.

Kaya se leva, cette nouvelle querelle lui ayant coupé l'appétit.

— Ça suffit ! J'ai cédé à votre caprice avec vos crêpes... maintenant je veux rentrer chez moi.

Ethan posa ses couverts et se leva.

— OK. Rentrons. Je crois que c'est déjà assez pour aujourd'hui. Je suis d'accord. Vous m'épuisez.

Ethan paya la note en laissant un gros billet sur la table et tous deux rentrèrent dans la voiture en silence. Ils arrivèrent dans la rue où habitait Kaya sans qu'aucun mot ne fût échangé pendant le trajet. Kaya sortit de la voiture et Ethan serra son volant, visiblement plus agacé qu'il ne le voudrait. Pourquoi avait-il tant de mal à communiquer avec cette femme, mais en même temps persistait-il à vouloir en savoir plus ? Il se frotta les yeux du bout des doigts, fatigué par sa journée et ses tourments qu'il ne devrait avoir, quand Kaya frappa à la vitre de sa portière. Il pressa le bouton pour la faire descendre, avec un léger mal-être. Qu'allait-elle lui dire pour l'achever ?

— Quelle heure pour demain ? lui dit-elle de façon insignifiante.

— Pardon ? lui répondit-il surpris.

— Votre cocktail ! Allô ! C'était le deal, non ?

— Je croyais que vous me détestiez ?

— C'est toujours le cas, mais je tiens toujours ma parole même si je sais d'avance ce que ça va me coûter..., finit-elle par dire de manière lasse et résignée. Mais je vous préviens, demain c'est la dernière fois que l'on se voit ! Ne croyez pas que votre magnificence m'a subjuguée, ensorcelée ou je ne sais quoi !

Ethan se mit à rire. Il rit à n'en plus finir, au point que son estomac lui fit mal.

— Je peux savoir ce qu'il y a de si tordant ?

— Rien, rien ! C'est juste le mot « magnificence » qui m'a rappelé mon boulot qui est censé « éblouir » toutes les femmes !

— Ah. Arrogance, quand tu nous tiens... Je tiens à vous assurer que vous ne m'avez pas éblouie.

— Vraiment ? lui demanda-t-il avec un regard coquin, faisant allusion à leur petite scène des vestiaires.

— Certaine à 100 % ! lui répondit-elle avec de gros yeux lui indiquant que s'il ouvrait encore une fois sa bouche pour lui faire cette allusion, il n'y survivrait pas.

Ethan sourit et regarda droit devant lui, le regard pétillant.

— Demain, 20 heures au Mandarin Oriental, lui déclara-t-il conquis.

— OK ! Mauvaise nuit alors...

Ethan la regarda s'éloigner puis rentrer chez elle. Elle acceptait de l'accompagner. Peu importe la raison. Peu importe la vengeance qu'il souhaitait à l'origine, il allait la revoir et cela le confortait. Malgré toutes leurs disputes et leurs divergences, il était content de la revoir. C'était sans doute la première femme qui ne se pavanait pas devant lui pour obtenir ses faveurs, ou encore son argent. Elle ne trichait pas, ne jouait pas, ne mentait pas et cerise sur le gâteau, elle le détestait. Tout ce qu'il fallait pour lui plaire...

— Rêve bien du connard de ce soir, Princesse !

- 9 -

DÉSOPILANT

Ethan était dans le hall d'entrée de l'hôtel « Le Mandarin Oriental » à faire les cent pas, de la manière la plus discrète qui soit pour ne pas paraître louche malgré sa colère sous-jacente devant les personnes qui entraient. Il devait garder son sang-froid et rester digne devant les gens de la « Haute » ; son travail en dépendait et son image encore plus. Il était vingt heures quinze et elle était en retard. Il serrait les mâchoires, gardant les mains dans ses poches pour faire mine d'une nonchalance assurée, mais son esprit était tout tourné vers ces grandes portes à tambour qui servaient d'entrée à l'hôtel. Mais que faisait-elle ?

Elle ne va quand même pas me planter ?

La crainte de ce funeste présage grandissait au fur et à mesure que les secondes s'égrainaient. Il avait pourtant été de bonne humeur toute la journée. Toute l'équipe avait d'ailleurs pu voir son excellence, en brassant de manière rapide et efficace grâce à son fameux talent d'homme d'entreprise, tous les dossiers concernant la soirée de gala, pour l'inauguration de la gamme « Magnificence », dont le projet avait été examiné à la loupe depuis des mois. Sam et Oliver n'avaient d'ailleurs pas arrêté de se moquer de lui par-derrière, à coup de sourires complices, de remarques libidineuses en constatant le sourire qu'il affichait depuis la première heure de la matinée. Lui-même ne comprenait pas trop pourquoi il était de si bonne humeur. Brigitte, sa chargée de communication le lui rappela au brainstorming de quatorze heures.

— On peut savoir pourquoi tu glousses tout seul dans ton coin en regardant la vitre, pendant que je te présente les PLV des premiers articles de la gamme ?

Ethan s'était redressé alors sur son dossier, complètement surpris par sa remarque le prenant en flagrant délit de débilité profonde. La preuve était qu'il ne cessait de repenser à cette fille et à leurs chamailleries. À cette façon qu'elle avait de le remettre à sa place, à le déstabiliser, à le faire tourner en bourrique. Avec le recul, il se rendait compte avec ironie qu'il devait effectivement ressembler à un idiot à regarder le vide en se marrant.

— Ne cherche pas, BB ! Il y a forcément une nana là-dessous ! Regarde la gueule d'abruti qu'il tire avec ce sourire niais qui ne l'a pas quitté depuis ce matin ! rétorqua Sam, son avocat et ami. Il a même travaillé en sifflotant !

— Je t'ai déjà dit de ne pas m'appeler BB ! s'indigna Brigitte encore plus agacée.

— Allons, tu es la Brigitte Bardot du groupe et tu le resteras. Ce n'est pas pour rien que tu es dans la com ! Ton minois parle pour toi et tu resteras notre BB adorée !

Brigitte souffla par ses narines tel un buffle alors que Sam lui faisait un grand sourire taquin. Elle savait qu'elle avait un physique avantageux et que la référence à la célèbre actrice n'était pas anodine, mais cette comparaison l'agaçait. Elle avait toujours voulu prouver qu'elle valait plus que ça. Elle voulait briller par sa capacité d'analyse, sa réactivité, son aisance à débattre de sujets délicats, ses compétences à gérer les états de crises. C'était une rengaine qu'elle respectait à la lettre, Ethan lui ayant accordé sa confiance. Et elle ne briserait jamais cela. Elle pouvait se vanter d'être la femme la plus proche de lui au quotidien. Certes, elle n'avait pas une relation très intime avec lui, mais il était certain qu'elle était la femme qu'il avait côtoyée le plus longtemps. Un fait qu'elle voulait garder tel quel, à défaut de ne pouvoir pour l'instant lui faire baisser ses barrières et devenir bien plus proche.

— Bon, tu nous racontes ce qui te fait froncer des sourcils, puis pouffer de rire la minute d'après ? lui demanda son expert-comptable Oliver, avec cette bienveillance qui lui était familière. On se doute que ce ne sont pas les magnifiques, que dis-je, splendides Publicités sur Lieu de Vente de Brigitte !

Ethan sourit en regardant les PLV en question, aussi belles fussent-elles.

— Il n'y a rien à dire. Désolé, Brigitte ! Continue, je t'écoute.

— Rhhaaa ! Tu n'es vraiment pas sympa Ethan, râla Sam en attrapant sa tignasse brune. On est tes potes et tu nous caches ta trouvaille ? On te connait suffisamment pour savoir que celle-là, elle n'est pas anodine ! Je suis sûr qu'elle est canon pour que tu ne nous en aies pas encore parlée. Allez, tu as peur que je te la pique ? ! C'est ça ?

— Qui a dit qu'il s'agissait d'une femme ? répondit Ethan à la fois amusé et offusqué.

— Il n'y a qu'une femme qui peut nous faire avoir la banane... Tu ne me l'as fait pas à moi ! Je te rappelle que notre concours du carnet d'adresses le plus long est toujours d'actualité, même dix ans après !

Ethan sourit à ce souvenir. Ce pari sur le banc de la fac avec ses quatre amis, Sam, Oliver, Simon et Brigitte. Pari qui continuait aujourd'hui à exaspérer cette dernière. Samuel, Sam pour les intimes et surtout parce que ça allait plus vite de l'appeler ainsi, était un bel homme, sûr de son potentiel « séduction ». Un Casanova haut en couleurs qui draguait tout ce qui bougeait. Grand, brun, yeux bleus et sourire ravageur, il n'avait jamais aucune difficulté à ramener une femme dans son lit et il adorait ça. Chasser, comme il disait, était son art de vivre et quand il voyait une proie potentielle, il sentait son charisme se décupler pour gagner. Aussi, sa rencontre avec Ethan avait été un puissant encouragement, une montée de testostérone toujours plus agréable à chaque défi. Il voyait Ethan comme la gueule d'ange démoniaque. Monsieur qui sort avec les femmes, mais les séduit toujours avec une distance que l'on pourrait mettre sur le compte de la pudeur alors qu'il ne les épargnait pas au lit. Ethan était un mystère pour lui. Autant il savait que se lier avec une femme n'était pas dans sa philosophie tant qu'il n'aurait pas quarante ans, pour ce qui était d'Ethan, ils avaient tous pu constater que c'était par dépit, comme s'il n'avait pas le choix. Comme si vivre avec une femme était une chose aussi grave qu'impensable. Elles étaient juste là pour satisfaire ses besoins physiques et éprouver des sentiments était impossible pour lui. Ils avaient vu nombre de filles passer dans ses bras, certaines méritant la palme d'or de la compréhension et du relativisme, mais aucune ne put l'attraper réellement. Un constat qui avait eu d'autant plus d'impact quand ses conquêtes devenaient plus sérieuses et qu'il prenait la fuite en les plaquant sans raison valable. Alors que pour Sam, c'était un jeu et qu'il voulait profiter de sa liberté, pour Ethan c'était juste la seule façon dont il pouvait considérer une femme : un passe-temps. Il ne pouvait s'engager avec aucune d'entre elles. C'était peut-être dans ses gênes, comme s'il les craignait dès qu'un éventuel attachement se faisait ressentir. Ethan avait donc accepté le pari simplement parce qu'il pensait que cela pouvait être drôle de voir son ami se démener à gagner. Il ne leur courait pas après. Elles venaient d'elles-mêmes et elles repartaient aussi vite, car elles n'avaient pas le choix. C'était ainsi avec Ethan.

— Tu es ridicule Sam..., sourit Ethan, gêné.

— Ridicule, mais pas idiot ! rétorqua Oliver. Te voir sourire de façon si niaise en plein brainstorming n'est pas assez anodin pour qu'on ne le remarque pas.

— Je n'ai pas souri niaisement !

— Juste un chouia ! le taquina Sam en faisant un geste de distance entre son pouce et son index de façon moqueuse.

— Bon, on peut reprendre ? ! Vous êtes contents, maintenant je fais la gueule à m'agacer à cause de vos théories foireuses ! déclara Ethan, la mine boudeuse.

Sam et Oliver se mirent à rire.

— On a vexé notre petit président, mon cher Oliver ! Nous sommes de vrais tortionnaires ! Brigitte, allez, dévoue-toi pour le consoler !

— Sam, arrête tes conneries ! s'agaça Brigitte, rouge de honte. Ethan n'est pas homme qui veut être consolé...

Brigitte finit sa phrase dans un soupir triste, mais les trois hommes n'en tinrent pas compte, trop occupés à se jeter des capuchons de stylos dans la figure. Le sujet fut ensuite écourté par la belle blonde qui avait dû encore une fois mettre le holà face aux gamins qu'ils pouvaient être par moment.

Faut vraiment être con pour penser à cette fille en souriant...

Ethan regarda encore une fois sa montre. La fureur, l'impatience et l'exaspération se mélangeaient dans tout son corps qui bouillonnait, et ne demandaient qu'à exprimer son ressentiment. Sourire pour cette fille alors qu'elle faisait tout pour le mettre en rogne était vraiment pathétique. Ce soir, il était certain que son sourire n'était plus, et ne serait plus. On ne l'y reprendrait pas.

Kaya faisait tressauter son pied sur le plancher du taxi qui la conduisait vers le Mandarin Oriental. Elle était en retard et elle savait que ça allait encore être sujet à dispute avec M. Connard. Elle donna son billet au chauffeur non sans tirer une grimace de tristesse en voyant le morceau de papier lui filer entre les mains, et fonça vers la porte-tambour. Ethan expira profondément de soulagement quand il la vit arriver, mais ne put reprendre une nouvelle bouffée d'oxygène : le soulagement bref qu'il ressentit en la voyant fut vite remplacé par une panique plus grande. Kaya lui sourit et se posta devant lui en tentant de faire bonne figure.

— Bonsoir. Désolée pour le retard. J'ai eu un mauvais timing dans ma recherche d'emploi et...

— Vous vous fichez de moi ? Non. En fait, je crois que je vais l'étriper...

Aïe, ça commence...

— J'ai dit : « désolée ! » Ça va ! Y a pas mort d'homme, je suis là !

— Ah ça, oui, vous êtes là ! Mais il est hors de question que vous m'accompagnez et que je vous paie ! Vous ne comprenez pas quoi dans le mot « cocktail » ? Quand on vous dit « Agnès B », est-ce pour vous une délinquante qui peint des graffitis ?

Kaya se sentit déboussolée par sa remarque, ne comprenant pas où était le problème. Ethan soupira et ferma les yeux. Soit elle était vraiment naïve, soit elle le prenait vraiment pour un con.

— Votre tenue, espèce d'idiote ! C'est quoi, ça ! finit-il par dire en essayant de se retenir de hurler pour ne pas se faire remarquer davantage et en montrant d'un geste vif de la main son corps.

Kaya se regarda des pieds à la tête de façon circonspecte. Baskets, jeans, pull-over, manteau et grosse écharpe.

— Oh ! Oui ! Ah ah ! J'ai ma tenue dans mon sac à dos !

Ethan écarquilla les yeux en visant le sac à dos qu'elle tapotait de sa main avec sympathie, comme si c'était un compagnon de route, un sac de survie. Son cœur se mit à pulser encore plus fort à cause de la rage qui affluait dans ses veines. Elle se moquait vraiment de lui.

— Non, mais vous plaisantez ? Vous êtes en train de me dire que votre robe de soirée est là-dedans ?

— Évidemment ! J'avais besoin de mes baskets pour déposer mes CV. C'est bien plus confortable que des talons et je n'allais pas me peler les fesses toute la journée avec les jambes à l'air. C'est qu'il caille dehors !

Ethan fit un tour sur lui-même, la main posée autour de son cou à regarder le plafond des fois qu'il y verrait un signe divin et tentant de calmer au mieux son indignation et son irascibilité.

Respirer, oui, il faut respirer Ethan et ne pas t'emporter.

Ethan se tourna à nouveau vers elle et l'observa un instant.

— OK, c'est de ma faute... J'aurais dû vous faire livrer une robe de soirée et vous faire venir un chauffeur.

—Je n'ai pas besoin de votre robe. La mienne convient parfaitement ! Vous allez voir !

Kaya lui répondit par un grand sourire, ce qui amplifia son scepticisme et encore plus sa colère. Kaya le vit hausser un sourcil peu convaincu.

— Donnez-moi juste cinq petites minutes de plus. Cette robe est géniale, vous savez. On peut la mettre en boule, elle ne se froisse jamais !

Elle n'attendit pas de réponse et se dirigea vers les toilettes pour femmes. Ethan la regarda rentrer avec appréhension, mais surtout terrifié.

Elle va me tuer. Maintenant, j'en ai la certitude... Mais qu'est-ce qu'il t'a pris d'aller chez elle pour te venger ? Tu ne pouvais pas rester dans ton coin et ravaler ta fierté de macho ? Pourquoi l'as-tu invité, crétin ? !

Ethan se remit à faire les cent pas inconsciemment. Il fixait le sol à la fois inquiet et profondément curieux. L'assurance qu'elle affichait le désarçonnait. Devait-il craindre le pire ? Il détestait cette sensation de dépendre de quelqu'un et cette femme le menait vraiment par le bout du nez.

— Regardez-moi qui voilà !

Ethan tourna la tête vers la personne qui venait de l'interpeller et sa grogne intérieure augmenta encore d'un niveau.

Super ! Il ne manquait plus que lui pour que ma soirée devienne vraiment pourrie...

Alonso Déca se tenait devant lui avec, accrochée à son bras, une petite brune aux yeux noirs, typée latine.

— Mon Dieu ! Alonso a été invité ? ! répondit Ethan d'un air faussement ébahi. Tu as dû être fou de joie de recevoir ton carton d'invitation, dis donc !

Alonso Déca fit une moue faussement touchée.

— C'est aussi un plaisir de te voir, cher adversaire.

Alonso Déca, ou comment avoir l'incarnation de la fourberie en face de soi. S'il y avait un homme dont il fallait se méfier, c'était bien lui. Toujours là pour jouer un mauvais coup, toujours là où on l'attend le moins pour vous poignarder dans le dos de préférence. Un adversaire comme on en redoute peu, un requin aussi mauvais qu'insaisissable. Des projets entiers avaient été volés par lui et la boite pour laquelle il travaillait : L'Oréal.

Avoir des espions faisait partie du jeu. Contrer ses adversaires, appréhender leurs prochaines campagnes, deviner quelle tendance remportera les suffrages avant les autres. C'était le propre de tout bon homme d'affaires. Avec Alonso, le défi n'était pas à prendre à la légère. L'Oréal était une grosse entreprise de cosmétiques, reconnue mondialement et Abberline Cosmetics était encore bien loin de la surpasser. Pourtant, Déca se méfiait d'Ethan qui avait des idées avant-gardistes pouvant faire mouche et causer du tort à ses concurrents, aussi grands soient-ils.

— Je ne t'ai pas présenté... Je manque à mes devoirs de galanterie ! fit-il avec un humour malvenu. Voici Ana Reyes, journaliste pour le magazine *Elle*.

La jeune femme lui décocha un sourire gigantesque et la façon dont ses yeux pétillaient n'augurait rien de bon pour Ethan qui préférait laisser la presse à Brigitte.

— Monsieur Abberline, c'est un plaisir de vous rencontrer... enfin ! Vous êtes vraiment une personne difficilement accessible. Vous érigez de grandes barrières devant les journalistes. Nous faisons-vous peur ?

— La partie presse revient à ma chargée de communication. Répondre aux journalistes n'est pas de mon ressort.

Ethan sentit son impatience grimper d'un cran. Il ne savait ce qui l'agaçait le plus : cette femme au regard affamé ou Kaya qui n'arrivait toujours pas et qui pouvait le ridiculiser en moins de deux devant son pire ennemi. Ana Reyes sentit la froideur d'Ethan dans sa réponse, mais ne s'en formalisa pas, car ils étaient toujours méfiants, ces grands chefs d'entreprise.

— Je propose que nous parlions un peu, puisque l'occasion se présente..., annonça la journaliste solennellement tandis qu'elle lui attrapait le bras. Je dois dire que la rumeur est bien loin de la vérité, elle devrait être encore plus flatteuse : vous êtes vraiment un très bel homme. Accepteriez-vous de m'offrir une coupe de champagne ?

— Tu sais, Abberline, Ana n'a cessé de me demander de te présenter. Il semble encore que ton charme fasse des ravages, ajouta Déca.

Alonso Déca lui sourit de façon entendue. Il préparait quelque chose avec cette journaliste et cette présentation n'avait rien d'innocent. Ethan se força à sourire, mais il sentait déjà son poil se hérisser face à l'attaque de la jeune femme.

— Il vous faudra attendre, Mademoiselle Reyes, que nous soyons dans la salle de réception...

— Eh bien, ne perdons pas de temps alors ! Il me tarde de vous connaître un peu mieux...

Ethan n'aurait su dire si la façon dont elle se collait à lui était vraiment parce qu'elle était charmée ou juste parce qu'elle visait le prix Pulitzer en décrochant une entrevue avec le tant convoité Ethan Abberline, mais il était clair qu'il n'aimait pas sa façon de faire.

— Je ne pense pas que notre cher Alonso Déca soit heureux que je lui vole sa cavalière...

Ana Reyes pouffa.

— Oh, mais vous pouvez me kidnapper même, cela ne le concerne pas ! C'est juste entre vous et moi.

Ethan considéra la réaction de Déca qui ne semblait pas plus outré qu'intéressé par leur conversation. À vrai dire, son attention était à présent portée vers un tout autre endroit qui fit réaliser à Ethan un danger encore plus grand, quand celui-ci déclara avec un grand sourire carnassier :

— Ne vous préoccupez pas de moi ! J'ai bien mieux à faire.

Ethan tourna la tête en même temps qu'il suivait ses pas se dirigeant vers le comptoir de l'accueil. Il le vit se rapprocher d'une femme déposant quelque chose en consigne et son cœur rata un battement quand la jeune femme se tourna vers lui. C'était elle. C'était Kaya !

— Comment une demoiselle aussi jolie peut-elle être seule ?

Kaya scruta l'homme qui venait de s'appuyer au comptoir tandis que le concierge lui tendait un ticket de consigne.

— Qui vous a dit que j'étais seule ?

— OK, je reformule ma question ! sourit Alonso amusé. Quel goujat peut laisser une si jolie jeune femme seule devant ce comptoir ? Je ne pourrais jamais défaire mon regard de vous, si j'étais à sa place !

Gros boulet en vue ! Alerte ! Sauve qui peut !

— Si vous étiez à sa place, vous comprendriez pourquoi il arrive à se passer de moi ! Je vous assure...

Vas-y ! Fais-lui peur et il comprendra tout seul qu'il ne vaut mieux pas qu'il tente sa chance.

Ethan était à quelques mètres d'elle et elle ne le regardait pas. Déca était en train de la draguer ouvertement devant ses yeux et lui restait planté là, à sentir une sangsue appuyée sur sa manche gémissant des demandes inconsidérées tandis qu'il ne se remettait toujours pas du spectacle. Elle était superbe. Divine aurait été le mot exact, mais il ne pouvait le dire, car admettre un tel mot serait admettre qu'il était complètement sous le charme. Autant dire que c'était hors de question.

Elle portait une robe gris clair en lycra, agrémentée de gros sequins ronds métallisés étincelants de cinq centimètres de diamètre qui recouvraient tout le vêtement. La coupe était droite avec de fines bretelles, laissant à peine deviner sa poitrine tandis qu'elle se terminait de façon bien trop courte sur ses cuisses pour une personne voulant garder cette femme jalousement pour lui. Elle avait mis des chaussures fines noires à talons, rehaussant le galbe de ses jambes, et s'était coiffée d'un chignon déstructuré, laissant une impression faussement sage grâce aux quelques mèches qui en ressortaient. Une touche de maquillage légère mais suffisamment efficace pour embellir son teint et accentuer son regard agrémentait le tout.

Nom de Dieu ! C'est bon, je suis mort ! Elle m'a bien tué !

D'un geste sec, il se détacha d'Ana Reyes et entama les quelques mètres qui les séparaient avec la ferme détermination de récupérer avec fierté sa cavalière.

— Eh bien moi, je reste persuadé que cet homme est le pire inconscient qui soit ! Et il ne vous mérite pas !

— Oh ! Ça, c'est certain ! Plutôt mourir que d'être son trophée !

Alonso prit un air surpris. Cette femme était aussi délicieuse que surprenante. Qui pouvait être ce cavalier qu'elle estimait si peu ?

— Vous n'avez pas l'air de le porter dans votre cœur ? Alors, pourquoi rester avec lui ? Laissez-moi être de meilleure compagnie.

Déca lui décocha un sourire sournois. Elle plissa les yeux, se demandant si elle pouvait faire confiance à ce type sorti de nulle part.

— Parce que je lui ai promis d'être avec lui..., fit-elle avec un petit sourire sincère.

Son interlocuteur ouvrit les yeux de stupeur quand il vit Ethan s'approcher furtivement derrière elle et lui murmurer à l'oreille :

— Alors, n'attendons plus, Princesse ! Allons-y... Il est temps de tenir votre engagement.

Kaya se figea. Sa voix rauque venait encore de la faire frissonner alors qu'elle ne s'y attendait pas. Elle put sentir sa main se caler dans le bas de son dos, puis le voir se dresser fièrement près d'elle. Il dévisageait l'homme qui lui faisait face avec sa prestance arrogante et fière.

— C'est avec lui que vous passez la soirée ? ! sembla plus que surpris Alonso.

— Eh oui ! Me mettre dans les pattes ta journaliste ne peut marcher quand on voit ma magnifique cavalière. Aucune ne fait le poids ! Sur ce, la demoiselle a une promesse à respecter.

Déca resta campé contre son comptoir, complètement scié par la scène. Abberline avait encore une longueur d'avance. Ana Reyes le rejoignit, déçue, mais surtout frustrée et humiliée par son peu de considération. Ethan poussa gentiment Kaya vers la salle de réception, le regard pétillant. Grâce à elle, il avait fait taire son rival et l'avait renvoyé se coucher, la queue entre les jambes.

— Tiens ? M. Connard a retrouvé le sourire ? On a l'intention finalement de me payer ?

— Oui, vous vous êtes bien rattrapée. Voici les cinq cents euros promis, lui dit-il en lui tendant discrètement une enveloppe sortie de sa veste de smoking.

— Euh... merci, mais vous pourriez me la garder le temps de la soirée avec mon ticket de consigne. Comme vous pouvez le voir, je n'ai pas de pochette.

Ethan la regarda intensément puis replaça l'enveloppe à sa place, avec le ticket.

— Et en plus, je dois lui servir de sac à main ! soupira-t-il las, mais fier. Allons-y, Mademoiselle Levy !

Il la guida vers la salle de réception, mais Kaya s'arrêta un instant.

— Un problème ? lui demanda-t-il inquiet.

— Je réalise que je ne connais pas votre nom. Je suis votre cavalière, vous savez qui je suis, mais moi, je ne sais rien de vous. Je vous appellerais bien M. Connard devant tout le monde, mais je doute d'avoir la suite de mon salaire après.

Ethan se mit à sourire avec sincérité et amusement en regardant la foule de personnes bien habillées dans la salle. Il lui attrapa la main et la tira vers la foule.

— Tiens donc ? Voilà que Princesse s'intéresse à la vie du méchant connard ? Eh bien, observez ! finit-il par lui souffler à l'oreille avec cette arrogance ponctuée d'un visage aussi énigmatique que provocateur.

- 10 -

Royal

Le Mandarin Oriental était un hôtel prestigieux et la salle de réception transpirait le faste. Des tables aux nappes blanches délicatement brodées proposaient des amuse-gueules colorés qui aiguisaient n'importe quel appétit. Un grand lustre en son centre illuminait l'ensemble dans une ambiance festive. Les tenues des convives apportaient une dernière touche au luxe ambiant. Un grand balcon jouxtait la salle de réception. Lui-même était aussi grand que la salle et proposait un cadre tranquille, permettant de se retirer du tumulte de celle-ci. De petites lumières tamisées donnaient une atmosphère feutrée et des fauteuils en osier surmontés de coussins orange ainsi que des balancelles aidaient à s'y sentir plus apaisé.

On pouvait donc dire que le cadre était superbe. Tout était parfait pour s'y plaire. Pourtant, Kaya ne put se retenir de soupirer.

Tout ce faste lui retournait le ventre. C'était déjà le cas quand elle était serveuse à la réception de Mme Spencer, la nuit où elle avait rencontré celui qui l'accompagnait ce soir. Qui aurait cru qu'elle se tiendrait près de lui aujourd'hui ? Leurs univers étaient tellement différents. Tout cet étalage ostentatoire de richesse l'écœurait. Elle qui galérait depuis toujours à se nourrir, se vêtir, se loger. Tout ce petit monde était loin de ses soucis et abusait de comparaison de rang social : qui avait le plus grand portefeuille, la plus belle robe, la chirurgie esthétique la plus réussie? Elle ne pouvait que se sentir mal à l'aise et elle soupçonnait désormais M. Connard de l'avoir ressenti lui aussi et d'avoir fait exprès de l'inviter pour lui rappeler leur différence sociale. Elle pouvait admettre que c'était réussi. Lui faire revêtir un costume de princesse pour lui faire croire à un conte de fées, où elle pourrait apprécier les belles choses, être choyée et regardée comme une personne à part, qui n'en rêverait pas ? Mais au final, cela lui rappelait aussi que même si elle avait pu faire partie de ce monde, elle ne s'y sentirait jamais bien, les différences étaient tout simplement trop grandes. Sa personnalité, son vécu et son éducation ayant eu raison dès le départ de ce rêve aussi fabuleux soit-il. Quelle belle leçon ! Cosette ne peut espérer devenir Cendrillon. Chacun son rang, sa situation, son destin. Les choses sont telles qu'elles sont : certains boivent du champagne pendant que d'autres se contentent de l'eau du robinet.

Un serveur habillé en smoking de pingouin déambulait entre les invités, un plateau de flûtes pleines de champagne à la main. Kaya eut pitié pour l'homme qui tirait une grimace catastrophée à chaque fois qu'il sentait l'accident arriver. Elle regarda un instant son cavalier. Dire que leur rencontre se résumait à cela : une coupe de champagne. Ethan attrapa deux coupes au serveur qui passa à côté d'eux.

— Champagne ? lui dit-il avec un petit sourire gentleman.

— Tiens ? J'en suis digne ce soir ? Moi, la petite serveuse idiote et maladroite ?

Elle tourna alors les talons et se dirigea vers le bar où un barman s'affairait derrière le comptoir, plantant Ethan avec ses deux coupes dans les mains. Elle adressa un sourire au barman qui s'approcha d'elle, un grand sourire également aux lèvres. Ethan posa la seconde coupe sur le plateau du serveur, à nouveau agacé d'être rejeté.

Elle doit rester avec moi, quoiqu'il arrive. De quel droit elle se barre comme ça ? Qu'est-ce que j'ai encore fait ? Et puis, qu'est-ce qu'il a l'autre, à lui sourire ?

Il s'approcha du bar et s'assit, comme si de rien n'était, à côté d'elle, savourant sa coupe, mais en étant tout ouïe sur leur conversation qui lui déplaisait déjà.

— Bonsoir, Mademoiselle. Que puis-je pour vous ?

— J'ai soif ! Qu'avez-vous à me proposer comme cocktail ? Sans alcool, s'il vous plait. Je préfère garder toute ma lucidité. On ne sait jamais…

Kaya jeta un bref coup d'œil à côté d'elle, vers le « on ne sait jamais » qui levait les yeux au ciel, effaré par les à priori le concernant. Le barman lui proposa la carte des cocktails et lui détailla chacun d'eux.

— Nous avons le *virgin piña colada* à base de noix de coco, le *bora bora* avec de l'ananas, l'*atomic freeze* avec de la pomme... mais je vous conseillerais plutôt le *fleur d'amour* à la mangue, banane et ananas. Un pur délice, à la fois doux, sucré et... envoûtant.

Le barman jeta un regard séducteur à Kaya, agrémenté d'un sourire ultrabright. Kaya lui répondit par un sourire de connivence, laissant transparaître la gourmande qu'elle était, alors que les yeux d'Ethan s'agrandirent en voyant le barman sortir son plan drague à deux balles.

Elle ne va quand même pas gober l'hameçon ?

— Eh bien, allons-y pour le *fleur d'amour* tout en délice, douceur, sucrerie et envoûtement !

Kaya tapa sur le comptoir pour marquer un « adjugé, vendu » et Ethan posa ses mains devant ses yeux un instant, terrassé par sa crédulité. Le barman commença son cocktail et leur tourna le dos.

— Donc il aurait pu vous vendre n'importe quoi pourvu qu'il vous donne un sourire et trois mots équivoques, c'est ça ? Mon Dieu... quelle naïveté !

— Ne soyez pas mauvais joueur. Ses cocktails m'ont tout simplement l'air bien plus appétissants que votre champagne tout dégueulasse !

Ethan regarda le fond de sa coupe. Il n'était pas particulièrement fan de champagne, mais dans cet univers restreint, il faut faire comme tout le monde et il pouvait s'en accommoder tant que cela lui permettait d'arriver à ses fins. Mais de là à dire qu'il était dégueulasse, alors que c'était certainement une grande cuvée, c'était un peu fort. Autant critiquer le bon goût des organisateurs de la réception.

Le barman revint avec une grande coupe au liquide orangé, agrémentée d'une rondelle d'ananas et d'un touilleur à cocktail. Kaya se frotta les mains, les yeux brillants de bonheur. Ethan sourit en voyant la joie sur son visage, tout ça pour un cocktail, mais son sourire s'effaça aussi net.

— Voilà, Mademoiselle. Surtout, n'hésitez pas à revenir me voir si vous voulez en tester un autre.

Il se pencha par-dessus le comptoir et plongea son regard dans celui de la jeune femme en lui tendant sa coupe. Ethan se leva et s'interposa entre eux en montrant du doigt un cocktail sur la carte.

— Ce sera un *vendetta* pour moi ! lui répondit-il sèchement, plongeant également son regard dans celui du barman, mais avec une lueur dans les yeux bien plus froide que celui de la jeune femme.

L'homme sourit et recula, comprenant que la chasse était gardée.

— Tout de suite, Monsieur. Un *vendetta.* Très bon choix ! fit-il avec un sourire compréhensif.

Le barman se retourna pour commencer son cocktail. Kaya se

tourna vers Ethan, après avoir regardé la carte.

— Ananas, orgeat et fraises mixées ? Depuis quand on se met au cocktail ?

Ethan se pencha vers elle, provocateur.

— J'aime les fraises ! Cela vous pose un problème ?

— Du tout ! J'aurais juste pensé que vous prendriez un cocktail davantage à votre image. Avec des agrumes. Quelque chose de bien plus... acide, quoi !

Tous deux se fixèrent, un sourire narquois sur le visage, les sourcils surélevés. C'était à celui qui cèderait le premier à ce jeu du « c'est moi le plus sarcastique ».

— J'aime bien aussi les agrumes. Je le reconnais. Mais les fraises... Aaaaahhh... Elles allient la douceur à l'acidité et avec des glaçons sur le corps d'une femme, c'est...

Ethan se mit à réfléchir, une lueur taquine dans les yeux.

— Envoûtant ? Exaltant ? Non... jouissif ! finit-il par lui déclarer, convaincu et lui rappelant ses propres mots à leur première rencontre.

Il se redressa, fier de ses allusions coquines tandis que le serveur revenait avec son cocktail. Il lui fit alors un clin d'œil. Kaya porta son verre à ses lèvres en levant à son tour les yeux au ciel, blasée. Ethan prit son cocktail et le goûta. Il jeta un regard vers Kaya qui était en train de le regarder faire, tout en s'interrogeant sur le fait qu'elle se trouvait avec un tel homme.

— Quoi ? Vous voulez goûter à mes fraises ? lui dit-il avec un sourire amusé et encore plus provocateur.

Kaya tourna la tête précipitamment, sentant la honte lui enflammer les joues. Elle fixa son nectar orangé.

— Jamais de la vie ! murmura-t-elle.

— Tant mieux ! Ne croyez pas que je vais tout partager avec vous. La crêpe c'était déjà trop !

— Je n'y ai pas goûté non plus, je vous rappelle !

— Oui, c'est vrai..., fit-il songeur, mais toujours dans le défi.

Vous êtes ce genre de femme qui voit le mal partout... À croire que le monde entier vous désire...

Ethan sourit à nouveau. Cette joute verbale l'amusait.

— Quoi ? ! N'importe quoi ! C'est vous qui venez de faire des insinuations douteuses avec vos fraises ! Pas moi !

— Oui, je n'ai pas pu m'en empêcher...

Il lui effleura la joue du revers de l'index.

— Vous devenez aussi rouge qu'une fraise à chaque fois et c'est grisant de vous voir mal à l'aise. Un pur plaisir ! On en réclamerait tous les jours de vous contempler alors que vous vous sentez à la fois ridicule, honteuse et consternée.

Il avala une grosse gorgée de son cocktail, se forçant à ne pas rire. Kaya se pinça les lèvres.

— Je crois que je n'ai jamais vu homme plus agaçant que vous ! Vous n'avez pas dû avoir assez de fessées enfant pour être aussi insolent !

Ethan avala de travers à cette remarque. Il porta sa main à sa bouche et toussa. Le trouble le saisit un instant, un flash de son enfance le traversant, ce qui n'échappa pas à Kaya.

Ils se fixèrent un instant. Kaya put entrevoir la préoccupation dans ses yeux. Voyant qu'il venait de baisser sa garde un bref moment, il se rattrapa comme il put pour reprendre consistance, mais le regretta aussi vite.

— Et vous comptez y remédier ?

Kaya se crispa et se maudit dans la seconde qui suivit, en s'imaginant faire l'inimaginable avec lui. Lui donner la fessée ? Elle devint aussi écarlate que le cocktail d'Ethan. Ethan se rendit compte que le jeu allait trop loin et qu'il n'était de toute façon pas adéquat dans leur situation d'aversion commune. Il devait rectifier les choses avant qu'elle ne se dérobe et le plante définitivement.

— Je plaisante ! Vous me prenez pour qui ?

Kaya le dévisagea. Si seulement elle savait qui était réellement ce type. Tout était possible avec lui. Il but à nouveau une gorgée.

— De toute façon, c'est moi qui donne les fessées ! finit-il par dire doucement, la coupe de son cocktail entre les lèvres, avant de rire cette fois plus franchement.

Il jeta un coup d'œil vers Kaya, visiblement plus énervée par ses propos qu'offusquée ou amusée.

— Quand Monsieur Connard Arrogant aura fini de se faire mousser avec ses prouesses sexuelles, il me fera signe. Ce que vous faites de votre vie privée ne me regarde pas et je vous saurais gré de bien vouloir m'épargner vos détails scabreux.

— Et c'est ainsi qu'une fois invitée dans un cocktail de riches, Princesse adopte le vocabulaire des grands de ce monde et joue la petite effarouchée... On aura tout vu, petite écolière !

Kaya se leva. Cette fois, cela en était trop. La référence à leur petite incartade dans les vestiaires revenait sur le tapis. Il n'allait jamais la lâcher avec ça. Elle n'avait pas besoin de lui pour y repenser et regretter sa trahison envers Adam. D'ailleurs, plus jamais elle ne mettrait une tenue d'écolière. C'était une promesse qu'elle s'était faite et rien que d'y penser, elle en frissonnait de peur.

Ethan gloussa. C'était plus fort que lui. La chambrer était un pur régal et la façon dont elle s'offensait encore plus agréable à voir. Plus elle s'agaçait, plus cela le forçait à en rajouter une couche. Il ne se lassait pas de ce petit jeu. Il la vit prendre son cocktail et quitter le comptoir. Il lui attrapa le poignet.

— Ma cavalière serait-elle vexée ?

Kaya serra les poings. Une phrase et voilà comment il lui rappelait que sa présence à ses côtés était indispensable.

— Du tout ! Les connards dans votre genre ne méritent pas que l'on considère leurs propos.

— Aahh ! Touché ! mima-t-il en portant sa main au cœur de façon affectée.

Il se leva et l'escorta dans la foule des convives.

— Il est temps que vous appreniez qui est le charmant connard que vous détestez tant.

Ethan se tenait droit. Son allure affichait désormais une assurance bien différente de ce qu'il montrait jusqu'à maintenant. Cette assurance qu'elle avait vu le premier jour. Celle de l'homme du « beau monde » et de l'homme d'affaires. Il avait cette capacité à dégager une aura particulière, celle des hommes intouchables, à la fois sauvage et magnétique. Cette prestance qui imposait le respect, la grandeur, l'intelligence, la force et la sérénité à la fois. Toute femme qui le voyait ne pouvait ignorer ce charisme animal, mais Kaya, aussi attirant soit-il, se sentait agacée. Était-ce de la jalousie, de voir un homme à qui tout réussit ? Était-ce parce que leur rencontre et leur promiscuité n'étaient qu'une série de fiascos ou d'imprévus dont elle se serait passé ? Ou bien était-ce simplement le fait que finalement ce halo de testostérone avait déjà eu raison d'elle une fois... une fois de trop ? Ce qui était sûr, c'était qu'il l'avait mise en rogne et que sa colère ne redescendrait pas de sitôt.

Ethan visa la foule du haut de son mètre quatre-vingt-dix et vit une femme se faufiler entre les invités et se diriger vers eux.

— Ah ? fit-il amusé.

Kaya regarda dans son champ de vision et vit Mme Spencer se dandiner jusqu'à eux.

— Oh mon Dieu ! Il ne faut surtout pas qu'elle me voie ! déclara-t-elle, tout à coup paniquée. Si elle me reconnaît, j'imagine déjà le scandale...

Ethan sourit, aucunement déstabilisé. Kaya tenta de se cacher derrière la stature de son cavalier pour ne pas se faire repérer.

— Arrêtez votre cinéma ! Elle ne vous reconnaitra pas. Si vous n'avez rien à lui apporter, elle vous zappe tout simplement.

— Vous êtes en train de me dire que la serveuse cruche et dénuée d'intelligence que j'étais l'autre soir n'a rien à faire dans son carnet d'adresses, c'est ça ?

— Eh bien ! Il vous arrive finalement d'être affublée d'une intelligence, petite serveuse ? lui dit-il alors sur un ton badin.

— Je vous jure qu'un jour, je vous ferai ravaler votre langue de serpent au fond de votre gorge ! marmonna-t-elle entre ses dents, une envie de meurtre au bout de ses doigts.

— Vous allez voir. Elle va faire un : « Mon chériiii ! Vous voilà ! », dit-il sur un ton plus aigu pour la parodier, et va vous ignorer superbement. Je ne mens jamais pour ce genre de choses.

Kaya fronça les sourcils à l'idée d'être cataloguée « plante d'ornement » sans même pouvoir justifier qu'elle valait mieux. Pire encore, elle se doutait qu'il était tout à fait capable des pires mensonges pour d'autres choses.

Mme Spencer arriva enfin à leur hauteur.

— Mon chériiii ! Vous voilà ! déclara Mme Spencer, un grand sourire aux lèvres avec ce ton hautain si débordant de superficialité.

Elle lui attrapa les mains et lui fit la bise sur une joue en claquant bien son « smack » sans même le frôler. Kaya regarda son cavalier et gloussa discrètement en voyant que ses talents d'imitateur étaient vraiment bons. Ethan lui fit un clin d'œil complice.

— Bonsoir Minerva ! lui répondit chaleureusement Ethan. Vous pensez bien que je n'allais pas rater une telle occasion ! Il me tardait d'être à ce soir !

Son sourire était aussi faux que ses paroles. Kaya pouvait le sentir comme une vague de dégoût qui dévalait le long de sa peau. Quelle comédie ! Pourquoi mentir alors que cela crevait les yeux que cette soirée l'agaçait ? Une soirée avec elle ne pouvait lui faire plaisir, c'était évident ! Il était vraiment le pire type qui soit, à manipuler le monde avec sa gueule de beau gosse.

— Je m'en doute bien, mon chéri ! Vous devez vous montrer, vous faire valoir. À ce qu'il paraît, votre nouvelle campagne de maquillage va être grandiose. Il me tarde de la découvrir.

— Ma foi, je ne sais pas si elle sera grandiose, mais j'espère qu'elle remportera un franc succès.

— Allons mon ami, on ne me l'a fait pas à moi. Je sais très bien que Jean-Paul Gaultier vous a contacté pour être sur le coup !

— Vraiment ? Tiens donc ! On m'a dit hier que c'était Lagerfeld qui allait sponsoriser mes produits !

— Lag... Lagerfeld ?! Oh oh oh ! Quel plaisantin vous faites ! J'adore les hommes pleins de mystères !

Mme Spencer se colla à Ethan avec un clin d'œil complice, sachant très bien qu'il ne dévoilerait rien au risque d'être devancé par ses concurrents. Cette femme avait la cinquantaine bien tassée, plutôt bien enrobée aussi bien physiquement que par le maquillage qu'elle portait à outrance. Son petit tailleur gris perle la grossissait encore plus et pourtant, elle ne se gênait pas pour faire de son abondance un atout. Aucun complexe ne semblait la préoccuper. Elle se contentait de virevolter autour de ses congénères sans se poser de questions. Kaya sonda la femme en face d'elle. Elle essaya de se demander quelle vie elle devait avoir. Avait-elle un mari ? Divorcée de plusieurs ? Était-elle heureuse ? Tout ce faste qu'elle mettait en valeur était-il si important pour lui permettre d'exister ? Combien de personnes connaissait-elle et combien pouvaient prétendre être ses amis ? Finalement, toutes ses questions avaient-elles une réponse logique ? Elle était peut-être aussi seule qu'elle-même l'était. Et lui, était-il un homme seul ?

Elle regarda Ethan avec cette même interrogation. En une minute, elle avait découvert qu'il travaillait dans le maquillage. Il connaissait la bourgeoisie parisienne donc devait avoir lui aussi un compte en banque bien garni. Mais après, qui était-il ? Cette arrogance cachait-elle autre chose ?

— En parlant de mystères... qui est votre cavalière ? demanda Mme Spencer pour faire la conversation.

Kaya se crispa. La peur d'être reconnue et de passer pour une moins que rien la saisit brutalement. Elle qui croyait passer inaperçue, devenait finalement le centre d'attention.

— Oh ! Vous ne la reconnaissez pas ?! déclara alors Ethan visiblement surpris.

Le regard de Mme Spencer sur Kaya la déstabilisa davantage. La jeune femme lança un regard assassin à son cavalier qui faisait exprès de guider Mme Spencer vers la vérité. Celui-ci n'en tint pas rigueur.

— Allons Minerva ! Vous qui êtes toujours si perspicace, vous me décevez !

— Euh...? Eh bien...

— Madame, ce n'est pas important..., bredouilla Kaya plus que gênée et bouillonnant intérieurement.

Si elle venait à savoir qu'elle était sa serveuse de l'autre soirée, elle la laminerait. Comme les sorcières sur le bûcher pour l'hérésie qui lui avait pris d'être venue ici. Ethan soupira, mais son amusement était plus qu'évident.

— Bon, je vais tout vous dire, c'est...

Il n'eut le temps de dire quoi que ce soit que Kaya se jetait sur lui et posait la main sur sa bouche.

— Je m'appelle Kaya ! lui répondit-elle vivement, coupant l'herbe sous le pied de son cavalier.

Ethan se recula et se mit à rire, face à une Kaya essayant de sauver les meubles du naufrage qui s'annonçait. Mais il lui décocha un regard interrogateur, puis se mit à sourire à nouveau avec encore plus de défi.

— Minerva, voici Princesse Kaya !

Cette fois-ci prête à l'étrangler, Kaya se retourna vers Ethan qui se retenait de rire. Il en jouait. Il jouissait de sa situation inconfortable. Le regard complice et hautain qu'il lui jeta annonçait une nouvelle bataille.

— Princesse ? Vous êtes princesse ? fit Mme Spencer ébahie.

— Non, je...

La jeune femme se sentit submergée par la panique. Elle n'osait quitter son cavalier des yeux de peur qu'il sorte une vacherie encore plus énorme à Mme Spencer, mais se sentait aussi dans l'obligation de rattraper les divagations d'Ethan auprès de cette dernière.

Finalement, elle se contentait de bredouiller sans vraiment pouvoir se justifier et toisa avec haine son partenaire. Elle n'était capable que de ça...

— Bien évidemment ! Regardez-la ! Ce regard de défi à l'instant, cette façon de s'opposer à tout le monde — vous avez vu comme elle s'est jetée sur moi ? —, cette manie de vouloir avoir toujours le dernier mot, comme si je pouvais être un menteur ! Si ce n'est pas digne d'une princesse, moi je ne suis pas PDG !

Mme Spencer fixa Kaya qui rougissait de plus en plus tandis que la colère grandissait en elle. Il se moquait vraiment et avec un sourire en coin d'une arrogance sans faille. En cet instant, elle aurait donné n'importe quoi pour poser ses mains autour de son cou et serrer encore et encore. Mais elle ne le pouvait. Le meurtre était puni par la loi et elle devait rester digne. Pas comme une princesse, mais rester une femme digne, inébranlable face à ce connard fini.

— Parce que vous avez rencontré beaucoup de princesses, peut-être, pour savoir comment elles se comportent ? lui dit-elle en redressant son menton, persuadée que sa remarque ferait mouche.

— Ma chère amie, dit alors Mme Spencer en lui attrapant l'avant-bras, sachez que notre ami commun doit en avoir rencontré un bon nombre ! Ce n'est pas n'importe qui après tout ! C'est Ethan Abberline ! Notre étoile française montante dans le monde de la mode et des cosmétiques ! Il a rencontré autant de célébrités que moi, et pourtant j'ai 20 ans de plus que lui !

Les yeux de Kaya s'ouvrirent en grand à l'annonce de son identité. Elle tourna subitement son regard vers l'homme en question, qui arborait un regard fier, empreint d'une supériorité apparente. Les pièces du puzzle se regroupaient dans sa tête. Maquillage, PDG, prestance d'homme d'affaires et homme riche...

— Ethan Abberline...? De... D'Abberline Cosmetics ? murmura-t-elle effarée par sa découverte.

— Allons mon enfant.., fit Mme Spencer amusée. Ne faites pas cette tête ! Vous êtes sa cavalière et vous allez me dire que vous ne saviez pas qui il était. Votre princesse vient de quel pays, mon cher Ethan, pour ignorer qui vous êtes ?

— Aaarrrff ! D'un pays perdu dans lequel je vous déconseille de mettre les pieds ! Mais bon, on s'y marre bien dans son monde... C'est comme jouer aux petits soldats dans un champ de bataille. Au final, c'est celui qui dispose les pions et dirige la bataille qui gagne toujours !

Mme Spencer attrapa une coupe de champagne qu'un serveur lui proposa et trinqua en sa faveur.

— Et on sait très bien que vous êtes un grand tacticien, mon cher Ethan.

Ethan en prit une également et leva sa coupe en l'honneur de Kaya, avec un sourire prétentieux et un regard sombre, plein de mystères.

— À ma Princesse, aux batailles et au connard de vainqueur !

- 11 -

DÉSESPÉRÉE

— Heureusement qu'il me reste les petits fours !

Kaya regarda les amuse-gueules, avec dépit. Si elle avait eu un petit sac plastique, elle aurait volontiers fait des réserves pour se prémunir contre ses prochains jours de disette, son frigo n'ayant pas l'once d'un aliment à proposer. Le problème était que, d'une part elle n'en avait pas, et d'autre part que l'ennui vous oblige parfois à reporter votre attention sur ce qui vous paraît agréable et vous fait passer le temps. Or cela faisait deux heures qu'elle était là, à manger des petits fours toute seule. Une baleine échouée aurait eu plus de classe tellement elle n'avait plus la force d'avaler quoi que ce soit. Elle trouvait ça tellement dommage de laisser tant de victuailles, elle qui d'ordinaire n'avait jamais rien à se mettre sous la dent. Pourtant, elle devait reconnaître que son estomac avait dû s'habituer à manger chichement, car en regardant toute cette nourriture, elle n'avait plus faim.

Faire la plante grasse — car il n'y avait pas d'autres termes que grasse — commençait à l'agacer réellement. Elle se doutait bien que cette soirée finirait en eau de boudin, mais de là à se sentir aussi insignifiante dans ce monde de faux-semblants, c'était le comble. Elle ne savait même pas où il était. Elle ne l'avait pas vu depuis un moment. Était-il avec cette femme dans un coin en train de se payer du bon temps ?

Quand je repense à l'autre dindon... grrr.

Tout avait plutôt bien commencé avec Mme Spencer, hormis le fait qu'elle avait failli étrangler M. Connard au moins dix fois en dix minutes. Sa plus grosse envie fut lorsqu'elle apprit qui il était.

Ethan Abberline. À la bonne heure ! Moi je suis Mme Bettancourt et je dirige L'Oréal ! Regardez-moi bien, bande de nazes !

Kaya souffla. La voilà qui se faisait des films toute seule.

— Plus désespérée, tu meurs ! murmura-t-elle complètement blasée.

Elle regarda ses chaussures qui commençaient à la faire souffrir outrageusement.

Ethan Abberline... Qui aurait cru que je me retrouverais à ses côtés? Le créateur de la marque de cosmétiques que toutes les jeunes filles s'arrachent en ce moment. Le phénomène de mode qui faisait jacasser toute la presse depuis cinq ans faciles. Si j'avais des amies, elles seraient folles de jalousie et me demanderaient de le leur présenter à coup sûr !

Kaya s'imagina alors dans un café avec des amies fictives qu'elle connaitrait depuis le lycée et leurs têtes quand elle leur dirait : « Je connais Ethan Abberline, le PDG d'Abberline Cosmetics ! ». Elle s'imaginait déjà ses copines lui souffler un « pas possiiiible ! » tandis qu'elle ajouterait que les beaux gosses riches sont des connards.

Kaya grimaça. Sa bouche se tordit dans un rictus boudeur alors que ses doigts étaient en train de faire de la charpie d'un pauvre morceau de serviette en papier. Elle se voyait en train de siroter un milkshake à la fraise devant leurs visages encore plus ébahis. Elle acquiescerait alors en leur racontant le goujat qu'il était. Si tout ce qu'elle avait vécu à cause de lui était difficile à supporter, ce n'était rien devant le manque de tact, de respect et de compréhension qu'il avait pu afficher ce soir.

Les morceaux de papier tombèrent à ses pieds. Elle ne cessait de ressasser les deux dernières heures. Un mélange de dégoût, de tristesse, de colère et d'amertume la submergeait et cette serviette en lambeaux en était la preuve. Comment pouvait-elle ressentir autant de rancœur envers ce type ? Il n'était rien à ses yeux et pourtant il arrivait toujours à la faire tourner en bourrique.

Mme Spencer s'était retirée juste après qu'ils aient trinqué, soufflant à l'oreille d'Ethan qu'elle le reverrait plus tard. Un silence s'était alors installé. Le sourire jubilatoire d'Ethan n'avait pas disparu et il se repaissait du spectacle sous ses yeux : l'effarement total de Kaya.

— On dirait que Minerva vous a scotché ! Respirez !

Kaya avala sa salive pour se reprendre.

— Ethan Abberline... OK. PDG d'Abberline Cosmetics. OK... et après ?

Ethan leva un sourcil, interloqué.

— Ça ne change rien au fait que vous êtes un connard, même si je sais maintenant qui vous êtes, ou du moins j'ai entendu parler de votre entreprise... comme tout le monde dans la presse et les commerces. Je dirai même que c'est bien dommage de voir la différence entre l'image que vous véhiculez de votre entreprise qui prône le glamour et celle de son PDG, de celui que vous êtes vraiment : un connard.

— Parce que vous savez qui je suis vraiment ? Je veux dire, vous me connaissez suffisamment pour savoir comment je fonctionne ? Vous ne vous dîtes pas que le comportement que j'ai avec vous n'est valable justement qu'avec vous ?

Kaya le fixa sérieusement, tentant de sonder le vrai du faux. Comme si tout était de sa faute. Comme si ce type pouvait être un homme incroyable avec les autres.

— Eh bien, montrez-moi votre vraie facette pour changer alors, si elle existe !

Ethan se figea, surpris par sa demande à laquelle il ne s'attendait pas. Lui montrer qui il était vraiment... Lui-même ne le savait. Du moins, il s'était toujours arrangé pour ne rien dévoiler. Dévoiler ses faiblesses, c'était courir à une souffrance encore plus grande. Pouvait-il prétendre s'être dévoilé à quelqu'un entièrement ? Qui pouvait vraiment le connaître ? Charles et Cindy connaissaient ses failles, Oliver aussi dans une autre mesure, mais après, sa vie avait été un tel sac de nœuds que lui-même doutait un jour de savoir qui il était vraiment. Cindy lui avait toujours dit de trouver qui il voulait réellement devenir, que faute d'avoir eu un passé heureux, il avait toujours le moyen d'avoir un avenir meilleur. Que son identité on ne l'avait pas à la naissance, on se la construisait au fur et à mesure du temps et des expériences, mais aussi grâce aux opportunités et aux choix que l'on faisait. Aujourd'hui, il avait avancé, il avait mis dans un coin de sa tête ses plus grosses douleurs pour se forger une identité qu'il n'aurait pas à regretter. Ethan Abberline était un nouveau lui. Un homme normal, un maquillage pour cacher les ravages qui l'habitaient.

Quel homme cette femme voulait-elle vraiment voir ? C'était cette question qu'il se posa d'instinct suite à sa demande. Il ne savait pas pourquoi il avait pensé aux parties obscures de son être quand elle lui avait demandé de lui montrer sa vraie facette, mais il y avait songé... Et se les remémorer le remuait toujours, il ne souhaitait pas que cela l'affecte encore. La seule facette qu'elle pouvait voir était celle qu'il montrait à tous : Ethan Abberline, et rien d'autre. Mais en avait-il là aussi vraiment envie ? Elle l'agaçait tellement. Méritait-elle cette faveur ?

— Abberline !

Une voix masculine le sortit de sa réflexion. Un couple

s'approcha d'eux, lui permettant de faire abstraction de leur discussion.

— Tiens donc ! Monsieur Aleman ! Madame Aleman ! Ravi de vous voir !

— Moi de même, mon cher ! Mademoiselle...

Kaya inclina sa tête pour rendre le salut à l'homme ayant une petite moustache. Elle observa le couple devant elle. Tous deux distingués, avec cette prestance des nobles français. Si M. Aleman semblait être un homme qu'Ethan devait côtoyer par son travail, elle ne savait trop quoi penser de sa femme. Elle regardait Ethan avec un certain attrait.

— Comment allez-vous, mon ami ? demanda Aleman.

— Bien, bien !

— Je suppose que vous venez en éclaireur pour le lancement de votre prochaine gamme de maquillage. Après tout, Agnès B. est une sérieuse concurrente.

— Effectivement, c'est une belle concurrente et certaines de nos idées se rejoignent, mais ma campagne promotionnelle est encore loin, beaucoup de choses restent à régler.

— Vraiment ? fit Mme Aleman peu convaincue. Pourtant, je croyais que vous étiez homme à ne rien négliger, à ne pas se laisser dépasser par quoi que ce soit...

Kaya put remarquer le regard entendu que la femme jeta à Ethan Abberline. Son petit sourire qui l'accompagnait la rendit perplexe. Décidément, elle ne lui faisait pas une bonne impression.

— La date du gala de présentation a été fixée, non ? renchérit M. Aleman.

— Oui, nous l'avons fixée. Par moment, je suis surpris de voir comme les nouvelles vont vite alors que les cartons d'invitation n'ont pas encore été rédigés et que les mannequins n'ont même pas été choisies !

— Les nouvelles vont toujours vite... pour peu qu'on s'y intéresse, répondit Mme Aleman. Et vous êtes un homme très intéressant pour beaucoup de personnes...

Mme Aleman but une gorgée de champagne de la coupe qu'elle tenait à la main et jeta un nouveau regard langoureux à Ethan qui choqua Kaya. Elle pouvait sentir que cette femme avait de sacrées vues sur son cavalier. Comment osait-elle faire ça devant son mari ? Celui-ci était-il à ce point aveugle alors que cela sautait aux yeux ?

Elle observa alors la réaction de son cavalier. Il ne semblait ni gêné, ni offusqué, ni même distant ; il la regardait profondément, avec une légère lueur complice en réponse. Kaya ouvrit sa bouche encore plus choquée. Il acceptait cela ?

— Voici ma cavalière, Kaya ! fit alors Ethan pour répondre au regard scandalisé de Kaya qu'il avait senti couler sur lui avec effroi. N'est-elle pas divine ?

Kaya serra les dents. Il se fichait d'elle. Il la complimentait alors qu'il venait presque de dévorer des yeux la femme face à lui. Pourquoi rester avec celle qu'on a à son bras quand on peut convoiter celle de son voisin ?

Type immonde !

— Oui, très belle robe ! lança Mme Aleman, d'un ton aussi condescendant que son regard. Je serai curieuse de savoir quel est son créateur.

Elle but alors une nouvelle gorgée de champagne, le sourire aux lèvres tout en zieutant la robe étincelante de Kaya avec dédain, comme si sa pauvreté était marquée sur son front.

Quitte à se faire flinguer, autant le faire avec panache et fierté...

— H & M ! Vingt euros en solde ! lui répondit la jeune femme tout en la fixant avec le même dédain. Vous ne devez pas connaître, pourtant on y fait de très bonnes affaires !

Mme Aleman eut un mouvement de recul, surprise par l'aplomb de Kaya. Ethan la regarda, visiblement tout aussi surpris que sa comparse par sa répartie assurée et provocatrice, mais finalement, il en sourit. Elle pouvait donc défier la Terre entière si on la rabaissait, ce n'était pas uniquement lui. Il n'en finissait pas d'être surpris. Même une femme de la haute société ne l'impressionnait pas.

— Mon cher Ethan, que vous arrive-t-il ? demanda alors Mme Aleman. Vous auriez pu lui payer une robe de créateur pour cette occasion ! La pauvre ! Excusez-moi, je ne voulais pas vous ridiculiser !

Tu parles, grognasse !

— C'est un cadeau de mon petit ami et elle me convient très bien ! la coupa Kaya qui ne souhaitait pas entendre les arguments foireux de son cavalier. Et la tendresse qu'il m'a portée en me l'offrant vaut toutes les robes de créateurs. Je n'ai pas besoin d'une autre robe.

Ethan regarda alors sa robe grise, avec ses gros sequins brillants. Cette robe qu'elle portait divinement bien. Une robe qui lui allait comme un gant... Une robe qu'un homme à l'œil aguerri lui avait choisie... Une robe dont il savait qu'elle épouserait discrètement sa poitrine, la façon dont elle lui tomberait sur les hanches et les cuisses, quand il l'avait choisie... Une robe qui mettrait en valeur l'objet de ses désirs, c'est-à-dire elle... Cet homme : son petit ami. Pas un oncle, un frère, un ami ou un ex. Son petit ami.

Ethan serra sa coupe dans sa main. Le regard franc, tenace, belliqueux et convaincu de Kaya le subjugua. Il pouvait y voir une grande fierté à porter sa robe, à défendre le cadeau de celui qu'elle aimait. Ce parfait inconnu qu'il avait cru sentir lors de leur dispute au sujet du baiser et qui se matérialisait pour de bon cette fois entre eux. Cet homme mystère qu'il n'avait pas encore rencontré, mais que sa cavalière défendait bec et ongles encore ce soir.

Tout à coup, il détesta cette robe. Cette robe n'était pas portée pour lui, elle n'était pas en son honneur. Elle ne l'avait pas mise pour lui faire plaisir à lui et exprimer sa fierté d'être ce soir à son bras, comme toute femme aurait pu le faire avant elle. Elle la portait pour lui, son petit ami. Même absent, elle lui rendait hommage en portant dignement son cadeau et se faisait plaisir à elle seule, en l'appréciant sur ses épaules. Depuis le début, son approbation était le cadet de ses soucis puisqu'un autre l'aimait et l'appréciait telle qu'elle était. Et le pire dans tout cela était que cela le dérangeait. Cette femme qui l'agaçait, ne se débinait pas devant ses coups bas, qui ne ressentait pas la moindre attirance et qui au contraire le remettait à sa place à chaque fois, accordait ses faveurs à un homme qui en était heureux et cet homme n'était pas lui. Pourquoi cette impression de gêne l'envahissait ? Pire, il se sentait jaloux ! Jaloux de ne pas être cet homme ?

Non, pas moyen !

Jaloux de ne pas être l'objet de la fierté qu'elle arborait face à Mme Aleman ?

Ce n'est rien, c'est juste ta fierté de macho mal placée qui en prend pour son grade, c'est tout...

Pourtant, il devait admettre qu'il enviait la raison de son regard. Elle le portait pour un homme qui devait être heureux de voir ce regard pour lui. Lui avait-on porté un tel regard un jour ?

— Oh ! Votre petit ami ? Vous voulez dire que vous n'êtes pas la dernière conquête d'Ethan ? s'étonna cette fois-ci sincèrement la dame tout en regardant de façon incrédule Ethan.

— Non, je ne suis pas aussi... désespérée.

Mme Aleman fronça les sourcils, comme si sa remarque l'avait touchée. Était-il si inconcevable de ne pas baver devant cet homme ? Elle n'était pas intéressée par les connards. En quoi était-ce si incroyable ?

Ethan, lui, ravalait sa colère et sa jalousie à cause de cette foutue robe qui n'était pas portée pour lui. Non, ils n'étaient pas ensemble. Heureusement pour lui également ! Ils avaient été proches un soir, mais pas au point de dire que cette femme avait succombé à ses charmes. Pas au point de la qualifier de conquête ! Sans aucun doute, elle était la première à lui résister autant. La seule qui en préférait un autre que lui, malgré certains gestes intimes partagés. La seule qui arrivait à retourner sa fierté et en faire de la charpie. La seule donc, qu'il n'ait jamais autant désiré voir à ses pieds pour lui rappeler qu'il n'était pas homme que l'on rabaisse.

Je t'en mettrais moi des « désespérée » ! Tu vas me supplier d'être celui qui te rend folle d'extase ! Ton petit ami peut aller se recoucher ! Je vais t'apprendre à être désespérée !

— Eh bien, Abberline, vous nous surprenez, ce soir ! lança M. Aleman amusé. Vous, l'homme à femmes... Vous, qui faites succomber n'importe quelle demoiselle... Vous « offrir une compagnie », cela ne vous ressemble pas.

Les lèvres d'Ethan tressaillirent. Sa colère se muait en rage difficilement contenue. C'était le pompon ! En plus de le traiter gentiment d'incompétent avec cette femme, on l'affublait de pratiques bonnes pour les vieux célibataires asociaux, alors qu'il avait un carnet d'adresses aussi long que son bras !

— Voyons, Maximilien, une escort girl digne de ce nom ne porte pas des robes H & M ! dit-il entre ses dents tout en envoyant un regard furibond à Kaya. Disons juste que cette femme est un... concours de circonstances malencontreuses !

Kaya se sentit défaillir alors qu'il lui faisait les yeux ronds. On venait de la prendre pour une poule de luxe, lui manquer d'un respect certain et la seule personne qui aurait pu la défendre venait de la rabaisser à quelque chose d'insignifiant, indépendant de sa volonté, fâcheux et rebutant. Comme un pou dans la chevelure d'un prince.

Bâtard ! Enfoiré de connard !

Kaya ne contre-attaqua pas, prostrée dans un silence empli de rage. Si elle ouvrait sa bouche ou faisait un geste, cela serait pour exprimer son dégoût et sa haine envers ces gens qui ne méritaient pas plus qu'un regard de pitié. Son seul réconfort était finalement sa paie à la fin de cette maudite soirée et elle ne devait rien gâcher au risque de tout perdre encore une fois. Mais la comparer à une escort girl... Ces personnes n'avaient donc aucun scrupule à blesser les autres.

Un connard parmi des connards... Super, Kaya ! Te voilà bien entourée !

— Heureusement pour vous qu'elle a donc un petit ami, cela vous sauve la mise ! renchérit M. Aleman d'un ton faussement jovial. Votre image est sauve !

— Effectivement..., répondit Ethan aussi faussement. Mon seul intérêt est qu'elle me distrait, ce qui est déjà tout à son honneur !

Il jeta un regard à Kaya. Il pouvait voir la colère et la tristesse dans le regard qu'elle portait au sol.

En même temps, tu l'as cherché, Princesse « pas aussi désespérée » !

Il regarda un instant le couple face à lui et soupira. Il allait trop loin. Il le savait. Il suivait la direction de la discussion sans protester malgré sa colère et cette façon inappropriée de lui faire la morale. Il savait aussi que ce genre de personnes n'épargnaient pas ceux qui n'étaient pas de leur monde.

Les Aleman étaient ce qu'on appelait un couple libre. Mariés, mais libres d'avoir des relations sexuelles avec qui ils souhaitaient pourvu que chacun reste discret et respecte certaines règles. Cette pratique avait intéressé un temps Ethan, curieux de savoir si ce type de relation était vraiment viable et adéquat pour lui. Mme Aleman avait été à une époque un guide sur ses questionnements et une femme pouvant dresser d'étonnantes tactiques de séduction quand elle le souhaitait. Même si elle avait dix de plus que lui, se payer du bon temps avec elle ne l'avait pas gêné outre mesure. Elle savait où elle allait, lui aussi, son mari ne serait pas plus offusqué d'après ses dires non plus. Tout le monde était content. Sauf que se taper une quarantenaire pour un coup d'un soir, pourquoi pas, de temps en temps, éventuellement... mais que cela vienne aux oreilles de certaines autres conquêtes de « dépannage » de son carnet d'adresses, là ça devenait problématique. La relation libre devenait oppressante. Il avait dû mettre fin à leur petit jeu rapidement, n'aimant pas les ragots et cette dernière ne voulant lui laisser plus de liberté avec d'autres. N'étant pas un sentimental, cette solution l'avait intéressé, mais il dut se rendre à l'évidence que dans un couple, les sentiments gagnent toujours l'un des deux. Dans son cas, c'était toujours l'autre et la jalousie était ce travers significatif lui indiquant qu'il valait mieux tout arrêter.

Il était donc revenu à son rituel du « coucher sans promesse de lendemain » avec les femmes qu'il menait jusqu'à son lit et ne les rappelait qu'au grand besoin. Il ne comptait plus le nombre de femmes qu'il avait déçues, mais il s'estimait avoir toujours été catégorique sur ce qu'il attendait d'elles. Il connaissait particulièrement Mme Aleman pour savoir qu'elle pouvait décimer n'importe quelle femme qu'elle pouvait voir comme une rivale. Et il était clair que son escapade sexuelle avec elle il y a quelques mois ne l'avait pas entièrement satisfaite pour qu'elle en joue encore ce soir.

Il se mit à sourire. Imaginer qu'elle considère Kaya comme une rivale était finalement flatteur pour elle, même si elle ne le soupçonnait pas.

Un poisson-clown au milieu des requins... Du jamais vu !

Quant à M. Aleman, c'était un homme auquel dire non était une erreur stratégique. Il était homme qui aimait se payer du bon temps, de quelques manières que ce soient. Tout lui était dû. Faveurs, femmes, caprices étaient son quotidien. Se moquer des gens, les piquer dans leur estime était un jeu vicieux dont il se délectait. Mais il était aussi un riche investisseur, ce qui le rendait intouchable. Obtenir son argent était à la portée de celui qui lui cirerait les bottes le mieux. Et cette invulnérabilité le rendait finalement détestable, mais c'était les règles impitoyables des affaires. Tu as besoin de fonds, tu dois savoir à qui tu t'adresses. Ethan avait besoin de fonds pour s'élargir à un niveau mondial, besoin d'argent pour être à la pointe de la recherche cosmétique.

Malheureusement, sa cavalière en faisait ce soir les frais et il ne pouvait trop la défendre, lui qui était venu surtout pour trouver des hommes tels Maximilien Aleman.

— Ethan Abberline n'a jamais eu de petite amie, siffla amèrement Mme Aleman. C'est un fait. Aucune femme n'a ce privilège. Alors pourquoi ferait-elle exception ?

Son mari la regarda un instant.

— Chérie, Ethan fait partie de ces hommes qui ne se laissent pas enchaîner entièrement. On ne peut forcer un homme à être enchaîné. Je l'ai toujours dit. C'est dans notre nature profonde. Vous, les femmes, êtes trop possessives. Ce doit être votre côté maternel qui vous mène à votre perte.

Kaya vit Mme Aleman baisser les yeux avec tristesse. Se pourrait-il qu'elle fasse les yeux doux aux autres hommes pour que le sien la remarque davantage ? La tromperait-il comme le laissaient deviner ses mots ? L'empathie la gagna, face à l'homme adultère qui s'en enorgueillissait.

— Une femme non plus ! rétorqua alors Kaya vindicative. Une femme a la liberté de choisir elle aussi. Le choix de s'enchaîner à quelqu'un est une grande preuve pour l'autre de respect et d'abnégation. C'est une marque d'appartenance qu'elle donne parce qu'elle estime que son homme le mérite. Malheureusement, peu d'hommes s'en rendent compte et pensent que tout est acquis. Votre liberté n'est que superficialité à côté de celle d'une femme.

Kaya le fixa avec animosité. Aleman regarda Abberline droit dans les yeux.

— Eh bien, votre cavalière ne manque pas d'aplomb ! Finalement, elle me plaît ! dit-il avec un regard enjôleur à Kaya. Même si elle manque de style, son caractère est si charmant qu'on ne demande qu'à le dompter ! Je serais ravi de discuter avec vous en privé, Mademoiselle, sur la notion de liberté, de mérite et d'abnégation.

Ethan et Mme Aleman écarquillèrent les yeux. Cette allusion était claire et le seul réflexe dont Ethan fut capable fut de passer son bras autour du cou de Kaya.

— Elle a déjà un petit ami qui sait la gérer parfaitement, je vous rappelle.

Ethan jeta un regard noir à Aleman qui se sentit surpris et hésitant. Lui qui affichait la grandiloquence et le panache des rois se retrouva presque idiot face au regard grave et au geste protecteur d'Abberline qui ne semblait pas partageur pour le coup. Il n'arrivait pas à décrypter les intentions réelles d'Abberline vis-à-vis de la jeune femme qu'il tenait près de lui.

Un concours de circonstances ? Vraiment ? Ou bien c'est vous Abberline, le réel petit ami ?

— Eh bien, tenez-la en laisse, faute de voir son petit ami pour avoir confirmation, Abberline. Les gens comme elle ne savent vraiment pas où est leur place. Il faut le leur rappeler.

— Le seul qui ait le droit de lui faire fermer sa petite bouche insolente, c'est moi. Ne vous inquiétez pas. C'est mon jouet. Il n'y a que moi qui ait le droit de la déstabiliser ou la rabaisser. Cela m'amuse. Et si elle veut l'ouvrir pour répondre à la désobligeance que vous lui avez portée en la comparant à une escort girl ou défendre sa condition, je lui en donne le droit... tant que je la vois se démener pour m'amuser encore.

Aleman se tut un instant, analysant la verve pleine d'assurance et de possessivité d'Ethan. Il venait de s'opposer à lui sans hésiter et pourtant il gardait son flegme de Casanova. Peu d'hommes le remettaient à sa place et pourtant Ethan Abberline l'avait fait. Il était aussi fougueux qu'insolent, aussi imprévisible que beau parleur. Une poigne de fer dans un gant de velours. Un homme aussi sournois et dominant que lui. Un homme plein de surprises...

Kaya resta muette, outrée par ce qu'elle entendait. Entre l'un qui l'avait traitée d'escort girl et voulait la dompter et l'autre qui défendait son os parce qu'il se délectait de la ronger et s'acharner dessus, elle en perdait son latin. Pourtant, le geste protecteur d'Ethan la rassura ; il la défendait pour la première fois... même si c'était pour son plaisir personnel.

Puis-je parler de victoire ?

— Ah ah ah ! Sacré Abberline, toujours autant de mordant ! finit par dire Aleman amusé. Je vous reconnais bien là ! Votre jouet ? J'adore ! Toujours là où on ne vous attend pas ! Venez, je vais vous présenter à des investisseurs qui sauront voir votre potentiel, j'en suis certain ! Un vrai rapace aux griffes acérées !

Ethan ne sut trop quoi penser. Il n'avait pas aimé qu'il tente son approche sur sa cavalière. Il n'était pas possessif, encore moins pour les femmes, mais il devait admettre que la voir dans les filets de M. Aleman ne l'enchantait guère. Il n'était pas blanc comme neige, mais face à ce vieux bougre, il était certainement plus profitable pour elle. La rabaisser était une chose, le rabaisser lui en était une autre. Il n'était pas une personne qui aimait se faire piétiner ou insulter. Et pourtant, Aleman les avait insultés tous les deux. Il s'attendait à voir son potentiel mécène se mettre en colère, mais il en fut autrement. Devait-il en remercier Kaya ?

Il se tourna vers Kaya et lui glissa à l'oreille un « je reviens ». Kaya comprit qu'il allait la planter avec Mme Aleman et le regarda avec un air suppliant, en faisant bouger sa tête de droite à gauche frénétiquement pour lui répondre de ne pas partir, ne pas la laisser seule, mais Ethan emboita le pas de M. Aleman sans l'once d'un remord.

Maudit connard ! Je peux l'ouvrir ma bouche, là, pour lui dire mes pensées ? On va voir si ça t'amuse...

Mme Aleman regarda attentivement Kaya qui se sentit tout à coup très mal à l'aise. Faire la conversation à cette femme ne l'enchantait guère.

— Je ne sais pas ce que vous faites avec Ethan, mais si c'est pour son argent, vous faites fausse route. D'autres avant vous ont essayé et l'ont regretté.

Kaya ne répondit rien. Elle ne voyait pas l'utilité de se justifier. La juger vénale était tellement facile. Finalement, elle ne fut pas surprise par ses propos ; c'était dans la continuité de ce qu'elle lui avait persiflé plus tôt.

— Étonnamment, il a pris votre défense ce soir. Pourquoi ? J'aimerais bien le savoir... Mais si j'ai un conseil à vous donner, restez loin de lui !

— Est-ce une menace ? lui demanda Kaya droit dans les yeux.

— Bien que vous ayez pris ma défense tout à l'heure, je ne vous aime pas, c'est vrai. Mais ce n'est pas une menace. Disons qu'on sera quitte. Tout ce que je peux vous dire c'est de chérir votre petit ami et de vous tenir à distance de cet homme sinon il vous fera souffrir.

Mme Aleman lui tourna alors le dos et se fondit dans la foule d'invités. Kaya regarda les gens autour d'elle.

Encore quelques heures et la distance sera de plusieurs kilomètres ! Ne vous en faites pas ! Et pour toujours !

Une tape sur l'épaule la fit alors sursauter. Elle se tourna brusquement et ses yeux s'écarquillèrent.

— Hello ! Encore abandonnée par votre cavalier ! Décidément, Abberline ne mesure vraiment pas sa chance. Je vous avais dit de rester avec moi ! Laissez-moi vous inviter à danser !

- 12 -

Inattendu

Le type du comptoir…

Kaya ne sut si elle devait être contente de sa compagnie. Il ne lui faisait pas la meilleure des impressions, mais elle devait reconnaître qu'au moins, lui appréciait sa présence et le lui montrait. Elle n'avait pas droit à des remarques acerbes. Certes, il devait avoir quelque chose en tête, mais au moins, elle ne se sentirait pas seule et abandonnée. Elle ne savait pas où le fameux Ethan Abberline était parti, ni pour combien de temps il en avait. Mais ce qui était sûr, c'était que pour l'instant, l'amertume et la colère étaient plus lourdes sur la balance que le plaisir d'être avec lui.

Oh et puis zut ! Il n'avait qu'à pas me laisser toute seule ! On va voir qui est ce type.

— Je considère votre invitation avec plaisir… Monsieur ?

— Alonso Déca. Enchanté.

Déca lui baisa la main, ce qui surprit Kaya qui n'avait pas

l'habitude de tant de manières.

— Kaya. Kaya Levy.

— Kaya... quel charmant prénom pour une charmante demoiselle !

— Monsieur Déca, n'exagérez pas. Je n'aime pas les hommes qui en font trop.

Déca se trouva déconcerté par sa remarque. Tant d'aplomb chez une femme qui semblait si fragile au premier abord le surprenait autant que cela le sidérait. Leur première discussion au comptoir lui avait montré qu'elle était une femme peu commune. Mais la présence d'Abberline à son bras l'avait rendu encore plus curieux. Pourquoi s'intéressait-il à elle ? Qu'avait-il à y gagner ? Qui était-elle ? Beaucoup d'interrogations dont il comptait bien trouver les réponses.

— Vous êtes une femme qui donne pourtant l'impression qu'on n'en fait jamais assez pour elle.

Kaya fit la moue.

— Vous continuez...

— Ah ah ! Excusez-moi ! Je dois dire que je vous trouve... surprenante !

Tiens donc ! Surprenante... c'est toujours mieux que dénuée d'intelligence, cruche, maladroite et j'en passe.

— Je ne vois pas en quoi ?

— Vous restez avec un type que vous n'appréciez pas pour tenir une promesse. En soi, c'est déjà surprenant, non ?

— Oh... ça ! Ma foi... Il n'y a rien à dire vraiment là-dessus. Il ne mérite même pas qu'on s'y attarde, vous savez. Dites-moi plutôt, vous ne m'avez pas invitée à danser ?

Déca sentit la belle esquive de Kaya, mais en sourit. En plus d'être jolie et ayant du caractère, elle savait mener sa barque et tout l'équipage avec.

Une femme vraiment exquise...

— Oui, pardon. Je manque à mes devoirs ! Si Mademoiselle veut bien se prêter au jeu... ?

Déca se pencha en avant et lui tendit sa main, paume vers le haut, attendant la main de sa future cavalière de danse. Kaya y répondit et tous deux se dirigèrent sur une piste de danse non loin de là. Un petit orchestre jouait des musiques d'ambiance un peu jazzy. Kaya posa alors sa main sur l'épaule de Déca qui faisait une tête de plus qu'elle, tandis qu'il tenait l'autre dans sa main. Si elle devait donner une note d'appréciation sur l'homme avec qui elle dansait, elle ne volerait pas bien haut. Elle ne doutait pas pourtant qu'il avait un certain charme qui devait plaire à certaines femmes, mais ce n'était pas son cas. En même temps, elle ne voyait qu'Adam et tous les autres hommes la rendaient indifférente ou presque. Aussi, elle se contenta de garder son visage au-dessus de son épaule, plutôt que face à lui. Regarder un homme dans les yeux pouvait lui faire croire des choses qui n'existaient pourtant pas.

— Dites-moi, Kaya... je peux vous appeler Kaya ?

— Faites...

— Qui êtes-vous ? Je connais suffisamment ce milieu pour savoir que vous n'en faites pas partie.

— Ah. C'est donc marqué sur mon visage. Mince. Moi qui pensais passer incognito.

— À défaut de passer incognito, j'aime beaucoup votre humour. Vous n'avez pas peur de dire ce que vous pensez. Cela devient rare de voir des personnes telles que vous. J'aime ce côté authentique.

— Et vous, vous pourriez donc me dire pourquoi vous êtes revenu vers moi puisque l'on parle d'authenticité, de véracité... Je parle de vos véritables intentions. Cela fait une heure que je suis dans cette salle et je commence à comprendre qu'effectivement, tout n'y est que fausseté, hypocrisie et coups bas. Donc si vous connaissez ce milieu, c'est que vous devez être un requin parmi les requins, non ? Vous attendez quoi de moi ? Faites donc preuve d'authenticité avec moi, puisque nous en sommes là.

Déca stoppa la danse et recula son torse pour la regarder droit dans les yeux. Elle ne mâchait pas ses mots avec lui et allait direct au but. Kaya le regarda sérieusement, ne voulant pas lâcher l'affaire. Elle savait qu'elle venait d'être médisante et abrupte, mais la rancœur cumulée tout au long de ce début de soirée l'avait rendue plus que méfiante. Et ce Alonso Déca ne lui inspirait pas plus confiance que les Aleman. La sournoiserie pouvait revêtir plusieurs costumes.

— Je ne sais pas où nous en sommes, mais je pourrais vous suivre n'importe où, je pense, lui répondit-il de façon doucereuse et convaincue.

— Vous recommencez, lui répondit-elle toujours sans ciller. N'essayez pas de noyer le petit poisson que je suis avec des compliments mielleux.

— Et rebelle et entêtée en plus... Je commence à comprendre pourquoi Abberline s'intéresse à vous.

— Je vous arrête de suite. Il ne s'intéresse à personne d'autre qu'à lui-même.

— Ah ah ! Je vois que finalement vous le connaissez mieux que vous le dîtes.

— Il ne faut pas sortir de St-Cyr pour voir le genre d'homme qu'il est. Une minute m'a suffi, vous savez.

— Ne soyez pas sur la défensive, allons... Vous pouvez me l'avouer, vous faites partie de son prochain projet. J'ai eu vent du nom de « Magnificence ». Vous êtes dans son sillon. Je ne serais pas surpris de voir en vous son égérie.

— Je ne sais pas de quoi vous parlez. Si c'est de sa campagne maquillage, je ne sais rien et même si je savais, je ne vois pas pourquoi je vous révèlerais quoi que ce soit. Son égérie ? N'importe quoi ! Ah !

Déca sourit et la força à reprendre la danse pour détendre l'atmosphère. Il voulait des réponses et même si elle résistait, il vaincrait. Pourtant, il devait admettre qu'elle lui donnait du fil à retordre et il trouvait sa façon d'être mignonne.

Mignonne ? Depuis quand tu trouves un truc mignon, Alonso ? Ne te laisse pas avoir par sa fraîcheur.

— Je dois dire que j'aime cette fidélité que vous lui affichez. Il est bien chanceux...

— Je ne lui suis en rien fidèle. Je vous dis seulement que si vous voulez des infos sur M. Abberline, vous perdez votre temps avec moi, M. Déca.

— Appelez-moi Alonso, voyons. Vous croyez ? Je vais vous dire une chose... Quand on nage parmi les requins, le petit poisson doit grossir pour être de taille. Sinon il peut se faire même manger par ses pairs... Regardez à droite...

Kaya le regarda un instant, cherchant une explication. Déca tira sur sa main pour la faire virevolter afin qu'elle puisse voir mieux ce qui se trouvait vers la droite de Déca. Ils firent alors du sur-place afin qu'elle puisse comprendre mieux.

— Au fond, près du bassiste, lui souffla-t-il à l'oreille.

La foule était dense, mais elle comprit. Ses yeux s'écarquillèrent. Ethan Abberline était en train de danser en charmante compagnie. Une femme dans une longue robe bleue avec des reflets noirs de jais. Une femme magnifique, plus grande et élancée qu'elle, avec cette classe qu'elle n'avait sans doute pas. Elle était carrément collée à lui, les bras autour de son cou et lui souriait.

Cette femme lui murmurait des choses à l'oreille et elle n'avait pas besoin d'être à côté pour comprendre ce qu'elle lui disait. Son ventre se serra et sa poitrine se comprima.

— Vous avez compris, maintenant ? lui souffla à l'oreille Déca. La confiance, la fidélité, le respect sont des notions qui ne vous feront que souffrir. Pour survivre, il faut rendre la monnaie de sa pièce au centuple. Vous serez alors respectée. Je peux vous apprendre beaucoup de choses si ce monde vous intéresse vraiment. Laissez-le tomber et travaillez pour moi. Ce qu'il vous offre n'est rien par rapport à ce que je peux vous offrir. Il ne fera que vous décevoir, c'est certain. Regardez, il ne lui a pas fallu moins d'une soirée pour vous laisser sur la touche et vous oublier.

Kaya ne dit rien. Elle le força à reprendre la danse. Se concentrer sur autre chose ne l'empêchait pas de jeter des coups d'oeil vers Abberline et son dindon. Elle était estomaquée par ce qu'elle voyait. Il l'avait laissée en plan pour une femme.

Je t'en mettrais moi des investisseurs !... Il veut investir dans sa paire de seins, oui ! Connard !

Elle se sentait effectivement trahie. Elle ne devrait pourtant pas prendre cela tant à cœur, mais son manque de considération pour elle l'avait blessée. Il y avait des limites à ne pas dépasser et il les avait toutes franchies. Elle était payée pour faire ce qu'il souhaitait certes, mais avait-il le droit de la réduire à l'état d'objet ? Elle était effectivement son jouet ; elle ne pouvait que l'admettre à présent. Il jouait avec elle. C'était un manque de politesse et de respect tout simplement. La goutte d'eau qui venait de faire déborder le vase. Il venait de l'humilier devant cet homme qui visiblement appréciait le spectacle.

— Je suis désolé, Kaya. Vous ne méritiez pas cela.

Kaya stoppa à nouveau la danse. Déca chercha des yeux une réponse de sa cavalière. Elle le fusilla alors du regard.

— Désolé ? Vraiment ? Vous cherchiez pourtant à me débaucher. Je vous suspecterais même de vous en réjouir. Vous pensez que je vais me venger en vous racontant ce que vous voulez sur lui ? Vous me prenez pour qui ? Je pense que vous avez oublié un détail : je déteste ce type et ce, depuis bien avant ce que vous venez de me montrer. Vous croyez que cela va changer quelque chose sur ma façon de me conduire vis-à-vis de lui ? Vous êtes un requin bien naïf, M. Alonso Déca. Je ne vous ai pas attendu pour lui dire le fond de ma pensée et agir. Il en a déjà pris pour son grade d'ailleurs ! Il en prendra une de plus, à ma manière, c'est tout. Vous vouliez savoir sur quoi repose notre relation. Je vais vous le dire... Si vous pensez que votre animosité pour ce type n'a pas d'égal, sachez que la mienne est bien plus profonde. Nous sommes, lui et moi, les pires ennemis au monde et cela n'a rien à voir avec son métier ou son statut. C'est physique. Dès qu'on se parle, on se déteste, quand on ne se dit rien, on se déteste quand même, car on sait ce que l'autre pense et ce n'est pas de façon gentille. Se tenir à côté de l'autre est le pire des supplices non pas parce qu'on se plaît, mais plutôt parce que si on a une envie de toucher l'autre, c'est pour l'étrangler, mais on se retient. On s'est déjà fait les pires crasses et on n'a pas besoin d'une tierce personne pour se montrer notre véhémence. On s'en sort déjà très bien seuls, croyez-moi ! C'est un connard ! Et moi la plus malchanceuse des femmes de l'avoir rencontré. Voilà ce que nous sommes.

Déca l'écouta déverser sa haine et sa colère sans trouver le moyen d'objecter. Il y voyait une sincérité à faire peur. Elle le détestait vraiment. Elle se laissait aveugler par sa haine au point d'y voir une guerre qu'elle ne voulait partager avec personne pour pouvoir mieux en savourer sa victoire égoïstement. Si Déca avait pu être époustouflé par l'amour inconditionnel de certaines femmes, il n'avait jamais vu l'effet inverse avec une telle ampleur, une telle conviction de la part d'une femme.

— Merci pour la danse, conclut Kaya. Je pense qu'il n'y a plus rien à ajouter. Bonne soirée, M. Déca Alonso.

Déca resta une minute de plus, seul sur la piste de danse. Il venait de prendre le pire revers de sa vie. Elle l'avait mouché net et pourtant, il ne se sentait nullement vexé. Il se mit à rire à gorge déployée. Cette femme lui plaisait vraiment et Ethan Abberline venait d'être la cible de bien pire que lui. Un spécimen aussi rare que délicieux…

Toute sa serviette en papier était maintenant en lambeaux. Penser à ces deux dernières heures n'était pas une bonne idée pour faire face à l'affront d'Abberline et trouver un semblant de plaisir à cette soirée. Elle se demanda comment ses copines fictives réagiraient à sa place après avoir entendu ses explications. Le gifler, lui jeter un truc au visage, le coup de pied au tibia… elle l'avait déjà fait. Elle était à court d'idées. Se rabattre sur les amuse-gueules ne comblerait pas entièrement sa déception. En fait, elle s'ennuyait. Couper court à son entrevue avec Déca allait de soi sur le coup, mais finalement cela avait tout de même occupé un morceau de sa soirée. Elle en était là, à trouver des occupations qui lui feraient passer la soirée le plus vite possible et rentrer chez elle. Elle avait même refait dans sa tête la vie de ces personnes qui passaient devant elle sans la voir. Elle soupira à nouveau. Refaire le monde ne l'aidait pas et ses chaussures lui faisaient toujours atrocement mal.

Je ne m'habituerai jamais aux talons...

Elle tourna la tête vers un vieux monsieur qui s'était lui aussi aventuré près des amuse-gueules. Elle le regarda picorer puis prendre une assiette pour la remplir finalement. Il était lui aussi bien habillé en smoking, mais il semblait bien plus simple que tous ces gens autour d'eux. Son regard gourmand la fit sourire. Ils étaient au moins deux à se jeter sur la bouffe à défaut d'autre chose. Il affichait un sourire ravi à chaque fois qu'il remarquait un toast qui lui plaisait et qu'il mettait dans son assiette. Kaya le trouva sympathique. Il devait être sans doute lui aussi sournois, mais il le cachait mieux que les autres. De toute évidence, son visage lui plaisait bien plus. Il mit une part de quiche à la bouche et mâcha tout en posant un mini-feuilleté à la noix de St-Jacques dans son assiette quand soudain son expression changea. Il se figea et posa rapidement son assiette avant de se pencher en se tenant la tête. Kaya se précipita sur lui sans réfléchir et le soutint pour ne pas qu'il s'affaisse au sol et se fasse mal.

— Monsieur, tout va bien ? s'enquit-elle inquiète.

Le vieil homme la regarda un instant, sa main toujours sur son front. Son étonnement put se lire sur son visage, car Kaya se sentit dans l'obligation d'argumenter.

— J'ai cru que vous faisiez un malaise, pardon.

Il balada son regard de haut en bas, puis de bas en haut. Kaya eut l'impression d'être scannée sous tous les angles, comme un test de passage avant qu'il concède à lui répondre.

— Je vais bien, merci.

— Vous devriez vous asseoir…

— Vous me trouvez sénile à ce point ?

Kaya eut un sursaut de surprise.

— Qui a parlé de sénilité ? Perso, j'aurais bien besoin d'une chaise pour sauver ce qu'il me reste de pieds et ça n'a rien à voir avec la sénilité.

Le vieil homme baissa les yeux vers ses chaussures.

— Non, pas de la sénilité, mais du masochisme c'est certain.

— Je ne vous le fais pas dire, mais bon il faut sauver soi-disant les apparences.

— J'espère que votre cavalier a conscience de votre sens du sacrifice.

— Mon cavalier devrait être mis sur un autel pour que je l'éventre et que je donne son sang au diable.

Le vieil homme fit les gros yeux. Il ne s'attendait pas à ce genre de réplique et autant de ressentiment. Kaya vit le doute dans le regard de son interlocuteur. Elle comprit qu'il devait la prendre pour une folle.

— Je rigole ! Ah ah ! Je rigole !

— En êtes-vous sûre ? Certains hommes ici le mériteraient effectivement.

Ce fut au tour de Kaya de montrer son étonnement. Pourtant, le sourire du vieil homme devint encore plus malin.

— Il y en a certains qui mériteraient même qu'on en fasse une poupée dans laquelle on planterait des aiguilles bien profondément, et on tournerait encore et encore jusqu'à ce qu'ils hurlent de douleur. Une douleur tellement insoutenable, mais si délicieuse à mes oreilles… aaah…

Le vieil homme se fit alors songeur tout en mimant avec son poing et sa paume le geste, mais une lueur enflammée brillait dans son regard.

— Je dois dire que cette torture me plait bien, fit Kaya amusée. Vous ne voulez pas être mon ami pour la soirée ! Je sens qu'on va s'entendre, entre bourreaux !

Kaya se mit à rire. Cela faisait du bien pour son moral de trouver enfin quelqu'un qui la comprenait un tant soit peu.

— Vous êtes donc si désespérée que ça, pour demander la compagnie d'un homme... d'âge avancé ?

— Âge avancé... c'est si bien dit ! Mon désespoir va de mise avec la personne qui me parle. Je crois qu'avec vous, mes envies de meurtres s'évanouissent, alors...

— Alors, prenons une chaise... mais je vous préviens, je ne suis pas homme qui se laisse séduire dans l'optique de signer un contrat quelconque.

— Parfait, je suis déjà amoureuse et je ne suis pas PDG !

— Vous avez une drôle de façon d'aimer votre cavalier, en tout cas.

— L'amour et la haine sont si proches, vous savez. L'autel et le sacrifice seraient trop légers comme torture pour lui finalement... Devrais-je songer à lui faire porter mes talons, vous croyez ?

Le vieux monsieur lui tendit une chaise. Tous deux s'assirent dans un coin.

— Je pense que votre cavalier va devoir se faire pardonner considérablement pour revenir dans vos bonnes grâces. Je ne sais pas ce qu'il vous a fait, mais oser porter préjudice à une femme avec une robe aussi exquise, ce n'est pas très gentil.

— Parfois je me sens si seule et incomprise...

Kaya caressa sa robe avec nostalgie. Le vieil homme put y voir une certaine mélancolie.

— Ma femme est morte il y a un mois. Une présence aussi forte à vos côtés pendant un temps si long ne peut que vous manquer quand elle n'est plus là. Votre partenaire égaie au moins votre vie. Il la rend moins monotone. C'est la première fois que je reviens à ce genre d'évènements depuis sa mort. Elle adorait ça. Elle était bien plus mondaine que moi. Tout ce que j'aime dans ces soirées, pour ma part, ce sont ces amuse-bouches ! Pourtant ce soir, sa présence me manque encore.

Kaya sourit. Cet homme était différent et cela la rassurait. Il existait donc des hommes bons ici.

— Je m'appelle Kaya. Enchantée.

Elle lui tendit la main. Le vieil homme la considéra un instant et soupira.

— Et moi, je suis un vieil homme qui vient de faire un malaise devant une charmante jeune femme se prénommant Kaya !

— Oh ! Vous trichez !

Tous deux se mirent à rire.

— Richard Laurens. Enchanté aussi.

Il lui serra la main et lui fit un clin d'œil. Kaya se leva et attrapa l'assiette que M. Laurens avait laissée sur la table juste avant son léger malaise.

— Tenez, ne nous laissons pas abattre !

Ethan Abberline n'avait plus la force de sourire. Faire ces ronds de jambe pour épater les rois ne lui plaisait guère et lécher les pieds de leurs princesses pour paraître comme un potentiel gendre idéal encore moins. Pourtant, quand M. Aleman lui présenta M. De Saint-Gilles, il espérait que son entreprise trouverait preneur pour un contrat juteux. Hélas, on lui colla rapidement aux basques la fille aînée de De Saint-Gilles, une allumeuse finie qui espérait se payer juste du bon temps avec un homme qui saurait la faire remarquer. Il avait accepté une danse, lui avait affiché son plus beau sourire, l'avait fait rire et miroiter beaucoup pour qu'elle dise un mot à son père, mais il comprit au bout de deux heures qu'il n'y avait rien à en tirer. Elle parlait de son père comme d'un vieil avare et ne semblait pas vouloir interférer dans ses affaires. Du temps perdu. Il aurait pu aller plus loin avec elle, juste pour le fun, mais il ne trouva pas le goût. Il avait pourtant l'habitude de ces femmes qui se croyaient belles et intelligentes, capables de refaire le monde et n'aspirant qu'à trouver un homme capable de les combler.

Malgré cela, ces deux heures avec elle eurent raison de sa patience et ses jacassements de fausse vierge lui rappelèrent qu'il fallait vraiment être aux abois pour envisager une nuit avec elle. Il décida donc de jouer l'esquive quand il aperçut Agnès B. venir à eux. Quitte à être là pour les affaires, autant que ce soit prolifique. Il discuta une bonne demi-heure avec elle, la remerciant pour l'invitation et décortiquant ensemble sa dernière campagne publicitaire. Ce fut Mme Spencer qui vint les interrompre en glissant un mot à Ethan à l'oreille.

— Mon chériii ! Te voilà ! Tu es au courant ? Ta princesse est vraiment étonnante.

— Ma princesse ?

— Oui, ta jolie cavalière ! Je te reconnais bien là ! Tu sais toujours t'entourer de personnes incroyables. Faire un sitting dans un cocktail entourée des bougres du vieux Paris, moi je dis chapeau. Je crois que c'est la première fois que je vois autant d'investisseurs autour d'une même personne ! Elle fait parler du pays dans la salle, ta princesse.

Les yeux d'Ethan devinrent des soucoupes.

Merde, je l'ai zappée ! C'est quoi encore cette histoire ? Qu'a-t-elle encore fait ?

— Elle est où ?

Mme Spencer lui prit la main et le guida à travers les invités jusqu'à ce qu'elle stoppe sa course et montre du doigt « l'affaire ». Il n'en crut pas ses yeux. Kaya était assise, un cocktail sans alcool que le barmaid venait de lui servir toujours avec son sourire ultrabright et autour d'elle, en cercle plusieurs chaises avec assis dessus des hommes. Il déglutit quand il reconnut de qui il s'agissait. On les nommait « les intouchables ». Une bande de vieux grippe-sous qui avaient fait leur commerce dans les années 70 et qui avaient été les portefeuilles de grandes entreprises durant les années 80 à 2000. La plupart d'entre eux ne spéculaient plus et n'investissaient plus que rarement, argumentant une époque de faux-semblants et le manque d'intérêts pour les nouvelles entreprises. Pourtant, ils étaient toujours invités dans les soirées mondaines au cas où l'un d'entre eux ferait un chanceux. Il n'avait pas besoin de comprendre longtemps que Kaya n'était pas étrangère à tout cela. Ils ne s'agglutinaient jamais les uns à côté des autres et même certains d'entre eux furent ennemis à une époque révolue, mais ils étaient là ; six au total, à rire à gorge déployée et à papoter comme des commères autour d'elle qui leur faisait le show. Il s'approcha un peu plus pour écouter.

— Ma femme a une recette de cheese-cake incroyable, vous savez ! À tomber par terre !

M. Ruinard, diplomate réputé et entrepreneur dans une seconde vie venait de se caresser sa petite bedaine de retraité avec malice.

— Avec du coulis de fruits rouges ? lui demanda avec gourmandise M. Pompery, grand mécène connu pour son surnom « Monsieur Moustache », car il portait toujours une grande moustache dont il tortillait les extrémités.

— Oui, oui !

— Ahhh, moi je raffole des amandines ! J'en ai d'ailleurs épousé une !

Le groupe se mit à rire devant la remarque de M. Nielly, qui avait investi son argent dans de nombreux musées et bibliothèques de Paris.

— Ma femme cuisinait des brownies..., dit avec nostalgie M. Laurens. J'adore le chocolat et je n'en faisais à chaque fois qu'une bouchée.

— Ooooh ! Je sais les faire ! déclara alors Kaya, secouant une cuillère de tarte au chocolat dans sa main. J'en faisais souvent à une époque ! Je pourrais vous en faire un si vous voulez, Richard !?

Ethan eut du mal à respirer. Faire un malaise n'allait pas aider sa réputation qui était déjà en train de dégringoler en flèche donc il s'abstint, mais l'air avait du mal à atteindre ses poumons. Elle était en train de parler pâtisserie avec un groupe d'une valeur de plusieurs millions d'euros à eux seuls et avec la courtoisie d'en nommer même un par son prénom !

Elle est folle ! Complètement folle !

— C'est vrai ? Vous feriez ça, Kaya ? demanda timidement M. Laurens.

— Évidemment !

— Je veux en être aussi ! déclara M. Nielly suppliant.

— À condition que vous écoutiez votre femme à propos de votre cholestérol, Hubert ! Ne la faites pas s'inquiéter. Vous aimez votre Amandine, non ?

M. Nielly fit une moue chagrine puis sourit.

— Promis, Kaya, je vais faire un effort !

— Je le vérifierai auprès de votre femme, attention !

Tout le groupe se mit à rire devant les recommandations et l'intimidation dont faisait usage Kaya.

— Aaaah ! Laurens, tu nous as présenté une charmante demoiselle. On ne s'ennuie plus grâce à elle. Enfin un peu de fraîcheur ici !

Richard Laurens regarda Kaya avec douceur et celle-ci le lui rendit par un sourire. Son sourire s'évanouit quand elle posa les yeux juste au-dessus de lui et vit Ethan Abberline, le visage fermé, la mâchoire serrée.

Tiens donc ? Il est vivant et toujours avec son humeur de chien !

Richard Laurens remarqua le changement d'attitude de sa partenaire de discussion et se retourna pour voir ce qui la tracassait. Il vit des poings serrés, puis un regard noir.

— Messieurs, désolé de vous avoir importuné. Mademoiselle Levy semble manquer de discernement quant à certaines règles de bienséance.

Kaya ouvrit la bouche de stupeur. La bienséance ne semblait pas faire partie de ses mœurs non plus, vu la façon dont il la rabaissait une nouvelle fois. Pourtant, il lui attrapa le poignet, la forçant à se lever brutalement.

— Veuillez pardonner cette intrusion intempestive de ma cavalière. Bonne soirée.

Le petit comité n'eut le temps de répondre. Kaya fut tirée alors en avant, sans ménagement, loin de leur champ de vision.

— Non, mais ça ne va pas ! cria Kaya une fois dans le hall d'accueil.

— Effectivement, ça ne va pas. Il est temps qu'on mette fin à tout ce sordide cinéma une bonne fois pour toutes.

- 13 -

IMPRÉVU

Tous deux se fixèrent, ne voulant rien lâcher. La colère était une nouvelle fois présente dans chacun de leurs mots ou gestes. Une tension tellement palpable que chaque particule de leur corps en était imprégnée et qui les plongeait dans une bulle où tout le reste leur serait égal, tant que leurs problèmes ne seraient pas réglés.

— Oui, arrêtons le massacre une bonne fois pour toutes, dit Kaya aussi déterminée que lui à en finir. Je me fais traiter comme un objet, je me fais insulter par un couple d'enfoirés, je suis gratifiée du titre de plante verte pendant que Monsieur Connard batifole sur la piste de danse, et quand enfin je trouve quelqu'un d'intéressant qui ne me juge pas et qui m'est agréable, je me fais humilier publiquement. Arrêtons les frais, je crois que j'ai mérité mon salaire. Je ne veux plus vous voir.

Kaya venait de déverser sa rancœur d'un seul jet au point d'en être presque essoufflée. Vue comme ça, sa soirée valait autant que ce qu'elle avait vécu les jours précédents, à chacune de ses rencontres avec lui.

Vie de merde...

Ethan ne retint qu'une seule chose de toute sa tirade.

— Bati... Batifole ? Je ne...

— Vraiment ? Oseriez-vous dire que la grognasse n'était pas pendue à votre cou ?

Kaya croisa les bras, attendant alors son explication. Ethan s'offusqua.

Elle va régenter ma vie sentimentale encore longtemps ? Amanda, et maintenant Katarina... non pas Katarina. C'était comment déjà ? Oh et puis qu'importe !

— Rhhhaaa ! Je cherche un investisseur Mademoiselle, tenta-t-il de se justifier, piqué au vif. Une chose qui va au-delà de vos petits problèmes d'ego. J'ai besoin d'un investisseur pour la recherche ou la diffusion de mes produits. Je travaille moi, et votre coup d'éclat avec tous ces vieux grincheux vient de me faire passer pour un idiot. Comment va-t-on me prendre au sérieux avec une cavalière qui parle pâtisserie ? Allez-y, dites-moi ? !

Kaya resta silencieuse. Il se sentait donc humilié lui aussi.

La bonne affaire !

— Aleman avait raison..., dit alors amèrement Ethan. Vous ne savez pas où est votre place ! On n'est pas familier avec ce genre de personnes. On est révérencieux !

Kaya haussa les épaules.

— Ce sont des hommes comme tous les autres. Ils m'ont permis de passer le temps, eux, au moins ! Ils ne m'ont pas demandé de me plier en quatre pour eux et je me fiche de l'argent qu'ils brassent.

— Moi je ne m'en fiche pas ! Bon sang !

Ethan s'attrapa les cheveux, énervé.

— Vous êtes ma cavalière ! Vous êtes donc censée me représenter à travers ces gens ! Que va-t-on dire d'un type qui joue dans la cour des grands avec une cavalière qui joue à la dînette ? Tout n'est qu'image ici ! Vous n'êtes vraiment qu'une idiote !

J'aurais dû être plus méfiant. Vous m'avez empêché de vivre ma vie avec vos simagrées, je prends des coups sur tout le corps, je me fais traiter de connard, de pervers qui loue les services d'une escort girl, et pour couronner le tout, je me fais humilier par le Tout-Paris, car j'ai eu le malheur de rencontrer une femme aussi idiote qu'imbuvable, butée, grande gueule et manipulatrice !

Le regard de Kaya passa de la petite culpabilité de n'avoir pas été parfaite comme cavalière à la rage d'être considérée comme la pire femme au monde en moins d'une minute. Peut-être avait-elle manqué de tact et de pertinence sur son comportement, mais cela ne justifiait pas tout de ce fiasco. Il était tout aussi coupable. Il l'avait abandonnée à son sort. Mais les derniers mots qu'il venait de dire la blessèrent autant qu'ils la fâchaient.

— Moi ? Manipulatrice ! Qui est-ce qui m'a parlé du stratège et ses petits soldats !? Qui est-ce qui manipule son monde pour obtenir ses fameux investissements ? C'est un comble ! finit-elle par dire sidérée.

— Tout à fait ! continua-t-il sans rebondir sur ses contre-attaques. Je persiste ! Manipulatrice ! Avec vos faux airs de pauvre fille, vous manipulez votre monde en vous faisant passer pour la victime. On s'apitoie sur votre sort et hop, elle vous déglingue votre réputation en un rien de temps parce que vous avez fait l'effort d'être gentil !

Kaya se sentit outrée. Les phrases acerbes pleuvaient et n'avaient jamais été aussi cinglantes.

Gentil ? Lui ? Quand ça ?

— Mais votre cinéma de Cosette ne marche plus ! Vous pouvez ranger votre petite robe sexy et aller vous trouver un autre pigeon que vous traiterez de connard ou peut-être de salaud, tiens ! Vous m'avez bien eu au jeu de la provocation. Mon tempérament a répondu. Je dois reconnaître que je suis tombé dans le piège, les deux pieds dedans même, mais c'est fini ! Fi-ni !

Ethan fit un geste de ciseaux avec les bras pour faire table rase de leur situation. Un silence prit place après cette fureur qui venait d'exploser en écho dans le hall. Kaya se retint de pleurer. Lui donner ce dernier plaisir était hors de question. Elle en avait eu assez avec lui et elle voulait juste rentrer chez elle et oublier cette nouvelle humiliation. C'était un dialogue de sourds ; il ne l'écoutait pas. Il n'y avait que lui et ses objectifs. Il se fichait bien d'elle et de ses sentiments. Pire même, il en rajoutait une couche, histoire d'enfoncer un peu plus le couteau dans la plaie et lui rappeler qu'elle n'était rien, qu'elle ne valait rien, que personne n'attendait après elle. La traiter de manipulatrice et dire qu'elle jouait les pauvres victimes venait d'avoir raison de toute sa meilleure volonté face à cet homme. Elle baissa les yeux et sourit amèrement.

Encore une fois Kaya, on te fait des reproches que tu ne souhaitais pas...

Elle releva les yeux, le visage affecté par ses mots.

— Mon salaire et mon ticket de consigne s'il vous plait, lui demanda-t-elle d'une voix adoucie, mais neutre, ne souhaitant plus débattre avec lui.

Ethan soupira en se rendant compte qu'elle capitulait au jeu du « qui aura raison ». Il fixa sa main tendue vers lui, qui attendait la réponse à sa demande. Il enfouit la main dans sa veste et lui posa méchamment les deux enveloppes de 500 euros et son ticket de consigne.

Elle sourit en voyant la source de tous ses maux dans ses mains. Elle leva les yeux vers lui une dernière fois, chargée d'une tristesse qu'Ethan n'aurait su interpréter et se dirigea alors vers l'accueil pour récupérer son sac à dos et son manteau qu'elle enfila, puis elle sortit de l'hôtel. Ethan la regarda franchir la porte-tambour et disparaître avec un certain soulagement, mais aussi une certaine déception. Il avait du mal à comprendre pourquoi il était déçu. Il en était enfin débarrassé. Elle venait de partir loin de lui. Il pouvait vaquer à ses occupations et sauver sa dignité. Pourtant, il n'aimait pas cette impression d'inachevé avec elle. Avait-il été trop sec ? Était-elle vraiment vexée ou meurtrie ? Pourquoi n'avait-il pas tenté une dernière phrase pour clore le sujet plus convenablement ? Pourquoi n'avait-elle pas répondu à toutes ses accusations ? Pourquoi avait-elle encaissé sans réellement se défendre, comme d'habitude ? Son silence était encore pire que toutes ces piques qu'elle lui avait envoyées jusque-là. Qu'attendait-il de plus ?

Elle ne m'a même pas dit au revoir...

Ethan soupira en regardant le sol.

— Soirée de merde..., murmura-t-il avant de quitter lui aussi l'hôtel sans un mot.

*

— Mon Dieu, quelle tête affreuse tu as !

Sam entra dans le bureau d'Ethan avec cette ironie qui le caractérisait bien. Ethan était affalé sur son bureau en train de regarder ses mails, la main lui écrasant la joue. Il leva un œil vers son ami, mais ne répondit rien, ni même ne bougea d'un pouce. Sam s'assit sur le siège des invités, face à lui, avec un grand sourire.

— Je sais bien que ce genre de soirée, c'est une torture pour toi et que BB ne t'épargne rien pour la communication de l'entreprise, mais quand même ? C'était si terrible que ça l'autre soir ?

Ethan ne bougea pas d'un cil. Il avait déjà assez ruminé comme ça de tout le week-end justement, pour qu'on lui rappelle la catastrophique soirée à laquelle il avait assisté.

— OK, tu ne veux pas en parler..., constata Sam pas du tout vexé. Alors, jouons aux questions-réponses. Je vais deviner tout seul selon ton attitude.

Il se pencha vers lui, les coudes sur ses genoux et fixa Ethan avec un sourire sournois. L'examen pouvait commencer.

— Tu n'as pas trouvé d'investisseur.

Ethan se redressa en soupirant.

— À ton avis ? lui dit-il blasé.

— Mon avis...? Si c'était le cas, toute la boite le saurait déjà ! Tu serais bien plus guilleret. Mais il y a autre chose... Je suis persuadé que ce n'est pas ce qui te chagrine le plus. Ce n'est pas la première soirée où tu fais chou blanc... Il y a une femme là-dessous ! Je parie même que c'est celle qui te faisait sourire au débriefing de l'autre jour !

Sam agita son index inquisiteur devant le nez d'Ethan pour le décontenancer un peu.

— Parle, chien ! Cacher des choses à son compagnon de chasse, ce n'est pas fair-play. Qui était ta cavalière ? ! Ne m'oblige pas à user de mes charmes contre toi !

Ethan s'étira et ouvrit un dossier, mine de rien. Sam connaissait son ami. Il savait que s'il ne disait rien et faisait des secrets, c'était alors plus intime qu'il ne voulait le montrer. Quant à Ethan, les charmes de Sam, il les connaissait par cœur. Il pouvait se frotter à lui avec sa bouche en avant, il ne piperait mot et mettrait de la distance avec son pied sur le torse du Casanova enquêteur. Il savait comment le contrer depuis le temps. Sam réfléchit une fraction de seconde puis sourit avec un air carnassier.

— Elle t'a éconduit ? ! C'est ça ! Le grand Ethan Abberline a perdu la face devant une femme !

Ethan referma brusquement son dossier, agacé.

Il ne peut pas se taire de temps en temps ! Un bouton off, quelque chose pour qu'il arrête ! Je ne sais pas moi...

— Oh putain ! C'est ça ! dit alors son ami, scié sur sa chaise. Ta réaction ne fait aucun doute !

Sam se leva et fit un tour sur lui-même en poussant un cri, heureux de sa trouvaille.

— Énorme ! J'y crois pas ! Truc de malade ! Ha ha !

— Crétin, marmonna Ethan. Ce n'est pas ça. Il n'y a pas de râteau quand il n'y a rien de fait.

Sam se rassit, déçu, mais captivé par ce début d'explication.

— Ohhh ! Toi, tu dis ça avec une certaine amertume ! Regretterais-tu justement qu'il n'y ait pas un quelque chose avec elle, hum ?

— Certainement pas ! objecta vigoureusement Ethan. Cette nana, c'est une catastrophe, je ne la reverrai plus et c'est tant mieux !

Sam s'enfonça dans son dossier, l'air pensif, tout en guettant les moindres failles dans cette réponse lapidaire peu convaincante. Il tapota ses doigts sur les bords de son siège avec attention.

— Mais tu es dégoûté quand même...

Ethan fit mine de cliquer sur son ordinateur pour paraître serein et donner le change sur la frivolité du sujet, mais cet interrogatoire le mettait devant certaines évidences qui le gênaient hautement.

— Pfff... N'importe quoi ! nia-t-il faussement. Depuis quand tu crois comprendre les gens, toi ? Le psy intello du groupe, c'est Oliver. Pas toi.

— Tu veux que je l'appelle pour qu'il te détende et que tu te confies ? Je sais qu'il sait plein de trucs sur toi que j'ignore...

Ethan put ressentir un léger reproche de son ami, mais il ne pouvait lui raconter ce qui le rongeait. Oliver, c'était différent, c'était un compagnon dans sa galère.

— Ça ira. Je n'ai pas besoin de parler de quoi que ce soit puisqu'il n'y a rien à dire.

— Eh bien, dis-moi quand même, je te dirai si effectivement c'est inintéressant ! Ethan, je te connais. Tes réactions sont suspectes. Si ce n'était rien, tu n'éluderais pas le sujet et en parlerais un minimum pour me montrer que ce n'était vraiment pas important.

— Tu ne lâcheras pas l'affaire ? dit alors Ethan désabusé par la hargne de son ami à vouloir tout savoir.

— Raconte tout à Oncle Sam ! dit alors Sam avec un clin d'œil.

Ethan laissa échapper un rire.

— Tu fais de l'humour maintenant ?

— Un comble quand on sait que c'est toi l'Américain, hein ? !

— Je te dis qu'il n'y a rien ! fit Ethan en lâchant sa souris de façon impulsive. J'ai rencontré cette fille par hasard dans une soirée où elle était serveuse, elle m'a renversé du champagne sur le smoking, puis je l'ai revu au Delicatessen et elle m'a foutu en l'air ma sortie de scène avec Amanda. Enfin bref, on s'est rencontré à plusieurs reprises et chaque fois, ça n'a été que disputes, bagarres et gamineries. J'ai voulu me venger après m'être pris une carafe d'eau dans la gueule, un coup de pied dans le tibia et dans les bourses, en l'invitant à la soirée, mais finalement, je me suis ramassé grave. C'est une tornade imprévisible cette fille. Elle... elle est... déconcertante.

Ethan tenta de masquer sa nervosité et son agacement en se concentrant sur un coin de feuille qui dépassait d'un dossier et en le cornant à plusieurs reprises. Sam resta bouche bée. L'explication croustillante qu'il attendait eut l'effet d'une bombe.

— Attends, attends, attends ! s'agita-t-il. Tu es en train de me dire qu'il s'est passé tout ça avec une fille depuis quelque temps et que tu ne nous as rien dit ? C'est une blague ? !

— Tu voulais savoir, non ? ! Maintenant tu sais ! Avant ou après, ça n'a pas d'importance. Et crois-moi, j'aurais préféré te mentir, d'ailleurs ! Que ce soit une blague. Quelle plaie !

Cinq secondes s'écoulèrent, chacun ne sachant quoi dire à l'autre.

— Elle t'a fait vraiment...

Sam lui signifia du regard son entrejambe sous le bureau.

— Ouais ! lui répondit plus calmement Ethan. Elle m'a même craché à la figure l'autre soir...

Ethan se frotta les cheveux, dépité, tandis que Sam avalait l'information comme un morceau de pudding trop gros dans sa gorge.

— Sérieux ? !

Ethan hocha finalement de la tête tout en continuant de corner son morceau de feuille.

— C'est une coriace..., commenta Sam avec le même air dépité que son ami. Comment tu en es arrivé là ? Je veux dire... Ce n'est pas possible ? Tu n'es pourtant pas du genre à te laisser mener à la baguette.

Ethan souffla et fit pousser et tournoyer avec lui son siège loin du bureau.

— J'ai dû l'enfermer dans le coffre de la Corvette... Et elle m'a craché à la figure en réponse quand je l'ai fait sortir...

Sam écarquilla les yeux. Il n'en revenait pas. Jusqu'où ces deux-là s'étaient bagarrés ? Enfermée dans le coffre de sa voiture ? C'était quoi encore que cette histoire ? Ethan regardait le plafond, l'air toujours contrarié.

— Elle m'a énervé et je l'ai du coup embrassé...

Sam se redressa un peu plus, les yeux encore plus gros. Plus il lui en disait, plus l'incongru de la situation le stupéfiait. Ce n'était pas du tout le genre d'Ethan, qui était d'ordinaire gentleman avec les femmes. Son impulsivité, il la gardait contre les hommes.

— Et elle s'est fâchée et t'a planté à la soirée, continua Sam dans ses suppositions.

— Oui elle s'est fâchée, mais ça, ce n'était pas le soir du cocktail. C'était avant. Oh et puis, de toute façon, ça ne change rien que ce soit vendredi ou avant ! s'énerva alors Ethan en se levant de son siège. Je l'ai uniquement embrassée pour la faire sortir de ses gonds. Je voulais la voir folle de rage, lui rendre au centuple ce qu'elle m'avait fait ! Au cocktail, je l'ai achevée. C'est bien fait pour elle ! Je ne vais pas me faire pardonner ! C'est une femme butée, casse-pied et sans intérêt ! Point. À la ligne. On passe à autre chose.

— Mais ça t'a plu de l'embrasser ? demanda Sam avec un sourire de défi, pas dupe de son coup de colère pour cacher son trouble.

Ethan attrapa un autre fichier de son bureau et le leva en l'air, menaçant Sam de lui jeter dessus. Sam leva alors les jambes en signe de bouclier.

— OK, OK, tu la détestes.

— Oui, je la déteste. Tout à fait ! Et c'est réciproque donc c'est super, on ne se recroisera plus et j'en suis bien content !

Deux nouvelles secondes s'écoulèrent avant que Sam ne rétorque :

— C'est clair, ça se voit ! Tu es very happy ! Pas de doute !

Ethan lui jeta un regard aussi noir que son téléphone portable sur son bureau. Sam se leva d'une traite et se dirigea vers la sortie.

— C'est bon ! Je n'ai rien dit ! Je m'en vais ! J'ai un truc croustillant à confier au psy intelligent du groupe de toute façon !

Il lui décocha un clin d'œil et claqua la porte.

Ethan fit alors les cent pas, les mains dans le dos, à travers la salle. On était lundi et la journée touchait à sa fin. Il faisait déjà nuit dehors et il semblait faire froid. Le mois de décembre venait de commencer, mais on sentait déjà l'effervescence de Noël arriver avec l'installation des décorations lumineuses dans les rues. Il se dit que regarder ces gens s'agiter en bas devrait le calmer, lui indiquant qu'il y avait pire ailleurs, mais son humeur était une nouvelle fois piquée au vif. Il était vraiment agacé. Agacé de tout : de cette femme, de ses provocations, de la façon dont elle avait mis fin à leur dispute au cocktail, de la fâcheuse manie de Sam à vouloir tout savoir et à faire des hypothèses aussi tordues que débiles, de sa faculté à penser que Sam n'avait pas forcément tort alors qu'il devrait avoir tort ! Pourquoi être aussi agité alors que c'était ce qu'il voulait : la voir loin de lui ? Pourquoi s'était-il emporté en racontant sa mésaventure ? Pourquoi était-il prêt à tuer Sam quand il lui avait demandé s'il avait aimé embrasser Kaya ? Il repensa à ce baiser... Emporté, maladroit, mais avec cette pointe de bonheur qui vous ravive le cœur. À refaire, il ne savait s'il l'aurait fait autrement. Ethan se mit à sourire.

— Et encore, je ne t'ai pas raconté le coup du vestiaire, mon petit Sam...

Ethan regarda le ciel par la fenêtre et repensa à ce moment où il avait pu entrevoir une autre femme en elle. Moment aussi bizarre que déstabilisant.

Elle était belle ainsi... Dommage...

La sonnerie du téléphone du bureau sonna. Il râla pour la forme, puis regagna son bureau et répondit.

— Oui, Abbigail...

— Monsieur Abberline, Monsieur Laurens sur la une. Il souhaiterait s'entretenir avec vous à propos du cocktail... Dois-je prendre un rendez-vous ou vous prenez l'appel ?

Il regarda le combiné du téléphone un instant, analysant les propos de sa secrétaire.

Merde, je suis foutu.

— Euh... Ouais... OK... Je le prends.

Ethan s'assit, posa sa main sur le front, paniqué, mordilla sa lèvre inférieure pour vérifier qu'il ne rêvait pas puis finalement se donna du courage.

Allez, tu peux le faire ! Tu lui dis que c'était une cousine qui ne savait pas les codes du genre et qu'il ne la reverra plus... Un truc comme ça, oui !

Il toussota pour éclaircir sa voix et appuya sur la touche une du téléphone.

— Abberline.

— Abberline. Laurens.

— Monsieur Laurens. Quelle surprise ! fit-il faussement. Que vous arrive-t-il ?

— Monsieur Abberline, je ne vais pas tergiverser. Je souhaiterais vous parler de la soirée d'Agnès B.

— Oui, je pense que c'est au sujet de ma cavalière. Je suis vraiment désolée, elle...

— Elle est vraiment incroyable ! J'ai adoré notre discussion. Elle n'a certes pas sa langue dans sa poche, mais elle a une fraîcheur qui fait du bien.

Ethan ne sut trop quoi répondre. Il avait raison, elle avait de la répartie et cette façon d'être si... différente et authentique.

— C'est vrai... Elle arrive à vous surprendre par moment...

— Oui, savez-vous que la première chose qu'elle ait dite sur vous était qu'elle souhaitait vous saigner sur un autel ? Ah ah ah !

L'amour peut être parfois étonnant !

Ethan laissa retomber ses épaules, scotché. Il imaginait déjà son sourire satisfait et son air revêche quand elle avait sorti sa phrase. C'était bien son style.

— Elle... Elle vous a vraiment dit ça ? Ha ha ! Je reconnais bien là son humour.

Elle ne perd rien pour attendre, la bourrique ! C'est moi qui vais te charcuter... Je vais même commencer par te couper ta langue, princesse !

— Oui. Il était clair que votre présence lui manquait. Quand une femme s'énerve contre son homme au point de vouloir sa mort, c'est une marque d'amour indéniable. Il n'y a que la passion qui pousse les femmes à se venger.

Moi ? Lui manquer ? Amour indéniable ? J'ai raté un coche ?

— Monsieur Laurens, je pense que vous y allez un peu fort. Elle et moi, on...

— Oui, je sais que l'usage serait pour vous de nier un profond attachement pour éviter d'être la nouvelle cible des paparazzis ou une source de conflit pour vos concurrents, mais je sais aussi comment cela se passe quand on a la chance de trouver une telle femme. On est l'homme le plus heureux du monde.

Hein ? Quoi ? Moi ? Heureux avec elle ? ! C'est bon, le vieux divague...

— Elle me fait penser à ma femme. Elle avait le même tempérament, mais un cœur énorme. À la fois rebelle, impulsive et têtue, mais d'une douceur à vous faire fondre quand je me montrais gentil avec elle. Aaaah, si je pouvais encore la serrer dans mes bras et toucher ses lèvres... C'est quand elles deviennent inaccessibles qu'elles vous manquent le plus.

La serrer dans mes bras et toucher ses lèvres...

Ethan repensa quelques secondes à leur étreinte dans les vestiaires, puis à leur baiser. Cette douceur qu'il voulait percevoir davantage à ce moment-là. Cette douceur au-delà de celle de ses lèvres... Ce regard brûlant quand elle avait atteint l'extase... Toujours ces mêmes pensées que son esprit laissait paraître à lui à son insu, dès qu'on lui parlait d'elle. Il devait retenir le pire d'elle :

ses coups et ses remarques assassines. Faire même de ce baiser et de cette intimité un cauchemar qu'il devrait refouler toute sa vie. Pourtant, il ne cessait d'y repenser avec envie, plaisir et regret.

Putain, merde... Ressaisis-toi, andouille ! Tu ne peux pas te laisser encore berner par cette femme, même maintenant que tout est dit, tout est fini.

— Elle était contente de trouver quelqu'un à qui parler. Votre petite amie a été vraiment adorable avec moi.

Ma petite... ?

Ethan faillit s'étrangler avec sa salive.

— Je voulais vous le dire, car vous sembliez en colère. Elle n'a certes pas manqué de tact, mais j'aime bien son côté franc, direct. Je préfère ça aux hypocrites qui viennent vous cirer les pompes. Nous avons commencé à discuter tous les deux et comme nous riions bien, M. Nielly est venu faire son curieux, puis les autres ont suivi. Qui aurait cru que cela finirait ainsi ? J'étais déçu de ne pas la voir revenir. J'espère que vous ne vous êtes pas disputés à cause de nous ?

— Noonnn ! Du tout ! Il nous en faut plus pour nous agacer ! mentit Ethan, une grosse boule dans la gorge, mais s'efforçant d'être amusé.

— Ouf ! Tant mieux, dans ce cas, que diriez-vous de venir dîner chez moi disons mercredi soir ? Je serai ravi qu'elle me fasse mon brownie, comme elle me l'avait promis !

Ethan ouvrit sa bouche de surprise. La panique s'ingéra dans tous les pores de sa peau. *Un dîner ? Avec elle ? Chez lui ? Merde, merde, merde...*

— Eh bien, c'est-à-dire que... ça va être difficile, vous comprenez, j'ai...

— Ah, non ! Je ne tolèrerai pas de refus ! s'énerva Monsieur Laurens. Nous avons encore beaucoup de choses à nous raconter elle et moi ! Soyez partageur, s'il vous plaît. Un vieil homme comme moi a besoin de distraction. Et puis qui sait ? Nous pourrions peut-être trouver nous aussi un arrangement pour vos affaires...

Ethan déglutit. Dire la vérité à ce type et perdre un potentiel investisseur ou jouer la comédie avec cette fille pour le distraire et gagner gros... Le choix était vite fait.

— Va pour mercredi soir !

— Oh ! Parfait ! Disons vingt heures !

— Vingt heures. C'est noté.

— Eh bien, bonne soirée, Monsieur Abberline et à mercredi.

— À mercredi, Monsieur Laurens.

Ethan raccrocha et laissa son front taper contre son bureau, complètement déprimé.

— Je suis dans une merde monumentale !

- 14 -

NÉGOCIATEUR

— Bof, pas terrible... Ah ? Celui-là peut-être !

Appuyée sur le comptoir qui coupait sa kitchenette du salon minuscule dans lequel elle vivait, Kaya scrutait attentivement les petites annonces du journal gratuit du métro à la recherche d'un emploi. Elle entoura celles qui lui plaisaient en priorité, fit une croix à côté de celles à considérer et raya de son stylo celles dont elle savait que c'étaient des arnaques. Emmitouflée sous deux gros pulls, elle lisait tout en gigotant un peu pour ne pas se refroidir.

Le salaire de la soirée lui avait permis de régler le retard de loyer des deux mois précédents, mais il lui restait encore celui du mois de décembre à régler. Le propriétaire avait encore râlé, car elle lui devait encore de l'argent, mais n'insista pas au vu de ses efforts. En même temps, elle n'avait pas trop le choix. Il ne lui restait plus beaucoup d'argent et elle devait manger. Mais surtout, Al et Phil n'allaient plus tarder à sonner à sa porte pour réclamer leur dû. Son électricité venait d'être coupée. Elle se contentait donc d'allumer son salon avec une bougie pour s'éclairer et de résister face au froid qui s'immisçait par les fenêtres mal isolées, en se recouvrant de tout ce qui pouvait lui tenir chaud...

Les nuits d'hiver sont tellement longues...

Kaya posa son stylo à l'horizontale entre son nez et sa bouche et jouait à l'équilibriste quand elle repensa à ce qu'elle faisait il y a un an. Elle revoyait Adam, assis sur le fauteuil dans le coin du salon. Fauteuil qui n'était plus là aujourd'hui, car elle avait dû le vendre. Il aimait lire. Il leur arrivait de passer la soirée en silence, l'un près de l'autre, à bouquiner chacun de leur côté. Elle des mangas, lui ses livres de droit. De temps en temps, il jetait un coup d'œil vers elle, assise sur le canapé qui n'était plus là aujourd'hui non plus. Il insistait jusqu'à ce qu'elle se sente observée et lève les yeux. Kaya se mit à sourire en pensant à ce souvenir. Il feignait alors de lire son livre en plissant les yeux de façon concentrée et elle rigolait. Puis elle retournait à son bouquin jusqu'à ce qu'il recommence ou qu'elle l'imite. Ce petit jeu pouvait durer toute la soirée jusqu'à ce que l'un des deux craque pour réclamer son câlin.

Elle serra un peu plus son pull autour d'elle. Elle avait froid et elle voulait ses bras.

— Je viendrai te voir demain, Adam... Promis ! murmura-t-elle avec un petit sourire.

Un bruit contre sa porte d'entrée la sortit de ses songes. Elle regarda l'heure et vit vingt et une heures trente sur son mini réveil.

Qui peut venir me voir à cette heure-ci ?

On frappa une nouvelle fois.

Ce proprio n'est pas gonflé de venir déranger les gens en pleine nuit ! Grrr, il va m'entendre !

Elle se leva et posa son œil sur le judas. Elle retint sa respiration un bon coup et fit volte-face contre la porte, prise de panique.

Ce n'est pas vrai ! Pas lui ! C'est pour une vidéo cachée !?

Elle se retourna lentement, sans bruit, et regarda à nouveau à travers le judas. Ethan Abberline attendait devant sa porte, gesticulant dans tous les sens pour ne pas succomber de froid. Elle le regarda faire quelques instants, jusqu'à ce qu'elle le voit approcher sa main et frapper une troisième fois. Elle fit alors un bond en arrière et se mangea le poing en réfléchissant à ce qu'elle devait faire. Elle analysa son studio. Pouvait-il deviner qu'elle était là ? La lumière de la bougie lui avait-il indiqué sa présence ? Pourquoi venir encore la voir ? Ils s'étaient pourtant tout dit. Il n'y avait rien à ajouter. Elle ne savait si elle devait foncer éteindre sa bougie et se cacher sous sa couette en faisant comme si elle n'avait rien entendu, ou simplement lui ouvrir la porte.

— Mademoiselle Levy, vous êtes là ?

Kaya se mit à sautiller, prise d'angoisse.

Merde, merde, merde, quel malheur va-t-il encore m'apporter !

Elle se précipita à nouveau sur le judas pour voir ce qu'il faisait. Il commençait à s'impatienter.

— Kaya, s'il vous plaît, ouvrez-moi !

Rhaaaaaa !

Elle s'attrapa la tête dans un dernier moment de désarroi, puis songea à mettre la main sur la poignée de la porte avant qu'elle ne se pose la question typiquement féminine du « suis-je présentable ? ». Un rapide état des lieux n'était pas convaincant : jogging, deux gros pulls, ses chaussons « têtes de grosses vaches » aux pieds, sa queue de cheval complètement faite à l'arrache et ses lunettes sur le nez.

Plus repoussant, il n'y a pas... Je ne peux pas me montrer comme ça...

Elle se dirigea vers sa chambre qui servait à présent de buanderie puis fit finalement demi-tour.

Plus repoussant ? Parfait ! Qu'il déguerpisse loin ! Tant pis pour la fierté !

Elle se saisit de la poignée et entrebâilla la porte pour y passer juste sa tête.

— Enfiiin ! Bon sang, il gèle dehors ! Vous auriez pu m'ouvrir la porte plus tôt !

— Vraiment ? lui répondit-elle sèchement.

Ethan fit une grimace. Petite taquinerie pouvant se justifier étant donné leur dernière rencontre. Il contempla son visage une seconde avant de sourire.

— Sympa, ce côté petite intello avec vos lunettes, dit-il en montrant son nez.

— Arrêtez vos remarques anodines et allez au but, fit-elle en louchant sur son index. Qu'est-ce que vous me voulez ?

Ethan regarda ses chaussures, un peu gêné.

— Il faut qu'on parle... Je peux rentrer ?

— Non.

Ethan la fixa, surpris. Son refus catégorique transparaissait sur son visage fermé.

— Vous allez me faire crever de froid dehors ? s'offusqua-t-il.

Kaya haussa les épaules.

— Le froid fait brûler les calories...

Ethan se regarda un instant.

— Vous me trouvez gros ?

— Non, mais c'est une bonne excuse pour vous voir souffrir !

Ethan grimaça à nouveau. La partie était loin d'être gagnée.

— Et si j'enfonce la porte et entre de force ?

— Vous pouvez dire adieu à votre discussion.

Ethan sautilla un peu plus, les poings serrés contre lui, grognon.

— Kaya, s'il vous plaît. Je suis désolé pour l'autre soir.

Bien, il y a un début... Mais encore ?

Le silence de Kaya fit râler davantage Ethan.

— Bon OK, je ne rentre pas... Mais, on peut alors aller dans ma voiture à la place ?

Ethan montra du doigt sa Corvette C7 Stingray avec un air suppliant. Kaya souffla, agacée. Le faire entrer était hors de question, mais elle devait admettre qu'elle aussi n'avait pas chaud, le nez dehors.

— Deux secondes que je mette mon manteau.

Ethan afficha un sourire de soulagement. Kaya réapparut sur le pas de la porte une minute après. Ethan pouffa alors.

— Sympa les chaussons !

— Ils tiennent très chaud...

Kaya lui passa devant pour se diriger vers la voiture. Ils descendirent les escaliers, Ethan tentant de se retenir de rire.

— Ah oui, et je vois que vous arrivez à marcher avec !

Kaya fit un rapide 180 degrés et leva son poing, prête à frapper son bras, le regard menaçant.

— OK, je n'ai rien dit, ironisa Ethan, gloussant dans son écharpe. J'adore les vaches ! Si, si !

Elle baissa son bras et fit le tour de la voiture. Ethan déclencha l'ouverture centralisée des portes et ils montèrent dedans. Il mit le contact, démarra et fit tourner le bouton du chauffage à fond. La chaleur commença à se répandre rapidement, son moteur étant encore chaud. Ethan et Kaya eurent le même réflexe, chacun de leur côté : poser le bout de leurs doigts contre la ventilation de la voiture où la chaleur sortait. Kaya remercia Dieu sur Terre pour ce mini-instant dans sa vie où elle pouvait savourer un peu de chaleur, tandis qu'Ethan revivait purement et simplement. Chacun jeta alors un coup d'œil à l'autre et constata en même temps le flagrant délit de situation ridicule. Ils se redressèrent tous deux instantanément, pour se redonner une contenance.

— Alors, qu'est-ce que vous avez à dire à la manipulatrice ? lui demanda ironiquement Kaya.

— Qu'elle est encore plus forte que je ne le pensais.

Il lui sourit avec une pointe de provocation dans le regard. Kaya ouvrit la bouche, outrée.

— Co... comment ? ! Vous êtes venu jusqu'ici pour en rajouter une couche ? C'est bon. Je sors.

Elle se tourna vers sa porte pour sortir, mais Ethan bloqua la fermeture centralisée.

— Laissez-moi sortir !

— Je n'ai pas fini !

La voix sèche d'Ethan l'obligea à se réinstaller dans son siège et à se contenter de soupirer entre ses dents.

— J'écoute...

— Monsieur Laurens m'a appelé tout à l'heure...

— Et ?

— Et il semblerait qu'il vous apprécie.

Kaya se mit à sourire. Monsieur Laurens lui avait parlé d'elle. Ethan n'osa la regarder dans les yeux, sachant qu'elle n'attendait que son air désolé pour l'humilier un peu plus. Il ne lui donnerait pas cette satisfaction, même s'il avait eu tort.

— C'est bon de l'entendre, vu que j'ai été irrévérencieuse avec lui !

— Aaaah ! C'est bon ! cria-t-il mauvais perdant. Je reconnais ! J'ai mal jugé la situation ! Vous allez me tacler avec mes propres mots encore longtemps ?

Kaya se frotta les mains vivement en poussant un petit gloussement de satisfaction. Elle respira un bon coup, comme si cet aveu venait de la revigorer puis lui tendit le dos de sa main, à deux centimètres de son nez. Ethan la fixa un instant, sans comprendre.

— Quand on est poli, on s'excuse devant la princesse !

Ethan resta déconcerté un moment avant de s'esclaffer.

Elle ne manque pas de culot.

Les yeux de la jeune femme pétillaient de malice. Elle avait enfin sa petite vengeance personnelle et il comprit vite qu'elle en profiterait au maximum.

C'est de bonne guerre... Mais essaie encore, princesse !

— Vous ne pensez pas que je vais... Même pas en rêve ! lui rétorqua Ethan.

— OK, fit-elle en rabaissant sa main. Je n'en attendais pas moins d'un connard. C'est tout ? Rien à ajouter ?

Ethan se mordit la lèvre. Ce n'était pas tout. Le plus dur venait maintenant.

J'aurais peut-être dû lui baiser sa main...

— Non... Ce n'est pas tout. Il veut vous revoir. Il veut nous revoir pour un dîner mercredi.

— Ah ? Et vous lui avez dit que c'était impossible ?

Ethan se racla la gorge et bougea sur son siège, évitant son regard. L'attitude qu'il affichait n'indiqua rien de bon à Kaya qui soupçonna le pire.

— Vous ne lui avez rien dit !? fit-elle alors, scandalisée.

— Eh bien, il a parlé, encore et encore. Je n'ai pas pu en placer une.

— Vous ne lui avez rien dit !? répéta Kaya qui n'aimait pas la façon dont il noyait le poisson.

— Comment vous vouliez que je lui dise quoi que ce soit alors que vous lui avez laissé croire qu'on était ensemble.

— Comment ça ?

— C'est pourtant clair ! En-semble ! lui dit-il en articulant bien le mot. Un gars, une fille, et plein de possibilités dans un lit !

Ethan lui fit de gros yeux pour qu'elle saisisse. Kaya se tourna vers la vitre et posa sa main sur son front, réfléchissant.

— Je n'ai rien fait qui aurait pu le laisser croire que...

— Non, c'est vrai ! Juste dit que vous vouliez me saigner sur l'autel !

Kaya tourna la tête à nouveau vers lui et grimaça devant cette anecdote.

— Oh. Vous savez.

Ethan lui montra un visage grave et convaincu. Elle se retint de rire.

— Mais il est pire que moi avec ses poupées vaudou, vous savez !

Ethan considéra sa justification avec un certain effroi. La complicité entre les deux lui semblait maintenant plus que douteuse, mais surtout évidente.

— Enfin, bon, qu'il pense ou non qu'on soit ensemble n'est pas un problème. Vous lui dîtes la vérité et voilà. Au pire, vous me donnez son numéro et je le verrai seul.

Ethan se passa la main sur le visage, étirant sa bouche au

passage.

— Sauf que je ne peux pas prendre le risque de le fâcher en lui disant la vérité...

— Quoi ? Pourquoi ça ?

— Il est d'accord pour parler d'un éventuel contrat avec Abberline Cosmetics.

Kaya écarquilla les yeux. Elle l'observa un instant, constatant son air sérieux et déterminé. Sa crainte quelques minutes plus tôt se matérialisa juste sous ses yeux.

— Non... Vous vous fichez de moi ! Donc tout ce cinéma de petite amie avec moi, c'est pour... non, non, non et non ! fit-elle en secouant la tête de plus en plus vite. Hors de question ! Je n'irai pas à ce dîner !

— Je vous demande juste de jouer la comédie ! se tourna-t-il alors complètement vers elle, un brin alarmé. Ce n'est pas sorcier !

— Pas sorcier ? Pas sorcier ! Trouvez une autre solution, je ne serai jamais votre petite amie, même pour de faux ! Et encore moins pour duper un charmant monsieur !

— Kaya...

— C'est niet ! Ce n'est pas mon problème !

— OK... Je sais que c'est délicat. Mais Laurens n'en saura rien. Je lui dirai qu'on a rompu quelque temps après la signature et voilà ! Tout le monde est content !

— Moi, ça ne me va pas. Je suis déjà avec quelqu'un et je ne serai donc pas votre petite amie !

Ethan se tut un instant.

— Ça aussi, j'y ai réfléchi..., lui dit-il avec attention. Et s'il le faut, je parlerai à votre petit ami. Je le convaincrai que c'est pour une bonne cause.

— Vous voulez parler à Adam ?

— Oh, il s'appelle ainsi ? ! fit-il faussement intéressé.

— Il s'appelle ainsi..., répéta-t-elle d'un ton plus bas. Et non, vous ne lui parlerez pas.

— Ne soyez pas sur la défensive. Je suis sûr que si je lui explique bien les choses, il peut comprendre. Vous avez déjà dû lui parler de moi, non ?

Kaya le regarda perplexe.

— Pour quoi faire ?

OK, soit elle a peur de sa réaction, soit je lui suis vraiment insignifiant... Pourquoi ai-je le sentiment que c'est plus la seconde raison ?

— OK, on peut broder si vous voulez et ne pas tout lui dire pour ne pas qu'il se fâche. On n'a qu'à dire que c'est juste un dîner d'affaires où votre présence est indispensable. On n'est pas obligé de mentionner la partie « petite amie » ! proposa alors Ethan, conciliant. Je garderai le secret. Croix de bois, croix de fer, si je mens, je vais...

— Il ne dira rien ! le coupa Kaya. Et puis, je pense que vous n'avez pas besoin de mentir pour aller en enfer.

— Il ne dira vraiment rien ? s'étonna Ethan. C'est quoi ce petit ami ? Il n'est pas jaloux un minimum ?

— Il est très jaloux, même si dans votre cas, il n'a vraiment pas de quoi s'inquiéter pour ma part...

Ethan grimaça une nouvelle fois.

Effectivement, je lui suis vraiment insignifiant. Je ne sais pas si je dois en rire ou en pleurer. Je crois que c'est bien la première fois que je déplais autant à une femme.

— Vous voulez donc lui cacher toute l'histoire.

Kaya s'agaça. Toute cette discussion la mettait mal à l'aise et ses questions sur Adam et elle encore plus.

— Je ne lui cacherai rien puisque je viens de vous dire que je n'irai pas avec vous.

Ethan souffla. Décidément, elle ne lâcherait pas sa rancœur si facilement.

— Écoutez... Je sais que l'on n'est pas les meilleurs amis du monde et que ce que je vous demande est incongru au vu de notre situation, mais je peux vous assurer que votre couple ne sera pas mis en péril. Vous n'êtes pas mon genre non plus et je ne tombe jamais amoureux donc tout ira bien. Je peux le rassurer sans problème vous concernant. Organisons une rencontre avec lui et vous verrez... Il est chez vous ? On peut en discuter maintenant ?

Kaya commença à taper de son pied contre le plancher de la voiture avec frénésie. C'était le seul moyen pour elle d'évacuer le mal-être qui la rongeait.

— Il n'est pas chez moi..., dit-elle durement avant de soupirer. S'il vous plaît, laissez tomber...

Ethan la regarda, préoccupé. Elle s'obstinait et il n'avait pas l'intention de passer la nuit à la convaincre. Il avait besoin de ce contrat et il arriverait à en faire sa fausse petite amie, peu importe les difficultés qu'elle dresserait entre ce contrat et elle.

— Je sais qu'il est chez vous.

Son ton ferme et sans équivoque reflétait l'évidence chez Ethan. Il ouvrit alors la porte brusquement et en sortit pour se diriger vers l'appartement de Kaya. Celle-ci sentit la panique s'immiscer dans chaque cellule de sa peau et s'empressa d'ouvrir sa portière pour le retrouver. Elle courut jusqu'à lui et lui attrapa le bras avec force.

— Arrêtez ! lui cria-t-elle. C'est inutile !

— Pour moi, ça ne l'est pas ! J'ai besoin de ce contrat, et par conséquent de vous ! Si je dois affronter votre « Adam » pour arriver à mes fins, je le ferai !

— Je vous dis qu'il n'est pas chez moi ! lui dit-elle en continuant de le tirer vers sa voiture, d'un ton à moitié suppliant.

— Très bien ! Alors, donnez-moi son adresse ! rétorqua Ethan en donnant un coup sec à son bras pour qu'elle le lâche. Je vous préviens, il ne sera pas un obstacle entre nous !

— Non ! Je ne peux pas..., fit-elle en regardant un point invisible au sol et abandonnant l'idée de le retenir.

— Très bien. Ce n'est pas grave. Je mettrai un détective sur le coup, et je le retrouverai sans votre aide.

Le ton laconique et évident d'Ethan stupéfia Kaya.

Il est prêt à aller aussi loin... ?

— Vous ne le trouverez pas... jamais.

Ethan put sentir dans le timbre de sa voix toute la vérité d'un constat.

— Qu... Comment ça ? lui répondit-il interloqué.

Kaya ne le regardait toujours pas. Ce point invisible dans le sol semblait être son ancre pour ne pas se perdre. Il put voir ses yeux s'humidifier avant d'entendre dans un léger trémolo :

— Il... Il est mort.

Ethan resta planté là, sans trop savoir quoi dire ou quoi faire. Il s'attendait à tout, sauf à ça. Il repensa à chaque fois où elle l'avait mentionné. Tout s'expliquait. Cette fierté à porter sa robe tel un hommage à leur amour... Ce combat qu'elle avait eu avec lui quand il l'avait embrassée et la rage qu'elle éprouvait... Tout ça pour évoquer sa mémoire ?

Tous deux restèrent silencieux un moment, réfléchissant aux péripéties qui les avaient amenés à cette révélation.

— OK... C'est sûr... Vu comme ça, il ne risque pas de faire de scène de jalousie ! tenta alors Ethan pour détendre l'atmosphère qu'il avait plombée involontairement juste avant.

Kaya le fusilla du regard.

— Bah quoi ? lui dit-il à moitié taquin. Finalement, il n'est pas un problème à notre accord !

— Il n'est peut-être plus là, physiquement, mais il reste ici..., lui répondit-elle avec ardeur en lui montrant de son pouce son cœur.

— Il peut être où il veut, je m'en moque ! lui dit-il alors avec dédain. L'excuse du petit ami que vous m'avez servie ne tient finalement pas la route !

— Bien sûr que si. Je l'aime et je l'aimerai toute ma vie. Je ne vois pas pourquoi je devrais me plier à vos quatre volontés. Je ne serai jamais votre petite amie. Je ne vous dois plus rien. Qui plus est, je vous déteste.

— Je sais. Moi aussi je vous déteste, mais vous allez jouer ce rôle quand même !

Ethan haussa un sourcil et mit ses mains dans ses poches. Son attitude reflétait un élan de supériorité et d'assurance qui fit sourire Kaya.

— C'est ça ! Bonne nuit, Monsieur Abberline !

Kaya tourna ses « grosses vaches » en direction de l'appartement et monta l'escalier qui menait à son palier. Ethan se mordit la lèvre. Il devait la retenir coûte que coûte.

— Combien ? ! lui cria-t-il.

Kaya s'arrêta, le pied à cheval sur une marche.

— Je vous demande pardon ?

— Combien vous voulez ? Votre prix sera le mien.

Kaya ouvrit grand les yeux.

— Vous avez besoin d'argent, non ? Je vous paierai pour votre prestation. Formulons-le comme un contrat si vous voulez. Vous y gagnez, et j'y gagne si on obtient la signature de Laurens. On peut même mettre une clause stipulant que sans signature, pas de prime pour vous !

Kaya le fixa sans vraiment le voir. Elle analysait ses propos. Elle ne savait trop quoi penser de son offre : une façon indélicate de lui dire qu'elle était vénale, un emploi un peu particulier qui pourrait l'aider à régler ses problèmes financiers à défaut de trouver un job ou tout simplement une discussion dans la continuité du cocktail.

— Kaya, s'il vous plait. J'ai besoin de vous.

Ethan regarda Kaya avec insistance et elle put y déceler de la sincérité. Étrangement, elle trouva cela dommage de voir sa sincérité dans un tel cas, mais elle devait admettre qu'elle aimait cette situation où encore une fois, tout le concernant dépendait de son bon vouloir à elle. Il y avait quelque chose d'enivrant, comme une autre façon d'exprimer sa vengeance face à ce type.

— Deux mille euros pour la soirée.

Ethan n'en crut pas ses yeux. Le coup de l'argent avait marché une nouvelle fois. Il s'attendait encore à une pluie de reproches qui finalement ne vinrent pas.

— Kaya... il nous faut être crédible donc une soirée ne suffira pas.

— Comment ça ?

Ethan combla alors la distance entre eux et monta deux marches de l'escalier.

— On est lundi et le dîner est mercredi. Nous n'avons que demain et la journée de mercredi pour apprendre à bien nous connaître et ne pas faire d'erreurs devant lui. De plus, Richard Laurens est connu pour être un gros investisseur qui ne rechigne pas à donner, mais qui est surtout un fin enquiquineur pour se laisser convaincre. Il peut très bien enquêter sur moi et vérifier que je ne suis pas un magouilleur.

Kaya lui afficha un léger sourire moqueur, lui indiquant un « vraiment ? » qui fit sourire aussi Ethan.

— Bon, c'est vrai que ça fait un peu magouille notre affaire, mais il me faut absolument ce contrat. Je suis très sérieux. Je lance une nouvelle gamme bientôt et Laurens a des contacts qui peuvent me permettre de m'implanter sur toute la Scandinavie. Ce contrat n'est pas que pour moi, c'est aussi le fruit du travail de mes employés et de ceux que je pourrais embaucher par la suite. Un petit mensonge à Laurens vaut bien un tel résultat, non ?

Kaya se mit à réfléchir à ses justifications. Elle pouvait admettre son point de vue.

— Combien de temps ça va durer alors ? demanda-t-elle d'une voix plus douce.

— Franchement je ne sais pas. Je pense que cela va dépendre de notre petit jeu et surtout de vous. Vous lui plaisez pour une raison qui m'échappe et c'est là notre plus grand atout. Plus vite vous le convaincrez, plus vite vous serez libérée. Partons sur un mois. Qu'en pensez-vous ?

— Un mois ! s'offensa Kaya. Vous voulez que je vous supporte pendant un mois ! C'est une blague !?

— Je vous ferais dire que ça va être la même chose pour moi et ça ne m'enchante pas des masses ! lui rétorqua Ethan pour se défendre.

— Et si au bout d'un mois, ça ne marche pas ? Vous ne croyez pas que je vais accepter que ça dure toute une vie !?

Ethan se mit à réfléchir. Elle avait raison. Cette proposition était trop ridicule. Et pourtant...

— Si on échoue au bout d'un mois, alors j'abandonnerai l'idée de signer avec lui.

Kaya considéra son offre. Cela semblait raisonnable malgré le fait que tout cela n'avait quand même ni queue, ni tête. Mais il lui fallait encore de l'argent rapidement. Si elle ne donnait pas son versement mensuel à Al et Phil, elle ne donnait pas cher de sa peau.

— Vingt mille euros pour le mois. Plus une prime pour signature de dix mille euros.

Kaya lança son ultimatum sans ciller, sachant très bien que les prix énoncés étaient déraisonnables. Mais c'était une chance inespérée de couvrir ses arrières pendant quelque temps, retrouver son chauffage et régler ses dettes. S'il voulait vraiment son contrat qui lui rapporterait peut-être cent fois plus, sa demande n'était pas si inconcevable que cela.

Ethan fut surpris l'espace d'un instant en s'imaginant les zéros qui s'affichaient dans sa tête. Ce n'était pas une petite somme. Toutefois, il pouvait comprendre qu'elle demande autant sachant qu'elle allait devoir donner de sa personne.

— Marché conclu ! lui dit-il en lui proposant sa main.

— Cinq mille euros versés à la fin de chaque semaine passée en votre compagnie. Je refuse d'être payée à la fin du mois, au risque de ne rien avoir si on se dispute gravement.

Ethan sourit.

Et elle négocie encore, comme la première fois !

— Pas de problème. Oliver s'occupera des versements sur votre compte chaque semaine. Une tierce personne évitera toute tension entre nous à ce niveau.

— Qui est Oliver ? En quoi peut-il être plus de confiance que vous ?

Ethan se mit à rire devant la méfiance toujours plus affirmée de Kaya.

— Oliver est mon meilleur ami. Il est aussi le chef comptable d'Abberline Cosmetics. S'il n'était pas compétent, je ne l'aurais pas embauché !

Cette remarque réussit à convaincre Kaya qui finit par serrer la main d'Ethan. Celui-ci lui sourit et contre toute attente, leva la main de Kaya vers ses lèvres pour lui déposer un baiser. Kaya fut complètement décontenancée par ce geste qu'elle lui avait pourtant réclamé plus tôt. Il lui lança un regard à la fois taquin et séducteur qu'elle ne sut comment interpréter. Était-ce pour se faire vraiment pardonner ? Une façon de finaliser leur pacte ? Autre chose qui pouvait la mettre dans un sentiment d'inconfort total ?

— Parfait ! Rendez-vous demain à neuf heures au Délicatessen pour parler des clauses de ce contrat, Princesse !

Ethan lâcha ensuite sa main et retourna vers sa voiture, en levant la main pour la saluer sans se tourner. Kaya secoua sa tête pour se reprendre.

— Connard frimeur !

- 15 -

CONTRACTUEL

— Qu'est-ce qu'il fabrique ? Le repas va être froid !

La porte d'entrée claqua et Adam enleva ses chaussures. Kaya sourit.

— Hello, mon bébé ! C'est pour toi !

Kaya explosa de rire. Adam affichait un large sourire fier tandis qu'il lui offrait un bouquet de fleurs. Ce n'était pas un de ces bouquets de fleurs hyper travaillés, jouant sur l'harmonie des couleurs et empaquetés dans un beau papier kraft avec un ruban bolduc tout vrillé. Non, lorsque Kaya vit Adam, les bras griffés et ses habits pleins d'herbe et de terre, elle comprit rapidement qu'il avait joué les aventuriers dans un terrain certainement interdit pour piquer ces quelques fleurs sauvages, mélangées à de grandes herbes et dont certaines avaient encore leurs racines.

Elle courut alors dans ses bras et l'embrassa ardemment. Adam était heureux et elle ne voulait que cela.

—Je t'aurais bien offert un vrai bouquet, mais il nous faut garder l'argent donc... Et comme je suis un graannnd romantique et que l'on fête notre anniversaire des « un mois de cohabitation », je me devais de marquer le coup !

— Tu es le meilleur des petits amis, tu sais ? lui dit alors doucement Kaya en serrant un peu plus ses bras contre la taille de son bien-aimé. Le seul truc, c'est que je n'ai pas de vase !

Adam tiqua.

— Ahhhhh ! Eh merde ! Je n'y ai pas pensé ! Dire que mon cadeau était presque parfait !

Kaya se mit à rire alors qu'Adam montrait une mine déçue.

— Ce n'est pas grave... Mon plus beau cadeau, c'est toi ! J'ai une chance énorme de t'avoir et je ne demande pas plus.

Adam laissa tomber le bouquet au sol et resserra son étreinte autour du cou de Kaya avant de cacher son visage et lui dire au creux de son oreille :

— C'est moi le plus heureux des hommes et je ferai tout pour te garder près de moi...

Kaya ouvrit les yeux avec difficulté. Elle était allongée sur le ventre, recouverte par sa couette et un pull d'Adam au-dessus, mais il n'y avait pas d'Adam. Elle était seule. Seule, depuis de longs mois maintenant.

Encore un rêve...

Elle tourna son visage contre l'oreiller, comme pour exorciser la terrible réalité qui venait de la rattraper, comme pour retrouver la magie qu'Adam pouvait exercer sur elle. Elle laissa échapper un grognement las puis finalement tourna la tête vers son mini réveil. Huit heures trente. Il était déjà huit heures trente. Huit heures trente, heure à laquelle beaucoup de monde s'affairait dans les bouchons pour arriver jusqu'à leur boulot, pendant qu'elle se désespérait toute seule, sans argent, ni projets d'avenir, sans même avoir le luxe de penser au bonheur. Huit heures trente.

Kaya alors fit un bond dans son lit d'appoint.

— Merde ! Huit heures trente ! Je suis à la bourre pour voir M. Connard !

Elle jeta alors son coussin contre le mur d'en face.

— Vie de merde ! Pendant que d'autres sont heureux, moi je dois passer un contrat avec l'homme déclaré « Connard de l'année » pour soi-disant me faciliter un peu la vie ! Vie de merde, vie de merde, VIE DE MERDE !

Elle se précipita dans la salle de bains et comme chaque matin, hurla un bon coup en prenant sa douche quasiment froide. Elle s'empressa de se sécher, n'ayant pas de chauffage pour chauffer sa salle de bains, puis de s'habiller tout en grelottant. Elle enfila son jogging, ses baskets, puis se mit de la crème sur le visage, fit sa queue de cheval habituelle, se maquilla légèrement avec son bout de crayon Khôl et claqua la porte tout en enfilant son manteau et son écharpe.

Ethan était en avance. Il avait contacté la veille Abbigail pour qu'elle revoie le planning des prochains jours. Il devait faire de Kaya sa priorité, même s'il savait que Brigitte hurlerait ce matin sa fureur de lui avoir laissé la barque en apprenant son indisponibilité des prochains jours. Il savait aussi qu'elle gérerait superbement le lancement de « Magnificence » malgré sa crise de panique des premiers temps.

Il n'avait cessé depuis hier de penser à toute cette histoire. Il ne savait pas trop dans quoi il se jetait, mais la perspective de retrouver Kaya l'agaçait finalement moins qu'au début. La revoir la veille l'avait stressé, énervé même, mais quand il alluma le contact de sa voiture pour rentrer chez lui, il était toutefois heureux. Un sentiment qu'il trouva lui-même bien étrange la concernant. C'était ça maintenant à chaque fois qu'il la retrouvait. Le même schéma d'émotions : stress, colère puis finalement sérénité et plaisir avec le recul. Outre leurs batailles de mots et de provocations, il aimait sa façon de le surprendre. Il ressortait exaspéré, mais aussi amusé. Oui, elle l'amusait. Tout chez elle relevait du ridicule, à commencer par ses chaussons « têtes de grosses vaches », mais il trouvait au final cela mignon. Et hier, il avait pu entrevoir encore un peu plus d'elle. Il avait pu cerner une fragilité sous sa carapace de battante, mais également pu s'étonner de l'amour qu'elle pouvait porter à cet homme aujourd'hui mort. Quelle relation avaient-ils eu exactement pour que même après sa mort, elle lui porte encore autant de considération ? Était-il possible d'aimer à ce point ?

Plus on aime, plus on souffre... Quelle idiote !

Pourquoi s'acharner à aimer une personne qui vous a abandonnée ? Quel intérêt y trouvait-elle ? Ethan ne comprenait pas la ferveur que l'on pouvait avoir à aimer une personne sachant qu'on était forcément voué à souffrir. Il avait déjà fait l'expérience et avait laissé bien plus que son cœur dans la bataille. Il se caressa alors le torse pour calmer ce picotement lui rappelant la souffrance qu'il avait pu ressentir.

Tout à ses réflexions, il ne vit pas arriver Kaya qui s'assit avec précipitation en face de lui, faisant traîner les pieds de sa chaise dans un bruit sourd. Elle ne lui dit même pas un bonjour, trop essoufflée. Elle lui leva seulement la main pour lui faire signe d'attendre et se pencha en arrière quelques secondes pour reprendre sa respiration. Ethan resta pantois. La tornade venait encore de débarquer. Il se pencha un instant sous la table pour constater sa tenue vestimentaire qui faisait un peu tache face à son costume de travail.

— On vient de courir un marathon ? lui dit-il pour ouvrir la conversation.

Il leva la main pour appeler la serveuse qui écarquilla les yeux en voyant Kaya face au type qui l'avait fait virer plusieurs jours avant.

— Une menthe bien fraîche pour la demoiselle, s'il vous plaît.

La serveuse fit un signe de tête et alla préparer la commande, voyant Kaya inerte, sur le dos de la chaise.

Ethan sortit deux feuilles de son attaché-case et un stylo. Il nota en en-tête « Contrat » sur l'une d'elles. Kaya se redressa pour regarder ce qu'il faisait. Son verre de menthe arriva et la serveuse fit des yeux ronds à Kaya tout en les déviant avec insistance vers Ethan pour tenter de comprendre pourquoi Kaya était avec lui. Celle-ci lui fit un signe de main lui signifiant de laisser tomber. La serveuse haussa les épaules puis partit. Kaya se précipita sur son verre et but d'une traite la totalité du liquide vert.

— Mademoiselle est prête ? On peut y aller ? dit alors Ethan avec dérision.

— Merci. Désolée pour le retard. Prête.

Ethan retourna la feuille et la lui tendit. Il posa le stylo dessus.

— Voici notre contrat que nous allons remplir ensemble. Ce qu'on s'autorise à faire ou pas. Cette seconde feuille est pour vous. Vous noterez tout me concernant et ce qu'il vous faudra apprendre par cœur.

— Et pourquoi vous, vous ne notez rien sur moi ?

— Parce que j'ai une très bonne mémoire..., lui dit-il d'un ton logique.

Kaya croisa les bras, peu convaincue et légèrement vexée. Ethan soupira.

— J'ai un QI supérieur à la moyenne. On m'a diagnostiqué un quotient intellectuel de 150. Autrement dit, je suis doté d'une intelligence supérieure à la plupart des gens et j'ai certaines facilités notamment de mémoire. Satisfaite ?

Kaya fit la moue. En plus d'être un connard, c'était un connard intelligent ! Elle ne pouvait en dire autant. Son niveau d'études n'était pas un exploit à marquer dans les anales, son sens logique encore moins.

— Notez-le sur votre feuille ! lui ordonna-t-il en poussant le stylo vers elle.

— Non merci. Ce détail ne m'apportera rien à part développer votre vantardise.

Ethan croisa les bras et l'observa avec attention.

— Ça... il va falloir l'arrêter.

— Quoi donc ?

— Vos vannes ! Je vous rappelle qu'on est censé s'aimer !

— L'amour peut paraître sous différentes formes..., tenta alors de se justifier Kaya, boudeuse. Laurens a bien aimé mon idée de vous faire saigner sur l'autel, je vous rappelle.

— Ce n'est pas une raison.

— Vous ne croyez quand même pas que je vais jouer la femme complètement entichée de son chéri au point de baver même sur son intelligence ?

Ethan décroisa ses bras et s'avança au-dessus de la table.

— Je veux juste une petite amie qui m'accepte tel que je suis.

Il la fixa droit dans les yeux, ce qui troubla Kaya légèrement.

— Bon courage ! lui dit-elle. Votre nana aura une sacrée patience !

— Elle l'aura puisqu'elle n'a pas le choix... n'est-ce pas ? !

Kaya s'avança alors elle aussi au-dessus de la table et le fixa d'encore plus près, loin de se laisser démonter par l'aplomb de son interlocuteur.

— On a toujours le choix dans la vie. Par ailleurs, la vie est faite de compromis qui sont aussi valables pour les personnes ayant un QI de 150. Il va vous falloir apprendre à faire avec mes vannes !

Ethan se recula et sourit. Il adorait la teneur de leurs propos. Elle se débattait comme une lionne et ne lâchait pas un centimètre de territoire, même pour un détail sans réelle importance. Rien à voir avec toutes ces femmes sophistiquées qui s'entichaient de lui et qui s'extasiaient effectivement sur toutes ses qualités. Lui qui avait pour habitude de dominer la situation et de gérer ses relations privées d'un regard supérieur, se retrouvait à armes égales devant cette femme. Si au départ, cette idée l'avait gêné, aujourd'hui il pouvait s'en accommoder, tel un défi en vue de la faire capituler bientôt.

— Votre couleur préférée ?

Kaya fut surprise par le changement de sujet si brutal.

— Euh… J'aime bien le bleu et le vert.

— On a dit « préférée » ! Ce qui sous-entend une seule ! lui dit-il alors sèchement.

— Rhooo ! Ça va ! Bleu ! Et vous ?

Ethan fit la grimace.

— Bleu…, marmonna-t-il vexé d'avoir un point commun. Notez !

Kaya marqua tout en râlant « couleur préférée : bleu ».

— Plat préféré ? continua-t-il tel un interrogatoire face à une criminelle.

— Sushiiiiiiis ! cria-t-elle presque avec un grand sourire qui fit sursauter Ethan. J'adore ça ! Si vous saviez à quel point je me régale.

Ethan retrouva cette lueur de bonheur dans ses yeux. La même que celle qu'il avait pu apercevoir lors de leur petite crêpe-party.

— Malheureusement, ça fait très longtemps que je n'en ai pas mangé. C'est tellement cher. Et vous ?

— Lasagnes. Notez !

Kaya nota en soufflant.

— Ça vous arrive d'être plus expansif sur des trucs que vous êtes censé adorer ? gronda-t-elle, dépitée par leurs différences de comportement.

La question déconcerta Ethan. Oui, il adorait les lasagnes. Pouvait-il pour autant se montrer expansif en le mentionnant ? Était-il vraiment un homme expansif ? Il était certain que non. Ce trait de caractère ne figurait pas dans la liste de ses attitudes. C'était même plutôt le contraire. Il se frotta la tête et contempla sa mine boudeuse pendant qu'elle soulignait le mot lasagnes avec exaspération.

Elle a dit « compromis »… Allez, un effort Ethan !

— Cindy m'en fait toujours de délicieuses.

Kaya releva la tête, étonnée par cette anecdote. Elle lui sourit, ravie de voir qu'il faisait un effort. Ethan se renfrogna, agacé d'abdiquer devant sa technique du « Je boude pour la forme.».

— Qui est Cindy ? lui demanda-t-elle tout sourire.

Ethan tourna la tête pour ne pas voir sa mine réjouie.

— C'est... ma mère adoptive.

Kaya chercha à sonder son esprit à travers son visage inexpressif puis finalement nota le prénom de Cindy sur la feuille.

— Cindy Abberline... donc Belle-Maman. Et Beau-Papa ?

Ethan tourna à nouveau la tête vers Kaya brutalement, surpris qu'elle nomme ses parents comme Beau-Papa et Belle-Maman. Jamais aucune femme ne s'était autorisée à aller jusque-là avec lui.

— Quoi ? demanda-t-elle, interloquée par sa réaction de surprise. Il faut bien que je sache qui est ma belle famille si c'est sérieux entre nous, non ?

Ethan ne sut quoi répondre. Elle n'avait pas tort, mais en même temps, c'était la faire rentrer dans son monde et cela le déstabilisait. Mais devant son regard plein d'attente, il daigna répondre.

— Charles Abberline.

Kaya sourit et nota. Elle posa son stylo puis le regarda droit dans les yeux. Elle se tritura alors les doigts, cherchant quelque chose à dire.

— Ma mère est morte quand j'avais six ans d'un cancer. J'ai été élevée par mon père qui est décédé également quand j'ai eu vingt-trois ans. Je n'ai pas de frères, ni de sœurs.

Elle glissa alors son regard vers son stylo, le regard vide. Ethan resta une fois de plus sans voix. Il comprit alors la solitude de cette femme, sans famille, son petit ami décédé.

— Votre dessert préféré ? lui demanda-t-il pour changer de sujet.

Kaya sourit.

— C'est évident ! Le brownie !

Ethan sourit.

— Il veut que vous lui en rameniez un mercredi soir.

— OK ! Tant mieux !

Ethan appela la serveuse et commanda un brownie pour Kaya qui ne s'attendait pas à cette gentillesse.

— Vous... vous n'êtes pas obligé de...

— Vous êtes ma petite amie et on vient de parler d'un sujet délicat.

Kaya ne dit rien, mais fut touchée. Elle attrapa son stylo ne sachant quoi faire face à cette bienveillance soudaine.

— J'adore les glaces et j'ai un grand frère et une petite sœur, eux aussi adoptés, comme moi.

Ethan expira un grand coup comme s'il venait de révéler un terrible fardeau. Kaya le regarda un instant. Il la fixait avec appréhension. Elle sourit alors puis nota ses révélations.

— Max et Claudia..., ajouta-t-il pour qu'elle le note également.

Kaya nota également Oliver, comme meilleur ami. Ethan sourit en voyant qu'elle s'en souvenait.

— Vous pouvez rajouter Samuel, Brigitte, Simon et Barney.

Kaya leva la tête de sa feuille, une nouvelle fois stupéfaite par ses aveux.

— Ils sont importants dans ma vie, précisa-t-il pour justifier sa liste de prénoms. Sam est mon avocat, spécialiste juridique d'Abberline Cosmetics. Brigitte est ma chargée de communication de l'entreprise. Simon est avec Barney. Ils sont gay. Ils tiennent un bar discothèque dans lequel j'ai des parts. Hormis Barney, je connais les autres depuis la fac. Ce sont des amis proches.

Kaya nota toutes ses révélations avec attention. Elle put voir que c'était un homme finalement très entouré. Une réelle contradiction à lui tout seul : arrogant connard plein d'amis. Qui pouvait l'accepter comme ami au point de vouloir travailler pour lui ? Étaient-ils tous comme lui ?

— Et vous ? Vos amis ?

Kaya ripa la mine du stylo dans sa feuille. Elle attendit quelques secondes avant de répondre.

— Je n'ai pas d'amis. Non, en fait, je n'en ai plus.

Ethan écarquilla les yeux. C'était la troisième fois qu'elle lui annonçait un fait de sa vie qui sonnait comme une fatalité, la première étant que son petit ami n'était plus là, la seconde qu'elle n'avait plus de famille. Il put y voir une certaine gêne avant qu'elle ne se reprenne avec un petit sourire forcé.

— Mais ce n'est pas plus mal ! Ça vous évitera de le retenir dans votre super cerveau !

Le brownie arriva. Elle se jeta dessus, comme pour absorber sa tristesse et son malaise en même temps. Ethan la regarda faire, abasourdi par ce qu'il apprenait d'elle. Il comprenait à présent son caractère, le poids sur ses épaules qu'elle traînait, mais aussi peut-être son besoin d'argent. Finalement, il pouvait admettre qu'ils avaient eu tous deux un passé difficile et regretta un peu de l'avoir autant fustigée.

— Vous rencontrerez une partie de mes amis aujourd'hui..., lui dit-il alors de façon neutre. Nous leur dirons la vérité pour qu'ils puissent nous aider au cas où.

— D'accord. Ça veut dire que vous allez me montrer votre lieu de travail ? lui demanda-t-elle, la bouche pleine.

— Oui.

— Je vais rentrer dans les locaux d'Abberline Cosmetics ? lui reformula-t-elle aux anges après avoir avalé.

Ethan afficha un sourire fier.

— Ça vous plaît ?

Kaya opina du chef.

— Avant ça on finit ! lui dit-il en tapotant les feuilles du bout des doigts. Votre chanson préférée ?

— *Always*, Bon Jovi. Adam l'aimait beaucoup aussi. Il me disait qu'il m'aimerait toujours. Il adorait ce mot. Toujours. Et vous ?

Ethan inclina sa tête. Tout tournait-il toujours autour de cet « Adam » ?

— Moi ? Aucune idée. Mais ce ne sera pas une chanson pour midinette comme vous ! J'aime beaucoup de styles. Pas de préférence particulière. Et je parie que comme 80 % des femmes vous adorez *Dirty Dancing*.

Kaya se mit à rougir et baissa les yeux.

— Évidemment..., soupira Ethan consterné.

— Et moi je parie que vous êtes fan de Marvel !

Le visage éberlué d'Ethan fit rire Kaya.

— Évidemment..., commenta-t-elle avec humour.

— Ils sont géniaux, faut le reconnaître ! dit-il alors convaincu. Ils sont même capables de faire des crossover entre chaque histoire, chaque héros. Il y a tellement de potentiel.

Kaya rigola en voyant enfin Ethan s'exprimer avec un plaisir évident. Ethan cessa instinctivement son discours, confus.

— Parlons des termes du contrat, lui proposa-t-elle alors. On est d'accord avec les conditions de paiement d'hier ?

Ethan hocha positivement de la tête pendant qu'elle écrivait sur la feuille du contrat les conditions.

— Parlons des clauses. Il est évident que pour être crédible, je vous embrasserai si nécessaire.

Kaya le regarda et constata l'air déterminé d'Ethan.

— Vous voulez dire sur la bouche ?

Ethan se rapprocha à nouveau d'elle et posa ses avant-bras sur la table.

— Vous préféreriez sur vos fesses ?

Kaya se sentit rougir à nouveau.

— Je suis vraiment obligée de faire ça ?

— Où est le problème ? On l'a déjà fait une fois, non ? Une de plus ou de moins, vos lèvres connaissent maintenant les miennes.

Kaya repensa au baiser qu'il lui avait volé. Ce baiser qui avait fait disparaître l'empreinte des lèvres d'Adam.

— Je ne veux pas que vous me touchiez ailleurs..., lui dit-elle alors d'une petite voix.

Ethan considéra sa demande. Toucher ailleurs... Avait-elle vraiment détesté qu'il s'aventure ailleurs ?

— Il y a un minimum syndical pour être crédible. Je dois pouvoir vous prendre dans mes bras, voire déposer des baisers dans le cou. Mais si vous êtes si soucieuse, sachez que je n'irai pas mettre mes mains sous vos vêtements. Ça vous va ?

Kaya répondit affirmativement. Il put constater son visage rassuré.

— Vous pourrez faire de même dans la mesure où c'est nécessaire, mais par contre, ne touchez pas mon torse.

Kaya le fixa de manière interrogative.

— Ne me demandez pas pourquoi. C'est comme ça. Notez-le sur le contrat.

Elle notifia cette clause en silence, se demandant intérieurement les raisons de cette interdiction.

Qu'importe, je n'ai pas l'intention de le toucher !

— Autre point. Pour garantir la réussite du projet, vous devrez vivre avec moi.

Kaya resta immobile, se répétant dans sa tête les mots de son futur petit ami. Elle se leva brusquement de sa chaise et cria :

— PARDON ? !

Les clients du Delicatessen se tournèrent vers eux, interrompus dans leurs discussions. Kaya se pencha en avant pour s'excuser auprès d'eux, confuse d'avoir été si peu discrète. Elle se rassit ensuite.

— Je ne crois pas que ce soit nécessaire..., lui répondit-elle alors doucement, les mains sur ses genoux.

— Bien sûr que si ! Je vous ai dit qu'il était capable d'enquêter sur moi.

— Et alors ? On peut être ensemble, sans vivre pour autant sous le même toit !

— Je ne veux rien laisser au hasard. Vous lui plaisez donc par extension, si vous me plaisez, je lui plairai. C'est aussi simple que ça. Plus je montrerai de l'intérêt à la femme qu'il apprécie, plus il se dira que nous avons les mêmes goûts, les mêmes affinités. Et il sera alors plus enclin à signer !

Kaya plissa les yeux.

— Le machiavélisme dans toute sa splendeur !

— Non, la perspicacité et la logique dans toute sa splendeur ! De plus, en étant chez moi, nous pourrons apprendre à mieux nous connaître encore. Travaillant la journée, il ne me reste que le soir et les week-ends pour vous voir. On gagnera du temps comme ça.

Kaya jura en silence. Ce type avait vraiment le don d'avoir réponse à tout.

Foutu QI de connard !

Ethan attrapa le contrat et le tourna vers lui. Il se saisit du stylo qu'elle tenait dans ses mains et commença à écrire la phrase « Les deux parties s'autorisent à rajouter en annexe de nouvelles clauses au besoin », suivie d'un « les informations partagées resteront de l'ordre du privé et ne seront aucunement divulguées à une tierce personne ou à un organisme pouvant nuire à l'identité de chacune des deux parties. ». Il ajouta alors un « lu et approuvé » et sa signature. Le geste rapide et sec de sa signature fit presque peur à Kaya qui pouvait percevoir dans ce simple rituel l'homme d'affaires impitoyable. Il tourna à nouveau le contrat vers elle et lui rendit le stylo.

— Signez maintenant, nous n'avons pas beaucoup de temps. Nous compléterons si nécessaire.

- 16 -

COMPLOTEUR

Kaya n'osait dire un mot. Ils étaient dans sa Corvette Stingray en direction de son bureau et elle commençait à se demander si tout cela avait vraiment un sens. Elle avait signé, mais n'aurait su dire dans quoi elle s'engageait vraiment. Ils avaient défini les grandes lignes, mais le doute était toujours là. Jouer la petite amie d'un homme comme Ethan Abberline était inimaginable et pourtant, c'était elle qui devait s'y coller. Comment allaient-ils gérer le truc ? La perspective de vivre avec lui ne l'enchantait pas vraiment. Outre le fait d'avoir pris l'habitude de vivre seule, elle avait du mal à se faire à l'idée de cohabiter avec un autre homme qu'Adam. Ethan Abberline était en train de s'imposer dans sa vie tel un bulldozer défonçant tous les fondements sur lesquels elle reposait. Effacer les baisers d'Adam par le sien ou la mener à l'extase ne suffisait pas, il fallait encore qu'elle joue le rôle de petite amie et qu'elle vive avec lui. Cette intrusion qu'elle ressentait comme une agression dans son jardin privé qu'elle avait mis en place avec Adam l'incommodait. Le seul avantage qu'elle y trouvait était bien sûr l'argent, mais aussi le fait de vivre dans un endroit chauffé, avec de l'eau chaude et de l'électricité.

Elle pouvait sentir qu'il ébranlait son quotidien depuis qu'elle l'avait rencontré sans qu'elle puisse vraiment se défendre. Il utilisait avec arrogance ses failles pour la faire plier. Mais pire que ça, elle ne pouvait se permettre de refuser son offre, car elle sentait que malgré leurs différends et leurs caractères opposés, il pouvait l'aider à rompre la triste monotonie qui la fatiguait, qu'il pouvait ne serait-ce qu'un temps, l'aider à sortir la tête hors de l'eau et respirer un peu. Était-ce cela sa croix ? Pouvoir vivre quelques jours avec sérénité sous l'unique condition de devoir se farcir ce type vingt-quatre heures sur vingt-quatre ? Était-elle seulement capable de le supporter ? Était-elle capable de jouer l'amoureuse éperdue d'un homme qui l'agaçait par sa simple présence ?

Ethan tenait son volant du bout des doigts, l'air plus décontracté qu'il ne l'aurait cru. Finalement, ils commençaient à communiquer sans trop se disputer. Fait tellement incroyable qu'il pourrait presque en rire. Il commençait aussi à découvrir une femme encore plus complexe et mystérieuse qu'elle ne le paraissait et cela l'intriguait davantage. Vivre avec elle n'était pas l'idée la plus judicieuse de l'année. Elle allait s'immiscer dans son intimité et il allait devoir faire avec. Il n'acceptait déjà pas qu'une femme passe la nuit chez lui alors comment avait-il pu lui proposer un tel deal ? En y réfléchissant, il se serait donné des gifles, tant cela ne lui ressemblait pas. Jouer le mec d'une femme qu'il avait plus envie d'étrangler que d'embrasser était déjà risible en soi, mais lui proposer de vivre avec lui était encore plus stupide. Pourtant, quand il avait ajouté comme clause au contrat cette cohabitation, il avait senti cette injonction comme une évidence. L'opposition qu'elle lui avait montrée et les arguments qui la justifiaient étaient tout à fait pertinents. Lui aussi pouvait estimer cette promiscuité comme inutile à leur contrat. Pourtant en vivant avec, il satisferait sa curiosité malsaine. Et c'était bien cela qui l'avait poussé à faire une telle demande. Cette femme, outre le fait qu'elle l'agaçait, l'attirait pour une raison qu'il n'arrivait pas à comprendre. Elle arrivait à le déstabiliser et il ne le supportait que difficilement. Et c'est bien cette façon de le désarçonner constamment qui l'avait poussé à se montrer abject avec elle, à lui rendre coup pour coup dans un premier temps, telle une vengeance, alors que d'après ce qu'il avait pu comprendre depuis, elle semblait aussi inoffensive que désintéressée par lui. N'était-ce pas là le nœud du problème ? Qu'elle se désintéresse complètement de lui alors qu'il ne cessait de vouloir en savoir plus sur elle à chaque rencontre ?

Il jeta un œil vers elle, son silence l'inquiétant bien plus que tous les mots acerbes qu'elle aurait pu lui jeter à la figure. Elle regardait fixement la route, perdue dans ses pensées. À quoi pouvait-elle bien songer ? À lui ? À leur contrat ? À son petit ami ?

Ethan crispa ses doigts sur le volant.

— Nous sommes presque arrivés. Abberline Cosmetics n'est pas très loin de chez moi.

Kaya sortit de son mutisme et lui sourit machinalement. Elle était vraiment ailleurs. Il braqua alors en direction d'un complexe de bureaux en plein cœur de Paris et fit pénétrer son bolide dans un parking souterrain. Kaya, peu rassurée, ne savait pas trop quoi dire ou faire. Elle sortit de la voiture une fois celle-ci garée. Ethan se frotta la tête de façon lasse. Cette première journée face à ses amis allait être déterminante.

— Suivez-moi.

Kaya emboîta le pas d'Ethan. Il ouvrit une porte qui donnait sur un petit espace avec un ascenseur puis appuya sur le bouton d'appel et attendit jusqu'à ce que les portes s'ouvrent. Ils pénétrèrent dedans et Ethan actionna la touche 0.

— Nous allons atterrir dans le hall d'Abberline Cosmetics. Nous devons retrouver ma clique pour onze heures. Nous sommes donc tout juste à l'heure. Je ne vous ferai pas tout visiter, car je n'en vois pas l'intérêt. Vous n'avez pas besoin de tout savoir. Je préfère aller à l'essentiel.

— Si Monsieur en a décidé ainsi alors...

Ethan la regarda un peu surpris, mais aimait son ironie.

— Désolé, je suis un meneur d'hommes. Il faudra vous y faire !

— Pfff ! Meneur d'hommes... Un emmerdeur, oui !

Les portes de l'ascenseur s'ouvrirent à nouveau et une cacophonie leur parvint aux oreilles.

— Laissez-moi le voir ! Je veux lui parler ! Il me doit bien ça ! Je vous jure que je serai très rapide !

— Mademoiselle, nous sommes désolés, mais Monsieur est indisponible pour le moment. Appelez-le, ce sera plus simple pour vous.

— Il ne répond pas à mes appels et sa secrétaire refuse de m'accorder un rendez-vous avec lui ! Je n'ai pas le choix, je dois monter à son bureau. Laissez-moi passer.

Une grande jeune femme blonde avec une robe lui tombant au-dessus des genoux et un manteau long noir se précipita vers un ascenseur se trouvant à l'opposé du hall. Deux agents de sécurité la rattrapèrent pour la saisir sous les bras et l'empêcher d'aller plus loin.

— Lâchez-moi ! hurla-t-elle ! Lâchez-moi ! Ethan ! Je dois te parler !

Ethan se frotta le front, blasé.

— Ce n'est pas vrai ! Voilà bien pire emmerdeuse que je ne le suis, Mademoiselle Levy.

Il attrapa alors la main de Kaya qui l'observa un instant dans la sienne avec circonspection et le suivit jusqu'à la source de la querelle au milieu du hall.

— Alexia, arrête ce vacarme ! trancha alors Ethan gravement, le regard dur. Tu es dans un lieu public où les gens n'ont pas besoin de connaître tes états d'âme. Je te demanderai donc un peu de tenue.

Alexia se redressa en voyant Ethan venir vers elle et se détacha des mains des agents de sécurité. Elle lui afficha le plus grand des sourires qui retomba aussi vite quand elle visa du regard sa main dans celle de Kaya.

— Je suis là. Que me veux-tu ?

Ignorant totalement Kaya, Alexia leva la tête de façon hautaine et se jeta sur lui de façon mielleuse. Ethan eut un mouvement de recul. Il lâcha la main de Kaya pour libérer ses mains et faire barrage aux mains aventureuses d'Alexia sur son torse.

— Qu'est-ce que tu fabriques ? s'énerva Ethan.

— Je te rappelle combien notre proximité était fusionnelle.

Ethan s'esclaffa.

— On n'a jamais été proches, Alexia.

Kaya leva les yeux au ciel.

Et me voilà au milieu d'une querelle d'amoureux... super ! Je veux être chez moi ! Ouinnnn !

— Ethan, je sais que j'ai déconné avec la presse people. Mais je n'aurais jamais pensé que cela prenne de telles proportions. Je te le jure !

— Alexia, c'est terminé. Tu es mannequin, je suis PDG et parler à la presse de notre situation était ridicule. Par ailleurs, maintenant, j'ai une autre petite amie.

Il attrapa alors Kaya par la taille, qui poussa un petit cri de surprise. Jamais il n'aurait pu croire que Kaya pourrait autant lui sauver la mise un jour. Alexia considéra le nouveau couple sous ses yeux et grimaça, ce qui déplut instinctivement à Kaya.

— Tu vas vite la quitter. Regarde-la ! Elle n'a aucune classe ! Tu ne peux pas te pavaner avec « ça » ! commenta-t-elle alors de façon condescendante.

Kaya s'imagina toutes les façons dont elle pourrait lui tordre le cou. Elle n'avait certes pas la classe d'un mannequin, ne portait pas des habits chics, mais elle avait un prénom ! Elle était une femme, pas « ça ».

— En attendant, je suis avec elle et je ne retournerai pas vers toi.

— C'est parce que je ne t'ai pas rappelé certaines choses ! lui rétorqua-t-elle avec un regard plus langoureux. Laisse-moi te montrer à nouveau. Laisse-moi t'embrasser pour commencer.

Ethan souffla, désabusé tandis que Kaya ne rêvait que d'une chose : être loin de cette mascarade. Elle pouvait cependant admirer le toupet de cette femme qui faisait un véritable rentre-dedans à celui qui était censé être son petit ami, juste devant ses yeux. Cette femme pouvait se considérer chanceuse que ce ne soit pas Adam, car elle lui aurait montré de quoi « ça » était capable pour marquer son territoire.

— Non, les seuls baisers dont j'ai envie de me rappeler, ce sont les siens...

Ethan fit alors basculer Kaya devant lui et l'embrassa sans ménagement sous les yeux médusés des deux femmes. Il la releva aussi brusquement qu'il l'avait fait pencher et se détacha lentement de ses lèvres avec un grand sourire. Kaya, voyant son sourire fier et ne s'attendant pas à cela, posa ses mains sur son torse et le repoussa brusquement en arrière.

— Non, mais ça ne va pas ! cria-t-elle presque, complètement paniquée et perdue.

Ethan la fixa alors de façon sévère, le corps tendu tandis qu'Alexia et les deux agents de sécurité cherchaient à comprendre ce qui se passait. Kaya se ressaisit en sentant le regard noir d'Ethan sur elle. Il avait les mâchoires crispées et ne disait rien. Pourtant, il était simple de comprendre la raison de sa colère et Alexia s'en réjouit.

— Tu vois, elle n'aime même pas tes baisers ! Visiblement, elle ne souhaite pas s'en rappeler, elle !

Alexia gloussa, ce qui ajouta à la tension entre Ethan et Kaya qui ne se quittaient pas du regard.

— Laisse-la tomber, je te dis !

Kaya baissa les yeux. Elle comprit qu'il fallait vite réparer sa bourde. Elle avait signé, elle n'avait pas d'autre choix que de jouer son rôle le mieux possible.

— Je... je n'aime pas trop que tu m'embrasses devant tout le monde..., dit-elle alors timidement.

Le regard noir d'Ethan flancha un instant. Alexia continua à glousser pour bien se moquer de Kaya qui la fusilla des yeux. Elle se redressa et leva le menton de manière à se mettre au niveau de sa concurrente.

— Je préfère garder nos... étreintes pour nous deux. Juste nous deux. Personne d'autre.

Ethan relâcha totalement la pression de ses muscles.

— Elle n'a pas besoin de savoir tout ce qu'on peut faire ensemble..., ajouta-t-elle d'une voix embarrassée et douce. C'est notre jardin secret. Pas vrai ?

Ethan se mit alors à rire, consterné par la pirouette qu'elle avait réussi à faire. Une fois de plus, elle le prenait à contre-pied et montrait une facette d'elle particulièrement mignonne. Autre point non négligeable : elle avait vexé Alexia qui se mordait la lèvre inférieure de jalousie. Jamais il n'aurait cru qu'elle puisse se rattraper de sa bourde d'une façon aussi enfantine et pudique. Il fit un pas vers Kaya qui eut un moment d'hésitation, ne sachant ce qu'il allait faire, et l'attrapa à nouveau par la taille. Il posa son front sur le sien ainsi que le bout de son nez contre celui de sa pseudo petite amie qui se mit à rougir de cette proximité imprévue.

— Notre jardin secret ? Je te confierai plein de secrets de ce genre en privé, mais je ne pense pas pouvoir cacher aux autres mon envie de t'embrasser, ma princesse. Il va falloir t'y habituer !

Kaya se mit à rougir encore plus. C'était plus fort qu'elle et elle ne souhaitait qu'une chose : prendre de la distance vis à vis de lui. Être le plus loin possible de lui. La gêne se mélangeait à la panique. Panique de quoi ? D'être trop proche d'un autre homme qu'Adam ? D'être si désarmée face à ses mots pour le moins troublants ? Malheureusement, il la serrait contre lui et ne cessait d'examiner chacune de ses réactions, ce qui l'embarrassait encore plus.

— Lâche-moi..., lui murmura-t-elle tel un ordre.

Ethan rigola de plus belle. Cette façon de s'énerver la minute d'avant puis de faire sa fille timide juste après et enfin lui donner un ordre pour finir l'amusait. Il trouvait cela adorable. Tant de traits de caractère en une seule personne... c'était incroyable. Sa gêne la rendait attirante et il avait encore plus envie de la taquiner. Elle posa ses mains sur ses avant-bras pour tenter de lui faire lâcher prise, mais il n'en avait aucune envie. Elle regardait à droite, à gauche, n'importe où pourvu que ce ne soit pas ses yeux, comme si elle se sentait encore plus en danger si elle le regardait. C'était ce genre de moment qu'il cherchait à retrouver. Celui où elle baissait sa garde, déposait ses boucliers et restait une femme déstabilisée et fragile. Cette femme qui pouvait montrer sa candeur et sa fraîcheur. Une femme qu'il avait pu percevoir dans les vestiaires du Silky Club.

— Ethan..., gémit-elle encore plus troublée. S'il te plaît !

Il la serra un peu plus dans ses bras, ce qui l'ébranla davantage et effleura son oreille de ses lèvres.

— Intéressant tout ça. On se tutoie maintenant ? Par ailleurs, j'aime bien ta façon de gémir en disant mon prénom !

Ethan put enfin capter son regard offusqué. Kaya le tapa sur l'épaule en protestation. Ethan recula et rigola à nouveau. Il se tourna alors vers Alexia.

— Je crois que nous n'avons plus rien à nous dire. Maintenant, excuse-nous, mais on est attendus.

Il regarda alors avec un sourire taquin Kaya.

— Je peux te tenir la main ou je dois aussi le compter dans la liste des choses que l'on fait juste nous deux, sans personne d'autre ?

Kaya lui tira la langue pour seule réponse dans une grimace d'agacement. Il lui attrapa la main et la tira alors à lui et ils se rendirent vers l'autre ascenseur menant vers les bureaux.

Ethan appuya sur la touche 3 et les portes se refermèrent.

— Je retire cent euros sur la paie pour m'avoir repoussé, petite amie ! lui dit-il alors amusé.

Kaya ouvrit la bouche de stupéfaction puis pinça ses lèvres pour se retenir de lui donner tous les noms d'oiseaux qui lui passaient par la tête.

— J'ajoute cent euros sur ma paie pour chaque nana qui m'obligera à défendre mon statut de petite amie !

Ethan se mit à rire.

— Tsss... Je risque d'être vite ruiné alors ! La liste est longue...

Il regarda alors en l'air en faisant semblant de siffler tandis que Kaya lui faisait les gros yeux. Les portes de l'ascenseur s'ouvrirent à nouveau.

— Je rajoute dans les clauses : mon petit ami me doit l'exclusivité ! renchérit-elle.

Ethan pouffa.

— Mademoiselle est déjà possessive ! Ne tombez pas amoureuse de moi, princesse. Vous perdez votre temps.

Kaya lui passa devant, la tête haute.

— Ce n'est pas une question de possessivité, mais de principe. Pour être crédibles devant Laurens, vos conquêtes actuelles devront prendre un ticket d'attente. Par ailleurs, vous pouvez aussi le mettre sur votre contrat : je ne tomberai jamais amoureuse de vous ; je suis déjà amoureuse. Vous n'avez pas de soucis à vous faire à ce niveau. C'est par où ?

Ethan posa sa main sur ses reins et la guida vers un couloir menant à une porte. Sa remarque était juste, mais il ne put s'empêcher d'être contrarié par le fait qu'elle avait un amour et lui n'en avait pas le droit.

Je me demande comment elle serait si elle était jalouse...

Ethan ouvrit la porte et Kaya put voir une grande salle où se trouvaient attablés deux hommes et deux femmes.

— Te voilà enfin ! lâcha Oliver qui regarda sa montre.

— Désolé, nous avons été retenus en bas.

Ethan attrapa une nouvelle fois la main de Kaya et traversa la salle pour se positionner au bout de la table.

— Ne me dis pas que je me tape tout le boulot à cause d'une femme ? lança alors sarcastique Brigitte, qui voyait d'un mauvais œil leurs mains liées.

Ethan souffla, cherchant par où commencer. Kaya se sentait scrutée à la loupe.

Voilà donc ses amis ?

— Je vais faire bref…, commença Ethan. Voici Kaya Levy. Kaya, voici Oliver, Sam, Brigitte et Abbigail. Abbigail est ma secrétaire. Les autres, tu te réfères à la fiche.

Kaya tenta de se remémorer la fiche et le passage de ses amis. Elle se rendit compte qu'effectivement, elle allait devoir bachoter, car il ne l'aiderait pas. Les amis d'Ethan, quant à eux, essayèrent de comprendre le pourquoi du comment de sa présence.

— Kaya est ma petite amie. Petite amie fictive ! Mais il n'y a que vous qui le savez et cela ne doit pas sortir d'ici. Est-ce clair ?

Tous se regardèrent, faisant des mouvements d'épaules d'incompréhension ou des grimaces de stupéfaction.

— Petite amie… fictive ? répéta Oliver incrédule.

— Oui. Nous avons signé un contrat.

— Quoi ? fit Brigitte interloquée.

— Kaya est mon laissez-passer pour parvenir à signer un contrat…, répondit de manière laconique Ethan.

— Écoute, je sais que tu n'aimes pas tourner autour du pot, mais là, je suis largué…, fit Sam. Tu as signé un contrat avec elle pour qu'elle t'aide à signer un autre contrat ? C'est ça ?

Ethan leva les yeux au ciel et Kaya se mordit la langue. À l'entendre comme ça, c'était invraisemblable, c'était sûr.

— C'est ça. Un contrat avec un investisseur.

— Et on peut savoir qui ? demanda Oliver sceptique du complot.

— Richard Laurens.

Un silence de quelques secondes s'installa dans la salle de

réunion.

— Le Richard Laurens de Laurens Inc. ? demanda Brigitte incrédule.

— Le Richard Laurens qui a investi dans plusieurs énormes firmes en France et qui a des capitaux en Scandinavie ? continua Sam abasourdi.

— Celui-là même.

Tout le monde se remuait sur sa chaise tandis qu'Abbigail applaudissait de joie, sachant ce que ce genre d'hommes pouvait apporter à l'entreprise.

— Oh putain, merde ! lâcha Sam.

— Comme tu dis ! fit Brigitte.

— Kaya va donc vivre avec moi pendant un mois, le temps de l'amadouer. Laurens apprécie Kaya et pense que nous sommes ensemble. Nous allons le laisser croire cela afin qu'il se sente en confiance pour signer un contrat avec Abberline Cosmetics. Nous dînons avec lui demain soir. Je compte donc sur vous pour nous couvrir.

— Attends, attends, attends ! dit alors Oliver perdu. Elle va vivre avec toi ? Tu es sûr de ce que tu fais ?

Oliver le regarda avec insistance. Ethan comprit immédiatement où il voulait en venir.

— Sûr, je ne sais pas... mais il y a des sacrifices qui sont nécessaires...

Ethan prit un ton blasé choquant Kaya, qui le poussa d'un coup de hanche.

— Celle qui fait le plus de sacrifices, c'est moi dans l'histoire alors un peu de respect !

Les yeux se braquèrent alors à nouveau sur elle et elle put constater qu'elle avait choqué par son propos, vu leurs têtes étonnées. C'était la première fois qu'elle ouvrait la bouche depuis qu'ils étaient entrés dans cette salle et tout ce qu'elle venait de faire, c'était de se défendre en le chambrant.

— Rhaaa ! Ça va ! Celui qui a le plus morflé jusqu'à présent c'est moi, je crois ! dit alors Ethan, irrité par sa remarque.

— Quoi ! Qui est-ce qui m'a fait virer deux fois de mon boulot ? ! lui répondit Kaya, choquée par son manque de compassion.

Tous deux se tournèrent l'un face à l'autre, prêts à montrer qui faisait les plus gros efforts depuis le début.

— On ne va pas remettre ça sur le tapis ! répondit-il en levant les mains au ciel, fatigué de débattre de choses passées.

— Et pourquoi pas ! C'est à cause de vous que je suis obligée de vivre ce cauchemar éveillé !

— À la bonne heure ! Sans moi, vous n'auriez pas un pactole qui vous attend au bout de ce mois ! Alors, arrêtez de vous plaindre ! Et puis on se vouvoie à nouveau ? Ma parole, mais vous êtes plus changeante que la météo !

Un bruit de chaise interrompit leur discussion musclée. Tous deux tournèrent la tête vers Sam qui venait de se lever, les yeux écarquillés et l'index levé vers Kaya.

— Pas possible ! C'est elle ! fit-il alors avec un grand sourire ! C'est la nana qui t'a émasculé !

Abbigail, Oliver et Brigitte se tournèrent vers lui.

— Elle a fait quoi ? firent-ils tous en chœur.

Ethan se tapa le front avec la paume de sa main tandis que Kaya le regardait d'un air suspect.

— Vous lui avez déjà parlé de moi ? Vous lui avez dit quoi au juste sur moi ?

— Euh... eh bien...

Sam se dirigea vers eux et la prit dans ses bras. Tous regardèrent la situation avec surprise.

— Sam ! s'étonna Brigitte.

— Ma copinnneeeee ! fit alors Sam à son oreille, sous les yeux ahuris d'Ethan.

— Eh ! Ce n'est pas la tienne, c'est la mienne ! dit alors Ethan en attrapant Kaya par le bras pour la détacher de l'étreinte de Sam. Ne commence pas tes conneries !

— Pardon !? se leva cette fois-ci Oliver, complètement interloqué par l'attitude de son ami soudainement jaloux.

— Silennnccceeee ! trancha alors Brigitte.

Brigitte était elle aussi debout, les poings collés contre la table et passablement énervée.

— Oliver, assis ! Sam, à ta place *immédiatement*. Ethan...

Ethan glissa Kaya derrière son dos, attendant la terrible sentence avec son regard de PDG qui ne flancherait pas.

— Ethan... j'ai soif ! Sers-moi à boire !

Oliver se rassit, Sam retourna tristement à sa place et Ethan lâcha sans conviction Kaya pour servir un verre d'eau à Brigitte. Kaya admira la jeune femme devant elle. Brigitte était une femme belle, une femme de poigne, le genre de femme qui méritait le respect pour arriver à mater M. Connard en personne.

— Kaya... assis-toi. Abbi, tu n'aurais pas une aspirine. Ils m'ont donné mal au crâne, ces crétins !

— Bien sûr ! Je cours te chercher ça !

Abbigail se leva et quitta la salle. Ethan tendit son verre d'eau à Brigitte qui en but une gorgée.

— Dans quelle galère tu nous fous, bon sang, Ethan !?

— Désolé BB, mais je te jure que tout se passera bien. Vu comme ça, c'est pas gagné, mais on y arrivera. Je peux compter sur toi ?

Ethan attrapa alors la main de Brigitte qui la regarda un instant avant de lui sourire.

— Tu sais très bien que je serai toujours là pour toi, lui dit-elle comme une évidence.

Kaya hocha la tête sur le côté, perplexe devant cette déclaration qu'elle trouva à double sens. Sam se leva à nouveau et posa sa main par-dessus la leur.

— Elle me plaît ta petite copine, donc je suis des vôtres !

— Sam ! gronda Ethan avec des yeux sévères.

— Oliver, regarde ça comme il fait le mec jaloux ! Truc de

dingue ! Ça mérite approfondissement ! Viens toper !

— Je ne fais pas le mec jaloux ! s'énerva Ethan.

— C'est sûr que je suis choqué par ce que je viens de voir ! Je veux comprendre..., fit Oliver en se grattant la tête.

— Tu ne vas pas t'y mettre toi aussi ! se scandalisa Ethan qui voyait là un complot naître.

Oliver se leva alors de sa chaise et posa sa main sur le tas déjà formé. Ethan jeta un œil vers Kaya qui souriait.

— Tsss ! Ne va pas les croire, toi ! Je ne suis jaloux de rien du tout !

— Normal ! Un connard ne peut être qu'égoïste ! D'ailleurs, je ne comprends pas toute cette mascarade de pacte avec les mains... Ils ne sont pas un peu fous tes copains ?

Elle se leva et posa sa main sur les autres. Ethan lui sourit, ravi de voir que tout entrait dans l'ordre.

— Oliver, je rêve où elle vient de traiter son petit ami de connard ? murmura Sam sur le ton du secret.

— Ce doit être un code affectif entre eux... lança Oliver sur le même ton.

— Bande de crétins ! conclut Ethan qui désolidarisa leurs mains pour donner une petite pichenette sur la base du crâne de chacun.

Découvrez prochainement la suite de la princesse qui a rencontré un connard en train de tomber amoureux !

Je te veux !

-2-

... près de moi

Kaya a accepté de signer le contrat d'Ethan stipulant qu'elle doit jouer le rôle de sa petite amie jusqu'à ce que Monsieur Laurens accepte le contrat d'Abberline Cosmetics. Mais apprendre à vivre avec un connard n'est pas chose aisée quand celui-ci la pousse à revoir ses convictions sur Adam et sa vie précaire, et ne se révèle pas si détestable qu'il y paraît. Quant à Ethan, jouer la comédie pour tout et n'importe quoi commence à avoir raison de ses objectifs.

Et si faire semblant d'être ensemble devenait une réalité si plaisante que chacun ait du mal à l'accepter, mais qui répond à un besoin évident ?

Postface

Bonjour, toi qui tiens en main ce premier tome !

Merci d'avoir acheté ce premier opus. Comment avez-vous trouvé Ethan et Kaya ? Ce sont deux personnes entières mais qui sont tellement différentes à première vue que l'on ne peut que se demander comment cela va finir.

Ce premier tome est un peu le tome de présentation des personnages - bien que beaucoup de mystères demeurent encore - et aussi celui de leur rencontre. Il met en place l'intrigue et vous familiarise avec leurs univers. Vous rentrerez vraiment dans le vif du sujet dans le tome 2 avec l'exécution du contrat.

Pour moi, une histoire peut être complètement décousue mais malgré tout intense. J'aime les gros « n'importe quoi » qui aboutissent à l'improbable idylle. Kaya et Ethan font les choses à l'inverse de ce que l'on peut trouver dans une romance « commune » mais ils le font à fond ! Après tout, qui a dit que l'on devait aimer avant de flirter ? Pourquoi deux personnes qui se détestent ne pourraient-ils pas se trouver des intérêts d'ordre sexuels ?

Ces deux personnages sont portés par leur instinct et leurs objectifs. Rien de plus. Malgré tout, ils se retrouvent à lutter contre un destin qui cherche à les unir. Je les aime ces personnages. Kaya est une obstinée et Ethan un écorché vif. J'aime les voir se débattre à s'éviter, pour mieux s'unir ensuite dans l'adversité, mieux se désirer et finalement se vouloir corps et âme.

Les évènements vont aller crescendo. Un peu de patience ! Le tome 2 n'est pas loin !

Sur cette version papier, je vous propose des petits bonus pour continuer le plaisir. Vous en aurez à chaque tome normalement. C'est un peu comme les coulisses d'un grand spectacle où l'on vous révèle les petits secrets, l'envers du décor. Où on répond aux questions sans grand intérêt mais qui prolongent le plaisir.

Si vous avez des remarques sur l'histoire, les personnages, leurs habitudes, des trucs improbables les concernant, n'hésitez pas à me les remonter. Certaines apparaitront peut-être dans les bonus du tome 2 avec leurs réponses ! Plus c'est fun, mieux c'est !

Jordane Cassidy

FICHE PERSONNAGE

KAYA

Nom : LEVY
Prénom : KAYA

Âge : 28 ans
Taille : 1m68
Poids : 55kg
Groupe sanguin : AB

Situation professionnelle : plusieurs jobs de serveuse

Qualités : candide par moment, débrouillarde, travailleuse, franche, charmante et pleine de vie, excellent sens de la répartie et un super franc-parler. Empathique et fidèle.

Défauts : toujours sur la défensive avec Ethan et donc un côté hargneuse, grossière un peu horripilant. Têtue.

Ce qu'elle aime : Adam, le brownie, les sushis, les viennoiseries, les mangas, *Dirty Dancing*, *Always* de Bon Jovi.
Ce qu'elle n'aime pas : les manipulateurs

Petites manies : se ronge les ongles quand elle pleure

Dicton : « Quand on veut, on peut ! »

Objet fétiche : son long t-shirt d'Adam de basket à l'effigie des Chicago Bulls, sa bague de fiançailles.

FICHE PERSONNAGE

ETHAN

Nom : ABBERLINE
Prénom : ETHAN

Âge : 34 ans
Taille : 1m89
Poids : 85kg
Groupe sanguin : O+

Situation professionnelle : PDG d'Abberline Cosmetics

Qualités : généreux, prévenant et attentionné sous ses airs de « je m'en balance », consciencieux au travail, un vrai chevalier sur son destrier blanc lorsqu'une situation désespérante survient. Excellent sens de la répartie et donc un super franc-parler.

Défauts : bagarreur (aime la baston), jaloux, un tantinet profiteur, râleur, maniaque, dominant, connard ! Têtu.

Ce qu'il aime : les crêpes, les glaces, les lasagnes de Cindy. Se retrouver avec sa bande de copains, les mangas, Marvel.
Ce qu'il n'aime pas : les femmes

Petites manies : nettoyer !

Dicton : « La gentillesse apporte la douleur, l'amour mène à la souffrance. »

Objet fétiche : sa corvette C7 Stingray

FICHE PERSONNAGE

RICHARD

Nom : LAURENS
Prénom : RICHARD

Âge : 68 ans
Taille : 1m74
Poids : 69kg
Groupe sanguin : A+

Situation professionnelle : Retraité, investisseur

Qualités : direct, espiègle, taquin, perspicace, attentionné et entremetteur

Défauts : gourmand

Ce qu'il aime : la simplicité, l'authenticité
Ce qu'il n'aime pas : les hypocrites et les profiteurs

Petites manies : manger un peu trop

Dicton : « Profite du moment présent ! »

Objet fétiche : son alliance, symbole de son amour pour sa femme défunte.

DE VOUS A MOI...

QUESTIONS / REPONSES AUXQUELLES VOUS N'AVEZ PAS PENSE !

1) Et finalement, le nettoyage de son costume dans le chapitre 1, lors de sa première rencontre avec Kaya, lui a coûté combien d'euros ?

Il n'en a aucune idée ! Il a donné son costume à Abbigail, sa secrétaire pour qu'elle fasse le nécessaire. Comme il n'aime pas les galas, il fait passer tous les frais en rapport avec ses sorties mondaines dans le budget communication d'Abberline Cosmetics. Il faut demander à Abbigail !

2) Qu'ont fait Alec et ses potes du Silky Club après leur dérouillée ? Que sont-ils devenus ?

Tout d'abord ils ont dû s'expliquer avec le patron du Silky Club à propos des dégâts et payer, en plus de la somme qu'ils avaient alloué pour les prestations de Kaya, les dédommagements. Ensuite, ils sont allés à l'hôpital. Alec a eu trois points de suture à l'arcade, le blond une dent cassée, l'homme à la barbichette un hématome au ventre, Norman un œil au beurre noir et Fred le nez cassé et des points de sutures sur le visage. Bref, une soirée bien malheureuse pour eux au final !

3) Comment s'appelleraient les filles avec qui Kaya s'imaginerait prendre un milkshake si elle avait des copines dans le chapitre 11, au moment où elle découvre qui est Ethan ?

Il y aurait Mindy, Wendy, Nikky et Lucy ! Ça fait très godiche sans cervelles et peu ressemblant au caractère de Kaya mais ça répondrait bien au côté midinette, un peu mégère que l'on peut voir quand des filles se regroupent pour papoter ! Et cela parait tellement impossible que ce genre d'évènements lui arrive un jour qu'elle peut se permettre d'en rire ironiquement. Elle pourrait finalement s'en contenter, tant qu'elle a des amies.

4) Pourquoi Kaya porte-t-elle des chaussons vaches au pied quand Ethan vient la relancer chez elle pour signer le contrat ? Pourquoi pas des élans ? Des charentaises ?

Elles étaient en promo à cinq euros et lui semblaient bien chaudes. Elle a donc sauté sur l'occasion. Elle a un côté un peu enfantin et a tendance à s'extasier sur des petits détails que certains diraient « mignons » et qui pour elle sont « trognons, mimis, adorables, choupinous ! ».

Les charentaises, c'est pour les vieux et elle n'avait pas beaucoup de choix. C'était soit les vaches, soit les cochons, soit les moutons. C'était une promo spéciale « les produits de la ferme » ! Elle a préféré les vaches avec des taches roses !

5) Pourquoi une Corvette C7 Stingray pour Ethan ? N'est-ce pas trop cliché la voiture de sport ?

Ethan n'est pas un homme « bling-bling ». Il vit assez humblement. Il est même un peu grippe-sou. Il n'est pas de nature à offrir des cadeaux facilement. Pour lui, sa générosité a un prix et il réfléchit à deux fois avant de payer pour les autres. Il a tellement galéré pour ne devoir dépendre de personne qu'il garde jalousement son argent. La Corvette est son unique folie. Une façon pour lui de montrer qu'il a toutefois réussi, professionnellement parlant. Un PDG en berline de ministre, c'est trop rasoir.

Il a flashé sur son côté racé mais aussi pour ses matériaux nobles (carbone, magnésium, composite et aluminium) et enfin son rapport qualité/prix (pas de petites économies, je vous dis !).

6) Les deux personnages ont une paire de lunettes mais les mettent rarement : presbyte, myope ou astigmate ?

Ethan souffre seulement de fatigue oculaire. Comme il est souvent devant ses dossiers et son ordinateur jusque tard le soir dans son bureau chez lui, il a souvent des picotements aux yeux et des maux de tête.

Quant à Kaya, elle souffre d'hypermétropie, donc doit les porter pour tout ce qui est en rapport avec une vision courte (lecture, tv).

Ce ne sont pas des problèmes visuelles graves donc ils mettent tout deux rarement leurs lunettes, les vilains !

7) Ce qu'ils aiment faire en se levant le matin ?

Kaya ne vit pas si elle ne boit pas son jus d'orange le matin !

Ethan... il va pisser en premier ! Toujours pragmatique !

8) Le rêve de chacun étant petit ?

Kaya se voyait avec son prince charmant...

Ethan voulait être astrophysicien !

9) S'ils devaient avoir un super pouvoir, lequel serait-il ?

Kaya, je crois qu'elle voudrait être plus forte, une Wonder Woman super costaude pour pouvoir battre les méchants !

Ethan, ce serait de pouvoir remonter le temps, sans nul doute, pour réparer ses erreurs...

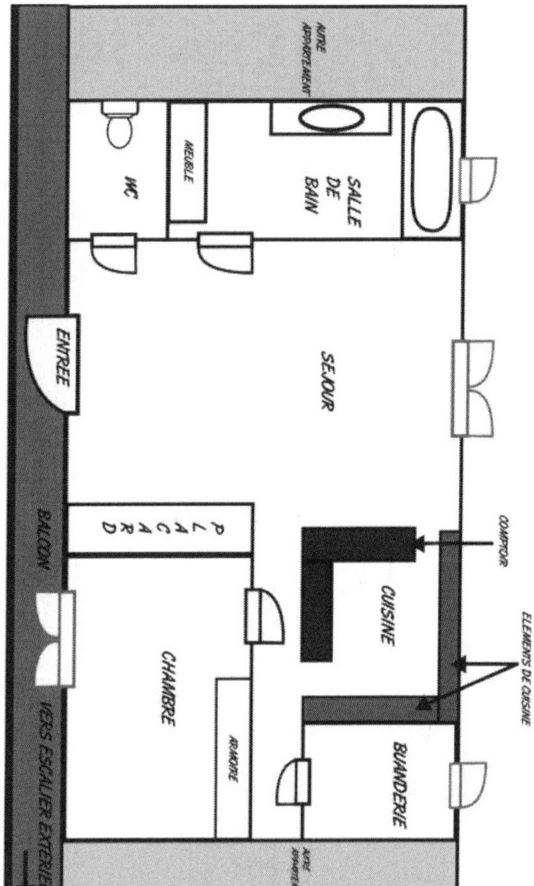

APPARTEMENT DE KAYA

DE VOUS A MOI...

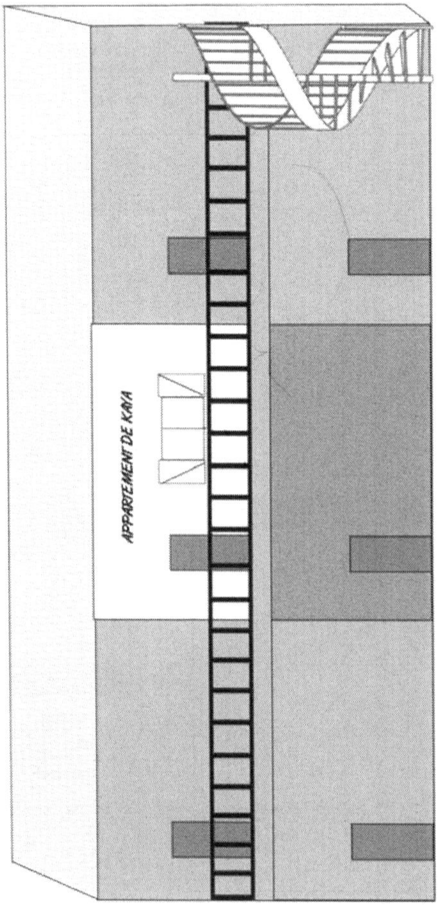

Remerciements

Merci tout d'abord à ma *team kil'* sans qui tout cela n'aurait pas abouti à un livre imprimé et serait resté un projet fictionnel comme tant d'autres. Dire que tout est parti d'un partage sur un groupe Facebook, juste pour le fun…

Merci Lili pour ton soutien indéfectible et ta grande sensibilité.

Merci Camilla pour tes rapports de lecture si bien fournis et ton enthousiasme toujours présent.

Merci Cindy pour tes encouragements et nos partages d'éternelles romantiques !

Merci Béatrice pour tes questions sur la suite et ton regard orthographique.

Merci Aj pour ta minutie à la correction et tes remarques de cohérence.

Un merci aussi *aux auteurs de mon profil FB* avec qui je partage cet amour de l'écriture. Leurs conseils sont toujours bons ; les débats autour de la grammaire fort intéressants et leurs témoignages précieux.

Merci à *la team XYZ*, jamais bien loin. Ça a commencé avec les fanfics, le forum, et ça continue maintenant avec cette saga ! Toujours plus loin ! Toujours plus mokkori ! ^^

Merci aux *fans de ma page FB et Twitter* de me suivre depuis le début, depuis bien avant cette publication, mais aussi *aux lecteurs de monBestSeller.com*, sans qui tout cela ne serait sans doute pas arrivé. Vos commentaires et votes m'ont permis de décrocher un éditeur, mais aussi une belle promotion. Sans parler du plein de bonheur à mon moral et à mon égo !

Merci aux chroniqueurs/euses, pour leurs intérêts sur cette saga.

Et enfin un big Thanks à mon éditeur et son équipe.

Merci Terry d'être toujours à l'écoute et ouvert à mes propositions loufoques (et surtout de les accepter pour la plupart !). Sans ma petite annonce sur FB pour trouver un éditeur, je n'aurais jamais rencontré Bioman Rouge ! Truc de dingue ! Merci pour ta confiance !

Merci Arnaud. Toujours là au cas où pour pallier à mes questions (notamment pour le contrat au début) quand Terry fait comme s'il ne m'entendait pas (et là, je l'entends déjà dire : « Quoi ! Moi ! ! Jamaiiis ! ») !

Merci Hayden pour nos échanges périlleux lors des corrections ! Oui, je suis une dure à cuire, mais tu es pas mal non plus !

Merci Aviva, malgré la frayeur que tu m'as faite lors de la dernière vague de corrections ! Je ne dirai qu'une chose : « Vive les changements de PdV ! »

L'AUTEURE

De formation littéraire, c'est en écrivant des fanfictions pour un manga que Jordane Cassidy s'est essayée à l'écriture. Avoir un cadre déjà défini lui permet alors de prendre confiance et d'acquérir l'engouement de lecteurs saluant son style : entre familier et soutenu, mélangeant humour, amour et action.

Après une pause de quelques années, elle revient sur son clavier mais cette fois-ci pour écrire une histoire sortant entièrement de son imagination. Une comédie romantique érotique prévue en 4 tomes...

Retrouvez-la aussi ici :
Facebook : https://www.facebook.com/JordaneCassidyAuteur
Twitter : https://www.twitter.com/JordaneCassidy

Envie de plus ?

Vous ne voulez pas manquer l'un de nos titres ? Alors n'hésitez pas à vous inscrire à notre newsletter pour recevoir tout un tas de contenu exclusif : extraits, interviews, concours et plus encore !

Des questions ? Contactez-nous : info@reines-beaux.com

Continuez votre lecture pour découvrir plus de titres Reines-Beaux...

Bientôt disponible dans la même collection

Impression à la demande

Imprimé en France
FROC02n0840020816
0FR00018B/261/P

9 782390 060338